Cinzia Pennati

Il matrimonio di mia sorella

GIUNTI

Questa è un'opera di fantasia. Ogni riferimento a fatti avvenuti e persone realmente esistite è puramente casuale.

www.giunti.it

Via Bolognese 165 – 50139 Firenze – Italia
Piazza Virgilio 4 – 20123 Milano – Italia

Prima edizione: aprile 2018

A mio padre, a quello che siamo stati insieme.
Alla sua imperfetta umanità, eredità preziosa.

«Si dovrebbe sempre essere innamorati,
ecco perché non bisognerebbe sposarsi mai.»
Oscar Wilde

PRIMA PARTE

Metti un piede dopo l'altro

Allungo il braccio e spengo la sveglia. Sono le sette meno un quarto e devo alzarmi. Il problema è che non ho chiuso occhio e non ho trovato l'album di famiglia. Celeste diventerà matta, avrei dovuto portarglielo ieri pomeriggio, invece mi sono scordata.

Avevo promesso a mia sorella che per il suo matrimonio mi sarei impegnata, ma la verità è che odio i matrimoni, li ho sempre odiati. Una spesa inutile, energie sprecate, tempo perso. Per questo mi sono sposata in Comune: due firme, qualche parente, venti minuti di cerimonia e il gioco è fatto. Anzi, se non fosse stato per Luca non mi sarei sposata proprio. Ero riuscita a tergiversare persino con mia madre che voleva vedermi sposata a tutti i costi.

Alla fine è stato Luca a insistere. Eravamo d'accordo che avrei smesso di prendere la pillola e avremmo provato a fare un bambino; invece, una sera, dopo la telefonata con sua madre (le telefonate serali di mia suocera sono sempre un digestivo naturale) mi ha detto: «Se vuoi un figlio dobbiamo sposarci». Lui sa essere sempre molto convincente. Io volevo un figlio e l'abbiamo fatto. Ci siamo sposati in quattro e quattr'otto e l'ho chiusa lì.

L'unico aspetto positivo di tutta la faccenda è che al matrimonio di mia sorella ci sarà zia Rosa (in realtà è la zia di mia madre), e la sua presenza per me è piuttosto rassicurante, è una delle poche che riesce a tenere a freno quella lingua biforcuta di mia nonna. Inoltre rivedrò Fiamma, il che è meraviglioso; devo solo ricordarmi di andare a prenderla in aeroporto. Mia cugina vive a Londra ormai da tre anni e, conoscendola, se non fosse stata la testimone di Celeste non si sarebbe mossa. A volte la invidio. Invidio la distanza che ha messo con la nostra famiglia. Una distanza necessaria, perché per lo più i genitori succhiano il sangue.

Questo matrimonio deve ancora incominciare e io sono già nei casini. Eppure conosco bene mia madre e dovrei essere preparata. Ines ha la capacità innata di fiutare quando sono in difficoltà, e ieri sera mi ha chiamato proprio al momento giusto, voleva sapere come mai non avevo ancora portato l'album a mia sorella.

E qui mi concederò una divagazione sulle triangolazioni in cui le due, madre e sorella, sono specialiste: se parlo con una, arriva subito l'altra a immischiarsi. È così che vengo messa all'angolo con un KO clamoroso. Al telefono le ho detto di tranquillizzare Celeste – tanto sapevo che, appena chiusa la conversazione, la mamma sarebbe andata a relazionarle il tutto (sempre che lei non origliasse già dall'altro telefono) – e ho mentito spudoratamente garantendole che l'album era al sicuro vicino alla mia borsa, pronto per essere consegnato alla sposina.

Luca mi guardava di sbieco, non sopporta quando racconto balle, sostiene che sono abbastanza grande per dire la verità e assumermi le conseguenze delle mie azioni, e che sono un cattivo esempio per le bambine. Forse ha ragione, ma quel maledetto album l'avevo cercato ovunque, la casa era sottosopra, Sofia e Camilla non erano ancora andate a letto e non avevo voglia di sentire le prediche di mia madre sulla mia abitudine di fare le cose sempre all'ultimo minuto, sul fatto che ho la testa chissà dove e che sono un disastro. Tanto lo so già.

E comunque, per i miei genitori, a quarant'anni non sono ancora diventata maggiorenne e chissà quando succederà. Se voglio salvare me stessa, ogni tanto qualche piccola balla è necessaria. Le bugie bianche, le chiamo io, annoverate insieme a quelle su Babbo Natale e la fatina dei denti.

La luce filtra dalle persiane con delicatezza, creando dei puntini luminosi sulle mie braccia. Mi giro verso Luca per vedere se si è svegliato, il lenzuolo si alza e accompagna il suo respiro, un respiro che dovrebbe appartenermi. Invece, in alcuni momenti, l'uomo che ho sposato mi sembra un estraneo. Ogni tanto ho bisogno di toccarlo questo marito che amo, così appoggio una mano sul suo torace per contrastare questa specie di congelamento che mi terrorizza. Lui continua a dormire, non si è accorto della sveglia né di me.

Ora basta, devo fare uno sforzo, alzarmi subito. Se non arrivo puntuale, se non faccio quello che dice, proprio oggi, il giorno del suo matrimonio, Celeste ha giurato che non mi rivolgerà la parola per gli anni a venire. Il che, a pensarci, non sarebbe male! Nonostante io sia la più grande tra le due, mia sorella mi tiene in scacco. Lo fa da sempre e lo fa con tutti. Niente di nuovo sul fronte, inutile lamentarsi. Inutile farlo ora.

Mi siedo sul bordo del letto, cerco con i piedi le ciabatte che sono finite sotto, non le trovo. La verità *vera* è che dovrei essere felice per mia sorella, e basta. Invece non lo sono. O meglio lo sono, ma non sto bene.

Prendo l'elastico per capelli sul comodino e me lo metto al polso. Recupero il golf e lo infilo sopra al pigiama, è un golf infeltrito, color ruggine, frutto di una lavatrice sbagliata. Luca lo detesta, ma io lo adoro e poi non butto via niente, mi affeziono agli oggetti come fossero persone.

Sì, lo so, sono i primi di maggio, ma il mio corpo reclama sempre calore, così infilo strati su strati; soprattutto prima di andare a dormire mi avvoltolo come un baco da seta. Anche ad agosto ho i piedi gelati. Non so se sia una questione di abitudine, ma sta di fatto che Luca, a torso nudo e in mutande, brontola. Mi accusa di non agevolare per nulla la nostra attività sessuale, e non è che abbia tutti i torti; anche se lui, appena tocca il letto, si gira dall'altra parte e si addormenta. Diciamo che entrambi abbiamo le nostre responsabilità, perché ultimamente quel tipo di attività scarseggia, e per "ultimamente" s'intende un periodo piuttosto lungo e protratto nel tempo. Anche se, a quanto pare, molte coppie sono nella nostra stessa situazione, quindi perché preoccuparsi? Ecco, appunto. Perché preoccuparsi?

Quando ci siamo conosciuti, credo che Luca si aspettasse delle cose da me, rispetto al sesso, intendo. Il suo primo regalo è stato un completino intimo maculato. È chiaro che non avesse capito nulla. Per farlo contento l'ho indossato solo una volta, infilandomi di corsa tra le coperte con un imbarazzo terribile. Non che ora le cose vadano meglio... se andiamo avanti così, a cinquant'anni probabilmente andrò a dormire con lo scafandro; comunque il completino è finito sotto la pila della biancheria, e lì è rimasto sepolto per sempre.

A volte penso che Luca non sappia ancora niente di me, anche se dice di conoscermi come le sue tasche. Ad esempio, non sa che odio tutto ciò che mi fa sembrare una gatta in calore, non sa che non mi sono mai messa in topless, e in palestra entro nelle docce con il costume. Che mi sconvolgono le donne che si lavano tranquille davanti a tutte come se fossero in coda al supermercato. E mi stupisco per come sono tatuate, per le rasature perfette all'inguine, per la sicurezza con cui sanno portare il proprio corpo e fanno di se stesse ciò che vogliono. Donne che si spazzolano ovunque, e mi sorridono allegre mentre lo fanno.

Luca non sa, ma forse dovrebbe sapere, che quando si aggira nudo per casa sicuro di sé e del suo coso che pende, non lo sopporto. Che gli uomini nudi non sempre sono belli. Che io non sono libera e non lo sono mai stata.

Lo guardo mentre continua a dormire. Esco in punta di piedi dalla camera e socchiudo la porta, in realtà spero che non si svegli per una buona mezz'ora. La mia mezz'ora di ossigeno.

Passo davanti alla stanza delle bambine e mi fermo un attimo a guardarle sulla soglia. Hanno il pigiamino a righe azzurro, un regalo della zia Rosa. Sia Camilla che Sofia sono completamente scoperte, dormono entrambe con la bocca spalancata e le braccia in alto in segno di resa. Sono belle, penso, e sono mie. Mi basta osservarle per trarre linfa vitale dai loro corpi indifesi, e ritrovare il mio posto nel mondo.

Qui, nella mia famiglia. Con Luca.

Raccolgo Bubu, il pupazzo della piccola finito per terra, e lo appoggio in fondo al suo letto. Non c'è niente da fare, da quando sono diventata madre il metro con cui misuro le scelte sono le mie figlie. Le ho adorate da subito e credo sarà così per sempre. Ovviamente sono sfinita, come tutte le donne che hanno dei bambini di cui farsi carico. Una casa da mandare avanti. Un lavoro. Una madre che rompe. Un marito da accudire. E il solo pensarlo fa risultare la mia vita di una banalità sconcertante.

Mi trascino in cucina e spalanco le persiane. Grazie a Dio è una splendida giornata, non c'è traccia di nuvole in cielo e il mare sembra una tavola. Altrimenti chi la sentiva Celeste.

Il gelsomino della signora Lucia è fiorito e manda un buon profumo. Di solito a quest'ora esce sul balcone per annaffiare le piante, con la sua solita cappa a fiori, il seno cadente e la sigaretta in bocca. E mi chiedo perché noi donne ci riduciamo così. A un certo punto, cancelliamo il corpo. Ma oggi non c'è, il che non mi dispiace perché è una gran chiacchierona e mi fa sempre una capa tanta. Mi riempio i polmoni e l'anima di quel panorama e penso che non potrei mai allontanarmi da questa casa. E chissà perché lo faccio, di pensare a questa cosa... In fondo non ha senso.

Mentre socchiudo la finestra penso che Celeste, come al solito, sia stata fortunata: è il tempo ideale per un matrimonio, anche se Genova è una città imprevedibile e non si può mai stare tranquilli. La cerimonia è fissata per il tardo pomeriggio, speriamo che nel frattempo il cielo non si guasti, altrimenti siamo nei guai. Mia sorella è incredibile, pensa di poter dirigere gli eventi, basta desiderare e la cosa è fatta. E il più delle volte, non si sa come, ci riesce. In alcuni momenti non la sopporto proprio. Lei e i suoi capricci. Mi guardo intorno. La cucina è un disastro. La casa è un disastro. Potrei fregarmene e lasciare che il disordine regni nella mia vita. Invece la casalinga che è in me ha la meglio. Raccolgo i giochi, una Barbie a cui Sofia ha sradicato la chioma bionda, le carte di "Uno" e un pennarello rosso immancabilmente senza tappo. Metto i piatti della sera prima in lavastoviglie e già che ci sono do una passata al piano della cucina. Tanto appena le piccole si sveglieranno, nel giro di un secondo tutto ritornerà come prima, ma spendere energie in azioni inutili è il mio sport preferito, almeno mi impedisce di pensare. Io ho un problema piuttosto grosso con i miei pensieri; non mi lasciano in pace.

Preparo la caffettiera e l'appoggio sui fornelli. Do una sbirciata all'orologio: è tardi. Niente caffè e niente sigaretta sul pianerottolo. Caso mai dopo. La mia mezz'ora oggi va a farsi fottere.

Concentrati Agnese, dico a me stessa, devi trovare quell'album. Mi metto le mani sulle tempie, come potesse aiutarmi. Manca solo il baule in soffitta, per il resto l'ho davvero cercato ovunque. Ieri sera Luca imprecava perché non riusciva a sentire la televisione, così abbiamo finito pure per litigare. Un momento da dimenticare.

Trovo un paio di calzettoni gommati di Winnie the Pooh che Camilla ha lasciato in giro e me li infilo: se glieli sformo pazienza, tanto ne avrà a decine (mia suocera regala solo mutande e calze, forse perché costano poco, e quella ha il braccino piuttosto corto...). Il pavimento di legno della soffitta è vecchio e non voglio rischiare di ferirmi con una scheggia come l'ultima volta. Spero con tutto il cuore di non fare un altro buco nell'acqua, perché se non lo trovo neppure lì sono morta. Uccisa dal fuoco amico: madre e sorella.Al piano di sopra è buio pesto. La lampadina è bruciata, Luca doveva cambiarla, ma si è dimenticato. Quello si lamenta in continuazione: bisogna comprare la crema idratante per Camilla, chiamare l'idraulico, pagare le bollette, ma sono sempre gli altri che devono fare le cose. Mi rendo conto che, da un po' di tempo a questa parte, non gli risparmio niente. E so bene il motivo, solo che è difficile prendere in mano questa cosa e affrontarla una volta per tutte.

Entro a tentoni e scavalco mobili accatastati, oggetti e suppellettili varie. Cerco di fare attenzione, non sono esattamente una libellula e ho sempre il naso per aria. Ultimamente, poi, mi succede una cosa strana, dimentico spesso i nomi delle cose e delle persone, amnesie momentanee che mi mettono in un certo imbarazzo. Luca mi guarda sbigottito quando impiego qualche secondo per ricordarmi i nomi delle bambine. È da un bel po' che insiste perché mi faccia prescrivere una TAC, e mia madre mi ha fatto l'elenco dettagliato di tutte le malattie che potrei avere, così, tanto per tranquillizzarmi. Comunque io ho paura e rimando.

Mi guardo intorno, sposto qualche oggetto. Il silenzio ha un brutto effetto su di me, mi capita così di rado di rimanere da sola che cerco in ogni modo di riempirmi il tempo, e poi mi lamento che è troppo pieno. Devo ammettere che quando Luca mi ripete che sono una rompicoglioni, un po' ha ragione, perché non so nemmeno io cosa voglio. Quando le bambine non urlano, lui non mi fa qualche richiesta, mia madre non mi assilla, sembrerà assurdo, ma invece di godermi un po' di pace finisco in un buco nero, e mi spavento.

Vedo il baule in fondo alla stanza, lo raggiungo e lo spingo verso il fascio di luce che filtra dal lucernaio. È pieno di polvere, ci sono anche un paio di ragnatele. Dovrei venire a fare un po' di pulizia, qui sopra è un gran casino, magari dopo il matrimonio, magari in un'altra vita.

Mi strofino le mani sul pigiama, lancio in aria un ragnetto rimasto attaccato al mio indice e tiro su il coperchio. Un odore di cedro mi coglie all'improvviso, forse è solo frutto della mia immaginazione, ma pulviscoli dorati galleggiano nell'aria e sotto quel fascio di luce mi sembra si stia compiendo una magia. E la magia sradica il dolore. In fondo una parte di noi rimane sempre piccola, anche quando siamo grandi. Alle mie figlie bastano una bacchetta magica e una fatina per far passare tutto, persino la *paula del buo*, come dice Sofia quando ha timore di andare in camera da sola. Chissà che anche a noi non basti una bacchetta per cambiare le cose.

Mi viene da piangere. Penso alle mie figlie e mi viene da

piangere; si vede che non ci sto con la testa. In famiglia dicono che sono di lacrima facile. Quando piango mi sento decisamente meglio e non posso farci niente. C'è chi va in palestra, chi corre. Io piango e scarico. E mangio.

Mi asciugo gli occhi prima che la situazione degeneri e infilo le mani in quella accozzaglia di vecchie cose: le prime scarpette delle mie bambine, qualche vestitino, i due bavaglini con i loro nomi ricamati per metà. Dio come ho odiato quei bavaglini! Tutte le volte che facevo dei controlli in gravidanza, nelle sale d'attesa c'erano donne con il pancione come me, solo che loro sferruzzavano copertine e cuffiette con il sorriso di chi ha raggiunto la beatitudine, e io arrancavo. Sembravo un bradipo, vomitavo un giorno sì e uno no, ero in ostaggio di continui sbalzi ormonali. Su insistenza di mia madre e di mia suocera ho comprato filati e lana color pastello, sapendo che non avrei combinato niente (vista la mia scarsa attitudine per tutto ciò che è manuale, tipo cucinare, cucire e altre cose che fanno le mamme). Infatti quei bavaglini sono rimasti fermi alla terza lettera, sia con Camilla che con Sofia. E comunque, nessuna santità si è impadronita di me, il vomito ha continuato e gli sbalzi ormonali pure. Che si fottano tutte le brave bravissime. Soprattutto le donne che parlano della propria gravidanza come un momento idilliaco, e sfornano marmocchi in un attimo: quelle poi si meritano una denuncia per molestie.

Sono detestabilmente detestabili.

Appoggio i bavaglini di lato e mi chiedo perché li ho tenuti, probabilmente come tutte le donne (a parte le brave bravissime) sono masochista, mi piace girare il coltello nella piaga. Non c'è altra spiegazione. Prendo alcune tutine delle piccole e ci affondo la faccia, una ha una pecorella nera disegnata al centro. Ci sono messaggi subliminali che mandiamo ai nostri figli, e lo facciamo da subito, solo che non lo sappiamo. E quelle tutine hanno ancora odore di latte, il *mio* latte, quello che ha sfondato il *mio* seno, ha dato il via alle *mie* smagliature e mi ha fatto sentire una mucca. Su questo non ho dubbi.

«Ridatemi le mie tette!» ho gridato alle mie figlie intorno ai nove mesi. Le sanguisughe non ne volevano sapere di mollare la presa, ma ho tenuto duro prima che a entrambe spuntassero i denti. Lottando con Luca e mia madre, che mi avrebbero voluto giovenca per sempre. Per non parlare di mia suocera. Maria mi ha tenuto musi per mesi non perdendo occasione di dirmi che lei, la supermamma, aveva allattato Luca fino ai due anni. E infatti, avrei voluto risponderle, guarda come è venuto su! Ma ho lasciato perdere, tanto con lei non vinco mai. Non io.

Comunque non vedo l'ora che le bambine crescano, e non tornerei mai indietro, nemmeno morta, né a quando le allattavo né prima. Anche se, nonostante il dolore atroce, il parto è stato il momento più bello della mia vita e quando mi hanno messo quel microbo tra le braccia ho provato un senso celestiale di onnipotenza.

Ma darei qualsiasi cosa per arginare il senso d'inadeguatezza che mi ha reso una madre incerta, quella sensazione costante di non fare mai le cose giuste. Di non essere abbastanza brava, abbastanza presente, abbastanza giusta, un sentimento che mi porto dietro da allora e con cui bene o male faccio i conti ogni giorno. E che, a volte, mi devasta.

Un po' di tempo fa, Celeste mi ha raccontato che alcuni mesi dopo il parto mi aveva trovata accasciata sulla poltrona, in lacrime, con Camilla in braccio.

«Perché piangi?» mi aveva chiesto preoccupata.

«Odio Luca» avevo risposto decisa. «Ho fatto una cazzata a sposarlo.»

Non ricordavo quella conversazione. A dire il vero non ricordo molto di quel periodo, e lì per lì ho persino pensato che mi stesse prendendo in giro, ma era troppo seria mentre parlava. La mente ha questo difetto: cancella le cose che non ci piacciono. Solo che, quando meno te lo aspetti, quelle ricompaiono e ti chiedono il conto.

Ho davvero dei buchi neri nella mia storia, pezzi che sono spariti. Forse perché quando fai un figlio tutti si preoccupano di spiegarti ogni dettaglio sul parto, ma non c'è un cane che ti racconti cosa succederà nella tua testa appena arrivi a casa. Il vuoto, la paura, il senso di perdita. Tuo marito che non è più lo stesso.

Luca si è defilato, è emigrato sul divano, non mi ha toccato per un bel po', glorificato dalla paternità. Una volta è arrivato persino a chiamarmi "mamma". Quella volta non ce l'ho fatta, eravamo a cena con i miei e gli ho lanciato un coperchio.

Comunque, è appurato che non si può tornare indietro. Da un figlio non si può. Questo dovrebbero dircelo. Dovrebbero raccontarci che in alcuni momenti si vorrebbe sparire, abdicare alla maternità. E quando questo pensiero mi assale, mi detesto per quello che provo, perché amo le mie bambine più di ogni altra cosa. E non mi sento per nulla normale.

Appoggio le tutine e guardo l'ora. Ho perso un sacco di tempo. L'ansia sale, mi infilo con la testa dentro al baule e butto all'aria tutto il resto. Alcuni oggetti sono noti, di altri non ricordo nemmeno la provenienza. Strano, tutto quello che conserviamo per poi un giorno buttarlo via. Scosto con frenesia una coperta di lana e finalmente eccolo, è lui.

E io sono salva.

Salva ciò che è imperfetto

Prendo l'album, vorrei baciarlo da quanto sono felice, ma è pieno di polvere, così mi limito a passarci il braccio per togliere qualche ragnatela, e l'appoggio sulle ginocchia. Credo di averlo sfogliato solo un paio di volte, ma visto che Celeste pretenderà di ripercorrere le fotografie una a una, e si lancerà in un remake del tutto personale, esigendo la mia assoluta commozione, è meglio che ci dia un'occhiata.

Lo sfoglio e le prime donne ritratte mi sono assolutamente sconosciute, poi, dopo alcune pagine, riconosco la nonna Norma in abito da sposa. È irta come un fuso, ha un sorriso appena abbozzato e il bouquet in mano. Era bellissima, e ancora oggi, nonostante abbia passato gli ottant'anni, ha uno stile ineccepibile; peccato che abbia un pessimo ascendente su nostra madre Ines. Niente a che fare con la nonnina di Cappuccetto Rosso. Niente a che fare con le nonnine in genere. Non so come abbia fatto il nonno Duccio a sposarla, sono così diversi; lui un pezzo di pane, lei stizzosa e maniacale. Ovviamente nostra madre ha preso tutto dalla nonna, anche se è convinta di non assomigliarle per niente.

Nella stessa fotografia, un passo più indietro, c'è zia Rosa. Accarezzo l'immagine con il dito. È l'unica donna della nostra famiglia a non essersi mai sposata e, da quanto si sa, a non avere mai avuto un fidanzato. Un vero peccato, perché è la persona più buona che io conosca. È lei la nostra vera nonnina. Un punto di riferimento per tutti, soprattutto per me, Celeste e Fiamma. Inutile dire che mi piacerebbe vederla più spesso, occuparmi di lei, dedicarle del tempo, ma per arrivare a casa sua bisogna prendere la metro e due autobus, e spesso sono così incasinata che ci vuol tutta la mia attenzione perché non dimentichi le bambine da qualche parte. A dire il vero, una volta è successo, ma non l'ho mai raccontato a nessuno, nemmeno alla psicologa. E quando ci penso mi viene la pelle d'oca e mi sembra impossibile di aver fatto una cosa del genere.

Era uno di quei pomeriggi in cui avevo stipato mille impegni, uno di quelli che noi donne conosciamo bene. Ero andata a ritirare dei documenti dal commercialista. Avevo portato dalla pediatra le bambine per via di una tosse persistente, ero passata in farmacia. Alla fine mi sono fiondata al supermercato, avevo il frigo vuoto e nessuna idea in testa per la cena, ho caricato le borse in macchina e sono uscita dal parcheggio. Peccato che dopo la prima curva mi sono accorta di aver dimenticato le piccole sul carrello della spesa, nel bel mezzo del piazzale. Sono tornata indietro, non ricordo nemmeno come. Ho pianto, le ho abbracciate, le ho strette a me. Ho tenuto a bada Camilla con una cena improvvisata a base di cotolette, patatine e ketchup, e per fortuna non ho avuto bisogno di corrompere Sofia, solo perché non sapeva ancora parlare. Questo è stato il nostro primo segreto; ogni tanto mi chiedo se ricordano qualcosa di quel giorno, oppure fanno come me, dimenticano il dolore.

Continuo a sfogliare le pagine: zia Elena, mia madre, mia cugina Flavia, la sorella di Fiamma.

Ogni foto immortala una sposa in abito bianco e le altre donne della famiglia intorno.

A proposito di famiglia, la mia non si differenzia da tante altre quanto a rancori e attaccamenti. A dirla tutta, siamo noi donne a fare giochi di equilibrio, lasciando pendere la bilancia da una parte o dall'altra, in base alle nevrosi del momento e alle strategie di alleanza. Difficile capire dove e con chi stare. Per questo cerco, per quanto possibile, di farmi gli affari miei, anche se non ci riesco quasi mai. Ed è sicuro che oggi non sarà diverso. Perché lo so che alla fine scoppierà qualche casino. La mamma e la nonna non si sopportano, la mamma e zia Elena neppure, Flavia e Fiamma lasciamo perdere. Difficile che non ci scappi il morto.

Sfoglio ancora e mi blocco. Sono io. Nel piazzale del Comune dentro l'abito bianco. Sono io, e adesso mi sembro una bambola di porcellana appoggiata su una poltrona di broccato rosso. Luca guardava l'obiettivo sorridente. Io guardavo lui. Questa è la nostra storia.

Chiudo l'album. E mentre ripongo di nuovo le cose alla rinfusa dentro al baule, mi chiedo perché ci prodighiamo tanto per sposarci. In fondo il matrimonio è come ricevere un grande uovo di Pasqua, impacchettato alla perfezione, bellissimo. Fasciato in una meravigliosa carta dorata e con un fiocco gigante. Lo apriamo emozionate e, spesso, la sorpresa è un banale portachiavi.

Mi alzo, prendo l'album. Finalmente passerò l'eredità: mia sorella ne avrà riguardo più di me, questo è certo. Verrà aggiunta un'altra immagine a immortalare l'imperfezione di quel giorno.

Il giorno perfetto, dicono le spose.

Una gran fregatura, penso io.

Con questa consapevolezza nel cuore, e piena di polvere, torno di sotto.

E che la festa abbia inizio.

Ogni tanto inchinati a quell'altra te stessa

Appoggio l'album sul tavolo della cucina e ritorno in camera. Luca è sempre nella medesima posizione. Abbracciato al cuscino a pancia in giù. Chissà perché non mi sembra bello. Eppure lo è, tutti me lo dicono e io l'ho pensato per tanto tempo. Prendo al volo un paio di jeans e una felpa ed esco di nuovo, cercando di non fare rumore. La casa è ancora avvolta nel silenzio del mattino. Quel momento magico in cui tutto deve ancora iniziare. In cui ci sono io e io soltanto. In assenza di domande, per lo meno quelle che mi frullano in testa dall'istante in cui le piccole si svegliano.

Prendo il telefonino e vedo che c'è un messaggio. Entro in bagno, e mi chiudo a chiave. Mi appoggio alla porta, inserisco il codice di sblocco e leggo.

Volevo sapere se stavi bene.

Lo rileggo.

Volevo sapere se stavi bene.

Mi viene da piangere. Non so da quanto tempo qualcuno non mi chiede come sto. Basta una frase scritta con gentilezza per capitolare. Non rispondo, appoggio il telefono. Non ci voglio pensare. Non ora.

Passo davanti allo specchio, faccio un lieve inchino e mi saluto. Qualcuno potrebbe pensare che sia matta, in realtà è una specie di compito imposto dalla mia psicologa, e siccome io sono un tipo diligente, eseguo nella speranza che qualcosa cambi.

«Ossequia la tua immagine, e impara a volerti bene» mi ha detto un giorno in cui ero parecchio fuori fase. Da allora, se trovo uno specchio, alzo la mano sinistra (mai la destra, mio padre mi farebbe fuori) e faccio la riverenza a quell'altra me stessa, se non altro per dare un senso ai soldi che spendo per le sedute.

Tolgo i calzettoni e mi guardo i piedi. Da quando Luca mi ha detto che sembrano due coccodrilli mi è venuta una specie di fissazione. Non sono mai stati un granché, ma non pensavo di dovermene preoccupare. Ora li guardo e li vedo davvero quei due coccodrilli, ne vedo le fauci aperte e la pelle squamosa. Mi fanno schifo.

Mi spoglio buttando tutto per terra: il golf, il pigiama, la canottiera. Tanto prima di uscire dal bagno raccoglierò ogni cosa, la piegherò per bene e la metterò a posto. Come un salmone cerco di risalire la corrente e il più delle volte boccheggio. In mutande e reggiseno salgo sulla bilancia (regalo di Luca): massa grassa e massa magra in meno di un minuto. Voglio vedere se tre giorni di barrette hanno avuto qualche effetto e se potrò fare una colazione con la C maiuscola: niente fette biscottate, niente biscotti secchi, ma un cappuccino traboccante di schiuma e un cornetto caldo.

Chiudo gli occhi e conto fino a tre. Li riapro e guardo il display luminoso. Ce l'ho fatta! Ho perso un altro chilo e mezzo. Per oggi nessuna restrizione, niente verdure. Ché i finocchi mi escono dalle orecchie e gli zucchini pure.

Mi avvicino allo specchio. Sono proprio contenta, dico a quella "me" dall'altra parte. Certo, dovrei buttare via il reggiseno che è quasi liso e persino le mutande un po' slabbrate. Ma non me ne frega niente. Sono dimagrita e ciò mi ha messo di buon umore. Non c'è nulla di meglio che sentirsi magra il giorno del matrimonio della propria sorella. In realtà non c'è nulla di meglio, sempre.

Ora posso davvero inchinarmi con rispetto a quell'altra me stessa. Guardo il cellulare. Non so cosa mi aspetto.

Infilo la felpa e i jeans. «Ti vesti sempre allo stesso modo» mi dice spesso Luca. E ha ragione. Ogni tanto oso il tacco, qualche gonna, ma appena posso mi cambio. Conosco i miei limiti. Per il matrimonio di mia sorella, però, mi sono impegnata sul serio: ho acquistato un tubino nero con una scollatura da urlo in uno dei negozi più in voga di Genova. E l'ho fatto per lui. Per Luca. Volevo rimanesse a bocca aperta.

Quando hai quasi quarant'anni, sei madre e ti fai un mazzo tanto, vorresti solo che il tuo uomo ti dicesse che sei bella. E chi se ne frega se mente, basterebbe a ritrovare il senso di tutto. Nonostante la cellulite, le rughe, e mille altri nonostante. Invece Luca mi prende in giro, calca la mano sui miei difetti. Dice che lo fa per gioco, ma è l'unico a divertirsi. Anche lui non è più il ragazzo che ho sposato, gli è spuntata la pancetta e la stempiatura avanza. Ma non glielo dico, e vorrei che facesse lo stesso con me. Insomma ci soffro, e poi penso alla cellulite, ai miei difetti, e mi sembrano una roba enorme.

Rosa cerca di convincermi che la bellezza è come un vestito, bisogna saperlo portare. Io penso che la responsabilità sia di mia madre, mi ha sempre fatto sentire inadeguata. Da piccola mi diceva: «Guarda che bella cicciotta che abbiamo qui!». Ma, forse, dare la colpa di tutto a lei è la cosa più semplice.

Mi metto di profilo davanti allo specchio, alzo la felpa e tiro indietro la pancia. Il mio incubo. Per perdere qualche chilo non solo mi sono nutrita di barrette e aria, sono andata a correre una volta alla settimana, strizzata in una di quelle tute di plastica per sudare, non ho toccato dolci per oltre un mese. Nemmeno uno. Per me il cibo è come un anestetico. Quando sono stanca "mi faccio" di cioccolata. Se le cose non vanno mastico caramelle. Se sono disperata mi immergo in una vaschetta di gelato. Quantità di cibo, quantità di dolore. Lo rumino quel dolore, ma non finisce e lo so che non finirà mai. Poi digiuno.

La cosa buffa è che l'attimo in cui decido di mettermi a dieta sono davvero in pace con me stessa. Come nuova. Esco di casa e il mondo mi sembra diverso. Peccato che le mie diete durino il tempo di un respiro. «Da lunedì si ricomincia» giuro a quell'altra me stessa dopo aver sgarrato di fronte a una coppa di gelato con aggiunta di panna. Ma dal martedì alla domenica mangio ciò che voglio, c'è sempre un lunedì alle porte in cui sogno di essere un'altra.

Dopo tanti anni di convivenza con il mio corpo avrei dovuto imparare ad accettarmi, invece, dentro a ogni specchio, l'immagine di me è sempre quella ragazzina rotondetta e goffa con l'apparecchio ai denti. È con lei che lotto. E il mio corpo rimane qualcosa di estraneo. Forse per questo mi vesto invece di spogliarmi. Non so che farne di me. Di lui.

Mi lavo la faccia, ho due belle borse sotto gli occhi e il colorito è pallido. Mia madre si accorgerà subito che non ho dormito e inizierà la sua tiritera. Dice che dovrei dedicare più tempo a me stessa (e non è che abbia tutti i torti), e appena può mi ispeziona il viso in cerca di nuove rughe, come da bambina mi toglieva a tradimento i punti neri. Ha una specie di fissazione per la mia pelle e mi infila di nascosto campioncini di crema nella borsa come fossero santini. Forse vorrebbe che fossi il clone di Celeste, invece sono pigra e incostante come mio padre.

Ma per compiacerla e soprattutto per farla smettere, qualche volta ho provato a seguire i suoi consigli. Ho comprato, su sua indicazione, una di quelle creme che promettono miracoli e costano un patrimonio. L'ho messa sul comodino ma, dopo aver rassettato la cucina, fatto addormentare le bambine e cercato il letto a tentoni, la crema rimaneva intonsa. Così ho deciso che non avrei più speso un euro per nessuna crema al mondo, tanto il giorno dopo ero sempre la stessa, uguale al giorno prima e a quello ancora prima.

Sabato scorso mamma Ines ha toccato il culmine, perché pure lei dietro a questo matrimonio non capisce più niente, ha perso il senno. Non mi meraviglierei se si fosse comprata un abito bianco con lo strascico e pretendesse di percorrere la navata. Comunque, si è presentata a casa mia di prima mattina, munita di guanti bianchi per mostrarmi degli esercizi imparati online a un corso di *facial fitness*.

Da quando ha scoperto la rete ne parla come se fosse un'esperta, ma poi sbaglia i nomi: "faceboc", "skip", "istagra". La trovi ovunque e pubblica tutto ciò che le passa sottomano; c'è da vergognarsi ad averla come amica. Se io e Celeste non clicchiamo "Mi piace" sui suoi post, diventa una furia.

Mi ha tirato la pelle facendomi un male cane, certa che se avessi ripetuto gli esercizi ogni mattina, per dieci minuti, non mi sarebbero spuntate più rughe.

«Tutti i giorni? Per dieci minuti? La mattina?» le ho chiesto sgranando gli occhi. «Le rughe ci sono e me le tengo. Forse non hai presente che la mattina è il momento più critico della giornata. Tra le sette e le nove riesco a dare il peggio di me. Dopo la mia mezz'ora di ossigeno, sveglio le bambine e le vesto mentre oppongono una resistenza estenuante: mi saltano addosso, scappano oppure si fingono morte. Preparo la merenda e gliela infilo nello zaino. Se quel giorno hanno le idee chiare, pane e marmellata per Camilla, biscotti al cioccolato per Sofia, altrimenti mi tengono in ballo per una decina di minuti. Porto la piccola all'asilo, ultimo piano senza ascensore, e accompagno Camilla a scuola sul filo del rasoio. Dal momento esatto in cui le mollo, inizio a tormentarmi. Mi pento delle urla, delle parolacce e continuo a pensarci fino a quando non timbro il cartellino: solo allora, appena mi butto a capofitto nel lavoro, allento la tensione. Tra le sette e le nove del mattino il mio amore materno viene messo a dura prova. Il resto della giornata, al confronto, è una passeggiata al parco.» A quel punto credo di averla zittita.

L'unica speranza per me è che oggi mia madre sia troppo presa dal matrimonio di Celeste, troppo occupata a litigare con la nonna e con la zia, per occuparsi di me. E mi lasci in pace.

Le bambine si sono svegliate, sento le loro voci. Mi chiamano. «Sono qui, ora esco» urlo cercando velocemente i trucchi nel cassetto. Tiro fuori un assorbente malridotto, una carota di Giulio Coniglio, un cucchiaino incrostato, difficile stabilire di cosa, forse cioccolata ma non ci giurerei.

Mentre prendo l'ombretto e la matita, penso che avrei fatto bene ad andare a dormire dai miei. Qualche sera fa Celeste mi ha supplicato di dormire con lei la notte prima del matrimonio. «Sei impazzita?» le ho chiesto mentre rievocava situazioni di idillio di cui non ho nessuna memoria. Mia sorella è bravissima a glassare i ricordi, forse più di mia madre. Le ho risposto che non se ne parlava nemmeno. Io e lei, a casa di mamma e papà, in quella che ha chiamato *la nostra cameretta*. No grazie. Come era ovvio si è offesa, è iniziata la solita triangolazione a cui, però, questa volta ho resistito alla grande.

Devo solo arrivare a domani, ripeto a me stessa mentre mi metto la matita negli occhi, eppure mi sento uno schifo. Non perché sono la sorella della sposa e forse avrei potuto fare di più. Mi sento uno schifo perché la distanza tra ciò che desidero e la realtà sta diventando incolmabile. Questa è l'unica verità e prima o poi dovrò affrontarla.

Mi appoggio al lavandino, mi coglie una delle solite fitte, arrivano improvvise e tolgono il fiato. «Respira profondamente e aspetta che ti passi» mi ha consigliato la strizzacervelli. Il mio respiro deve avere una rotella che non funziona. E se c'è una cosa che non so fare, è aspettare che passi. Mi sembra sia tutto urgente, anche il dolore e la sua eliminazione.

Mi impongo di contare fino a cento, come mi ha detto lei, ma a cinquanta smetto e mi autorizzo a prendere un Buscopan, caccio la testa indietro per far scendere la pastiglia in gola. E mi chiedo perché ho aspettato. E perché chiediamo sempre le ricette agli altri. Ché se a volte facessimo di testa nostra, forse sarebbe meglio.

Sfumo con il dito l'ombretto verde sugli occhi, tempo sprecato cercare il pennello. Passo il mascara sulle ciglia e un tocco di rossetto sulle labbra.

Mi spazzolo i capelli, lisci come spaghetti. Ovviamente niente a che vedere con la chioma riccioluta e fatale di mia sorella, ho solo il piacere di avvolgermeli tra le dita quando sono nervosa.

Sento Sofia trotterellare per la casa canticchiando *Faffalina bella bianca*; mi cerca.

Mi tolgo l'elastico dal polso e mi lego i capelli in uno chignon morbido, lasciando scoperto il collo, lungo e sottile. Ho un debito di riconoscenza verso il mio collo, è l'unica cosa di me magra da sempre. Mi do un'ultima occhiata. Inutile, non sarò mai ciò che desidero neanche se mi inchino all'altra me stessa. Non mi piaccio e sarà sempre così. Punto.

Mentre raccolgo tutti gli indumenti da terra, prendo il cellulare e penso che dovrei rispondergli. Con le braccia cariche apro la porta, ma Sofia mi piomba addosso. Mi ha trovata.

«Sofia, stai attenta» le dico guardando il cellulare caduto sul pavimento, aperto in due. La piccola mi osserva con gli occhi pieni di attesa, continuando a saltellare come una matta.

«Mamma, la zia *ci posa* oggi? Camilla dice che *ci posa* oggi. Dài mamy, dimmi se *ci posa* oggi.»

«Fermati, mi fai girare la testa!» le rispondo trattenendola per un braccio. «E non si dice *ci posa*, ma *si sposa*» la correggo scandendo bene le sillabe.

Appena rimetto insieme i pezzi del cellulare, che per fortuna funziona ancora, arriva un altro messaggio. Questa volta è di Fiamma. *Ricordati di me*, con un cuoricino al seguito. Sorrido, so cosa teme, che si presenti sua sorella Flavia; e quelle due, dal matrimonio mancato, a malapena si salutano.

Sofia incalza. È un grilletto questa bambina, mi confonde.

«Dov'è papà? Non potevi chiederlo a lui se la zia si sposa?» le domando tesa.

«Boh, *domme*!» risponde stringendo le spalle e allargando i palmi delle manine.

«Dorme, si dice, dorme» ripeto rassegnata.

Non l'ha nemmeno cercato, perché Luca è un campione di stato catatonico. Resiste alle loro richieste. E ha una tecnica specifica affinata negli anni. Entra in coma, diventa un manichino. Così, sia Camilla che Sofia, se devono chiedere qualcosa passano direttamente a me. E io mi sento come un polpo. I tentacoli, a volte, permettono alle mie bambine di non farsi male, altre stringono e invece dovrebbero lasciare andare. Quando dovrei lasciar andare, trattengo, quando dovrei sostenere non afferro bene la presa. E lo sapete qual è la cosa buffa?

Che mi sento in colpa. Una colpa che arriva da lontano e su cui non ho nessun potere.

Sofia mi strizza le gambe cingendomi in un abbraccio quasi nervoso, sa di averla combinata grossa, e mi compra così, toccandomi di continuo con impeto, questa mia bambina. Di fronte a quel corpo soffice, perdo ogni resistenza e non posso fare a meno di perdonarla.

La piccola corre dalla sorella, che non si scompone – altro carattere Camilla –, e continua a domandare se sua zia si sposa oggi. È eccitatissima perché farà la damigella, Celeste le ha comprato un vestito rosa tutto pizzi e merletti da cui non si separa nemmeno la notte. È appoggiato su una sedia vicino al suo lettino da circa tre mesi, e non aspetta che il momento di indossarlo.

Luca mi chiama dalla camera. Esco dal bagno sospirando. Mi rendo conto di farlo spesso, tra una parola e l'altra, come un intercalare, una pausa di cui ho bisogno. Non mi sento per niente bene, nonostante il chilo perso, nonostante il Buscopan. E oggi non è la giornata giusta per farsi venire una crisi di nervi.

Attraverso il corridoio osservando le bambine che si rincorrono, si spintonano, si stuzzicano. Non mi capacito di come possano essere così diverse. Eppure lo sono. Come lo siamo io e Celeste, mia madre e la sua gemella Elena, la nonna e zia Rosa.

«Mi hai chiamato?» chiedo a Luca entrando in camera.

«Non sai quante volte. Non trovo le calze blu» dice sbuffando e mettendo tutto all'aria.

«Sono nel cassetto in basso a destra.»

«Nel cassetto non ci sono.»

«Guarda bene.»

«Ti dico che non ci sono, ci ho appena guardato!»

Mentre lui parla io ho piegato il pigiama e l'ho messo sotto al cuscino, ho aperto le finestre e ho rifatto il letto. Se fossi in lui mi odierei. In dieci anni di matrimonio, nonostante le cose siano sempre nello stesso posto, Luca non trova mai niente. Tutte le volte la stessa storia, guardo dentro al cassetto ed eccole lì. Alcuni aspetti di lui mi irritano ancora, ad altri mi sono abituata come ci si abitua a un soprammobile.

Le mie amiche dicono che tutti gli uomini sono uguali, si lamentano in continuazione dei loro mariti. Uomini che non trovano se stessi, e men che meno ciò che gli appartiene. Mariti annoiati, ma cocciuti nel lasciare tutto quanto immutato.

Dovrei chiedermi che cosa ci tiene ancora insieme, invece mi lamento anche io, e nel riconoscermi come le altre, mi sento sollevata.

Prendo le calze dal cassetto e gliele sbatto sul letto con un certo appagamento. Piccole vittorie in una guerra quotidiana che però mi sfianca.

Esco e vado a infilarmi le ballerine rosse. Luca dice che sono sformate. Dovrei buttarle via, ma le adoro e, finché resistono, ho deciso che rimarranno il nido confortevole dei miei coccodrilli. Afferro al volo una manciata di caramelle dalla credenza, il telefonino, le chiavi di casa, e infilo tutto in borsa. Poi ritorno in cucina e acchiappo l'album; stavo quasi per dimenticarlo. Sulla porta torno di nuovo indietro, prendo un pennarello nero e mi scrivo una F sul palmo della mano.

«Cosa fai?» mi domanda Luca.

«F sta per Fiamma, devo ricordarmi di andare a prenderla all'aeroporto.»

«E ti scrivi sulla mano come fanno i bambini?»

Lo guardo. «Luca mi ci manchi tu. Mi conosci abbastanza

per sapere che la mia memoria zoppica» gli rispondo pronta per uscire finalmente.

«A che ora pensi di tornare?» mi chiede appoggiandosi alla porta aperta.

Camilla ci ha raggiunto, mi tira per la felpa, vuole che la baci. Arriva anche Sofia e inizia a frignare. «*Quando tonni?*» chiede con gli occhi stretti. Io mi piego, do un bacio alla grande, e prendo Sofia in braccio passandola a Luca.

«Non so quando torno... quando non ci sarà più bisogno di me. Sicuramente dopo pranzo.»

«Come faccio con le bambine?» mi domanda Luca sgranando gli occhi.

«Mettile in lavatrice o chiudile a chiave in camera» gli dico seccata. «Oppure chiama tua madre. Lei è così brava!»

Le parole mi escono dalla bocca come avessero moto proprio, non so neanche io perché. O meglio, lo so. Detesto mia suocera e mi detesto perché la detesto. Continuo a ripetermi che Maria ci dà un mano e dovrei esserle grata. Ma conserva suo figlio come fa con le acciughe sotto sale e mi è stato chiaro da subito che non avrei mai potuto eguagliarla. È una donna piccola, il contrario di me, occhi sottili e mento prominente, ha dei capelli scuri come la pece. Si muove in casa mia come fosse la padrona, mette le mani ovunque, e tratta le bambine come fossero figlie sue. «Venite da mamma» dice loro allargando le braccia. E io vorrei solo ucciderla.

«Hai mangiato serpi a colazione?» mi chiede con un mezzo sorriso Luca, mettendo giù Sofia. Lo bacio sulla guancia cercando di rimediare alla mia frase infelice. «Scusami tesoro, sono nervosa. Lo sai com'è mia sorella, mi mette sotto pressione. Se hai bisogno chiama.»

«Okay, ma tu tieni il telefono acceso» mi dice ricambiando

il bacio. Poi, mentre sto per allontanarmi mi tira per un braccio scandendo: «Hai capito?».

«Sì, sì. Ho capito» gli rispondo. Strano che non mi abbia chiesto di ripetere quello che ha detto, penso tra me. Chiusa la porta alle spalle, mi appoggio al muro.

Questa è la mia vita. Movimenti rapidi e passaggi veloci. In giornate così vorrei avere due figlie già maggiorenni e un marito che non sia Luca. Inutile mentire, ormai ci aggiriamo per casa come due presenze distratte, è difficile ritrovare l'intimità di una volta. Non usiamo nemmeno più sotterfugi, ci sottraiamo e basta. Un bacio sulla guancia è il massimo a cui possiamo aspirare entrambi. Se dovessi pensare quando ho incominciato a sentirlo estraneo non saprei indicare un momento preciso.

Io vado in camera a leggere, lui è davanti alla televisione, lui sceglie il calcetto con gli amici, io il cinema. Io faccio le pulizie, lui va al parco con le bambine. Io vorrei sentirmi dire che sono brava, lui è stufo che glielo chieda. I gesti che fino a ieri erano piccoli sassi buttati uno sull'altro, oggi sono una montagna insormontabile.

E non so nemmeno come sia successo.

Prendo il telefono dalla borsa, e rispondo al messaggio.

Sto bene. Sono contenta che tu me l'abbia chiesto.

Fai quello che riesci

Esco dal portone e mi accendo subito una sigaretta. Luca non vuole che fumi in casa e io non lo faccio, ma ogni tanto ne avrei proprio bisogno. Come avrei bisogno, prima di buttarmi nella calca, di un grande cornetto con la crema e di un cappuccino strabordante di schiuma. Tanto lo so come andrà a finire, stamattina non riuscirò a prendere nemmeno un caffè.

Salgo in macchina, lancio l'album sul sedile posteriore. Mi sento quasi soffocare, eppure non mi sembra faccia così caldo, abbasso il finestrino per far circolare un po' d'aria. Guardo la mia F sulla mano e mi chiedo se alla fine Pablo verrà. Non so molto di lui. In realtà nessuno ne sa niente. Se non che Fiamma l'ha conosciuto due anni fa sulla metropolitana mentre andava da zia Rosa ed è fuggita con lui a Londra dopo appena tre settimane. D'altronde mia cugina è la prima in classifica per quanto riguarda i colpi di testa, e devo dire che, quando è successo, ha avuto tutta la mia stima. Cinque mesi prima dalla sua fuga con Pablo aveva fatto saltare il matrimonio. Mancavano esattamente quindici giorni alle nozze. Non potete immaginare zia Elena: mia madre, in confronto a sua sorella, è un agnellino.

Esco dal parcheggio nella corsia opposta e spunta l'Audi verde di Roberto. Provo a fargli ciao con la mano, ma in due secondi ha già svoltato ed è sparito dalla mia vista. Celeste l'avrà spedito a fare qualche commissione, perché comanda tutti, organizza e sistema secondo le sue necessità. Lei è la fotocopia di mia madre, senza la dedizione al martirio. Devo dire che nessuno di noi avrebbe immaginato che sarebbe finita con uno come Roberto, perché è un tipo assolutamente normale e visti i casi umani che ci ha presentato, direi che è già molto. Io sono davvero grata a questo ragazzo, perché ce la toglierà dai piedi una volta per tutte. E questo mi sembra moltissimo.

I fidanzati di mia sorella sono stati tutti piuttosto improbabili; da uno di questi Camilla era persino terrorizzata, un altro era muto, nel senso che in una serata ha spiccicato un buongiorno all'inizio e un buonasera alla fine, per il resto ha annuito. Ricordo che mio padre lo chiamava "la bambola gonfiabile" di Celeste. Un altro ancora era convinto che tutti se lo volessero trombare compresa mia madre e le sue amiche. Insomma, l'elenco sarebbe lunghissimo. L'unico fidanzato nella norma è stato quello che tutti definiamo il suo grande amore, anche se lei ora s'infuria quando ce lo sente dire. E devo ammettere che era il mio preferito.

Filippo ha due occhi azzurri da far paura e un sorriso che scioglie. Moro, socievole e avvolgente. Non che Roberto sia un brutto ragazzo, tutt'altro. Ha un fisico asciutto, è alto, dei bei lineamenti, ma niente a che vedere con la prestanza di Filippo. Per lui mia sorella ha pianto lacrime e sangue. Quando l'ha lasciata ha fatto un voto alla Madonna della Guardia affinché ritornasse strisciando. Ma non è successo, e dopo quasi un anno lo ha dichiarato ufficialmente morto. E lo ha fatto con un rito solenne (una pagliacciata) a cui ho dovuto partecipare contro la mia volontà.

Una sera Celeste mi ha citofonato. «Scendi subito, devi venire con me» ha detto concitata. Siccome era chiaro che in quel periodo fosse piuttosto scossa, non ho obiettato. Mi aspettava sotto casa con la portiera dell'auto aperta.

«Dove andiamo?» le ho chiesto salendo in macchina.

«A Staglieno.»

«Al cimitero?»

«Devo seppellire Filippo.»

«Cosa?»

«Me l'ha detto la mia psicologa.»

«La tua psicologa è fuori di testa. Peggio della mia.»

«Devo tagliare il legame, una volta per tutte.»

«Quale legame?»

«Agnese ma ci sei! Quello con Filippo.»

«Non vorrei girare il dito nella piaga, ma l'ha fatto già lui: ti ha mollata!»

«Certo, perché l'ho messo davanti a un *aut aut*: o mi sposi o ti lascio.»

«Comunque, la paghi tanto questa psicologa affettatrice di legami?»

«Novanta euro all'ora. Se faccio due ore, centocinquanta.»

«Tu sei pazza. Con la P maiuscola.»

Quando siamo arrivate al cimitero era quasi buio. È scesa e ha tirato fuori un sacchetto dal portabagagli, si è infilata un paio di guanti neri e si è messa una collana con una croce al collo. Ha preso un fazzoletto bianco, e si è applicata con cura il rossetto. Poi si è disegnata una stella sulla guancia.

«Cosa fai?» le ho chiesto preoccupata.

«Mi vesto da vedova. Se voglio che funzioni devo rendere tutto reale.»

«Questa è buona. In effetti, è pieno il mondo di vedove con una stella sulla guancia.»

«La stella è simbolo di rinascita.»

«Immagino te l'abbia detto la psicologa.»

«No, la callista della mamma quando sono andata a farmi la pedicure.»

«Ora capisco» le ho risposto interdetta. Siamo entrate di nascosto e ci siamo dirette dietro alla statua di un angelo, dove mia sorella ha acceso una candela recitando una specie di preghiera. Con le mani ha tracciato un cerchio immaginario. Ha preso un filo immaginario e con un paio di forbici, immaginarie anche quelle, l'ha tagliato. Una roba allucinante. Si è pulita con il fazzoletto le lacrime, ovviamente immaginarie, e siamo tornate alla macchina. Lei allegra come da tempo non lo era più, io turbata come mai prima di allora.

Quando sono tornata a casa, in fondo, speravo che avesse davvero chiuso con Filippo, perché aveva avuto un vero e proprio mal d'amore, era stata a letto per settimane, in uno stato catatonico. Quella furba di mia madre si era messa di mezzo e, una sera, lo aveva persino chiamato, mandando Celeste su tutte le furie.

Ma dal giorno delle forbici, quando qualcuno lo nomina, Celeste risponde: «Filippo chi?».

Roberto è arrivato dopo poco, anche se ha dovuto faticare parecchio per conquistarla, corteggiandola per oltre un anno. In fondo, si è rivelato un uomo molto tenace. Celeste dice che ha un unico difetto: i suoi capelli sono troppo rossi. E troppo ricci.

Zia Rosa sghignazza quando pensa che la nipotina sia finita con un tipo così a modo. Io aggiungerei che non sembra provare una passione travolgente come era successo con Filippo, ma oggi lo sposa. Avrà fatto bene i suoi calcoli.

Tra l'altro, in fatto di uomini sono l'ultima che dovrebbe parlare. Luca non era per niente il mio tipo, quando ci siamo conosciuti lo trovavo presuntuoso e ci ho messo un po' prima di accettare un appuntamento. È stata la sua aura di sicurezza a farmi cedere, quella sicurezza che a me mancava. Lui abitava ancora con i suoi, io ero uscita di casa già da tre anni, ovvero a venti. Ho litigato per mesi con i miei genitori, ho sopportato musi e ricatti per difendere la mia necessità di indipendenza; nonostante ciò sono sempre stata insicura. E, alla fine, mi sono scelta un uomo per cui sono indispensabile. E non credo sia un caso.

In realtà, dopo i primi mesi qualcosa in lui ha iniziato a disturbarmi. Sono solo dettagli, mi dicevo. Un gesto mancato. Una parola di troppo. Qualche diverbio inaspettato. Ma nella vita di coppia sono i dettagli che fanno capitolare, non i massimi sistemi. Su quelli siamo sempre andati abbastanza d'accordo.

Pensavo che la colpa fosse della mia eterna insoddisfazione. Perché se c' è una cosa che so fare bene è sentirmi responsabile. Ma quando sono arrivate le bambine il resto non ha avuto più importanza. Forse per questo si fanno i figli, perché il resto non abbia più importanza.

Ho bisogno di masticare e opporre resistenza ai pensieri. Cerco una caramella nella borsa e me la infilo in bocca. Lo zucchero dopo un po' mi manca. Prima penso a come procurarmelo e così non devo più pensare ad altro. Poi penso a come eliminarlo. Finché ne ho di nuovo bisogno. Il tempo passa. Funziono così, e vado avanti.

Le macchine rallentano, mi sporgo dal finestrino per capire cosa sta succedendo. La gamba balla sull'acceleratore, mi sento come se dovessi sostenere un esame e per di più sono in un bagno di sudore. Potevo mettermi una maglietta sotto la felpa, ma con le magliette mi si vede la pancia. Meglio morire di caldo, vero Agnese?, dico a me stessa.

Mi allungo per tirare giù anche il finestrino di destra e accendo un'altra sigaretta, tanto Luca non c'è; nemmeno in macchina vuole che fumi. Sono arrivati due vigili, fischiano e fanno segnali, ma niente, sono imbottigliata. Prendo il telefonino per chiamare Celeste e dirle che potrei ritardare, anzi no, forse è meglio chiamare mia madre. Frugo nella borsa, sento il cellulare vibrare, il cuore accelera. Mi sento una cretina e in fondo, quando vedo che è Maria, sono sollevata. Vorrà sapere se Luca ha bisogno. Se deve andare a dare una mano, e la stronza lo chiede a me, non a suo figlio, potrebbe disturbarlo. Sai che faccio? Non rispondo e ributto in borsa il cellulare. Quando alzo lo sguardo l'occhio mi cade su un cartellone affisso sul portone di una chiesa. Leggo ad alta voce: *Da fidanzati a marito e moglie, una scelta definitiva.*

Ecco, bella cazzata, nessuna frase è più fuorviante di quella. La verità è che per me il matrimonio ha lo stesso valore di un contratto, non è che un accordo tra due individui. Meglio un mutuo, almeno ha un termine, venti, trent'anni al massimo. Prima di convolare a giuste nozze sarebbe necessario un periodo di apprendistato e si dovrebbero poter apportare delle modifiche *in itinere*. È quel *sarà per sempre* che rompe le uova nel paniere. Sarebbe meglio: *Salvo buon fine* e un *Liberi tutti* se le cose non vanno. Altroché.

Finalmente la coda si è sciolta, scaccio i pensieri con la mano come fossero mosche. Non ne posso più delle mie elucubrazioni. Non ne posso più di me. Che cosa cavolo mi sta succedendo?

Mi guardo intorno, gli alberi del corso sono pieni di gemme e di fiori sbocciati. Una bellezza che quasi mi irrita. Se mi sporgo riesco a intravedere il mare all'orizzonte. È primavera. La stagione delle spose, tutte le spose a parte me. Io sono convolata a nozze in autunno. Mi piacciono gli alberi spogli, le foglie che impazzano, il rosso che spicca. Una stagione malinconica che mi incanta. D'altronde sono sempre stata il bastian contrario della famiglia. Da piccola odiavo le gonne, i cerchietti, le buone maniere. Ora odio il polpettone della nonna annoverato da tutti come una delizia, non mi piace festeggiare i compleanni e nemmeno me li ricordo. Detesto le telefonate di rito, e non sopporto fare buon viso a cattivo gioco. Sono quello che si vede, e ho un bisogno disperato di essere lasciata in pace.

Però, se tutti i mali non vengono per nuocere, spero di trarre un vantaggio personale dal matrimonio di Celeste. Mia madre non mi rinfaccerà più di essermene andata di casa senza una fede al dito, e senza essermi sposata in chiesa. Avrà altro di cui parlare. La cerimonia in Comune, il pranzo in campagna, il vestito monacale sono stati per lei un motivo di grande vergogna di fronte alla famiglia, incarnata nelle tre figure di spicco: nonna Norma, la zia Elena e suo marito, lo zio Tancredi. Con mia sorella finalmente potrà vantare un matrimonio in pompa magna e dimenticherà il mio, almeno lo spero.

Posteggio sotto al portone, butto le chiavi nella borsa e suono al citofono. Siccome Celeste non risponde, provo da mia madre.

La mia sorellina ha comprato un appartamento all'ultimo piano nello stesso palazzo dei nostri genitori, un'occasione da non perdere costata un occhio della testa ai suoceri. Roberto ha fatto qualche timido tentativo di ribellione, ma è stato rimesso subito sull'attenti. Se fosse per lei dovremmo comprarci una villetta in collina in cui vivere tutti quanti: figli, genitori, nonni, bisnonni, trisavoli... Fosse per me dovremmo vivere non solo in città diverse, ma anche in Stati diversi.

Se io cerco di andare contro corrente, Celeste è una conservatrice estenuante. Un incubo fin dalla culla. Ha iniziato con il ciuccio, il biberon, il bavaglino, l'ippopotamo Bubi, l'amica del cuore. Custodisce come reliquie oggetti e persone. Ogni Natale imbandisce la tavola allo stesso modo, detta legge sui posti a sedere e guai ad azzardare una variazione sulle portate: insalata russa, ravioli, fritto misto alla genovese. Un incubo.

Entro nel portone e metto una gomma in bocca, non ho voglia che mia madre cominci con la solita ramanzina: il fumo rovina la pelle, se poi fa venire un tumore chi se ne frega. Chiamo l'ascensore e, quando le porte si aprono, mi trovo davanti Celeste con un asciugamano in testa e l'accappatoio indosso. Mi basta un attimo per capire che qualcosa non è andato secondo i piani. Provo ad abbozzare uno dei miei sorrisetti aggiustatutto che di solito funzionano alla grande.

«Cosa ti è successo?» le chiedo curiosa.

«Cosa vuoi che sia successo, sono salita in casa per farmi la doccia, ho sentito suonare alla porta e sono uscita dal bagno, pensando fossero i fotografi. Mi sono sporta sul pianerottolo, ma non c'era nessuno. Indovina un po'? Sono rimasta chiusa fuori. Poi, come se non bastasse ho chiamato l'ascensore per scendere da mamma, quando l'hai prenotato tu dal pianterreno. Accicoria!»

«Acci che?» le chiedo.

«Accicoria» risponde lei alzando il mento spocchiosa.

«Che parola è?»

«È un vocabolo che esprime contrarietà, collera, rabbia. Come dire accipicchia.»

«Hai imparato a memoria la Treccani o ti sei ammattita?»

«Ho seguito un suggerimento, e ho promesso di non dire parolacce per oggi. Devo darmi un certo contegno.»

«Questo suggerimento è della psicologa o della callista?» le domando, poi aggiungo: «Lascia perdere. Non lo voglio sapere».

«Sì, lasciamo perdere. Piuttosto, tira fuori le chiavi» e apre il palmo della mano.

Giusto le chiavi. Peccato che me le sia scordate e sinceramente non so neanche dove siano. «Lo sai che ultimamente dimentico le cose» mi giustifico. «Però ho portato l'album. Cioè, l'ho dimenticato in macchina, ma lo vado a prendere subito» dico dirigendomi verso il portone.

«Vieni qui! Chi cazzo se ne frega dell'album!»

«Ma non dovevi eliminare le parolacce per oggi?»

Mia sorella si gonfia a mo' di rospo e mentre mi fa segno di salire in ascensore dice: «Sai qual è la verità? È che pensi solo a te stessa e non ti importa niente di me».

Non rispondo e schiaccio il pulsante.

«Sì. Sei gelosa perché il tuo matrimonio, in quella specie di prato selvatico, ha fatto schifo. Nel pomeriggio ha anche piovuto.»

«Non ha piovuto, e il posto era un po' rustico ma carino. Comunque che cosa c'entra?»

«Dico che magari l'hai fatto apposta.»

Vorrei essere proiettata altrove. Oltre questa giornata. Questo matrimonio. Questa sorella.

Celeste esce dall'ascensore ed entra in casa. Io la seguo mesta. Raggiungiamo nostra madre in cucina. La radio è accesa, sintonizzata sulla solita frequenza di musica italiana; Ines indossa il grembiule rosso a quadretti e sta trafficando. Sposta oggetti, lava tazze, riordina anche ciò che è già a posto, e io non posso fare a meno di chiedermi se è quello che mia madre desiderava per se stessa.

Guardo le calze elastiche, sotto la vestaglia, non ricordo di averla mai vista senza. Mia madre si è sempre vergognata delle sue gambe, attraversate da varici e capillari che creano ammassi blu e viola. Le nasconde sotto pantaloni lunghi e neri. Come io nascondo la mia pancia sotto i maglioni.

Se chiudo gli occhi, la immagino mentre sforna biscotti e ne sento il profumo, come una scia lasciata nel tempo. La vedo sempre pronta, a volte isterica. Non ricordo uno svago, una cena con le amiche, il desiderio di un bell'abito.

Anche se mi è difficile ammetterlo, però, la voglio ricordare in prima fila alle recite scolastiche, vicino al letto quando ero ammalata, o ancora sveglia se facevo tardi la sera. La voglio dentro a quelle isole di ricordi, in cui della donna non c'è traccia, e nel mio immaginario di figlia non deve muoversi da lì.

Nostra mamma canticchia una canzone, muove appena le labbra. Celeste le arriva dietro e lei sobbalza. «Oh, siete qua!» esclama aggrottando la fronte.

Mi avvicino anch'io per darle un bacio, lei allunga il viso e mi porge la guancia senza smettere di lucidare il lavello. La pelle è morbida. Vorrei restare su quella guancia e dimenticare un po'.

«Celeste è rimasta chiusa fuori casa» intervengo prima che mia sorella parta con le sue lamentazioni.

«E Agnese ha scordato di portare il duplicato delle chiavi.»

«Stai facendo una tragedia per niente. Sei una palla» sbotto. Non ne posso già più di lei.

«Celeste, tua sorella non ha tutti i torti!» interviene nostra madre pulendosi le mani nel grembiule. «La conosci, non è quello che si può definire una persona affidabile. Ti ho pregato anch'io più volte di lasciarle a noi, ma tu fai sempre di testa tua.»

«Cristo mamma, possibile che per te abbia sempre ragione Agnese?» Celeste sa fare bene solo una cosa, scaricare su di me le responsabilità, penso sedendomi sullo sgabello. La mamma ha preparato la colazione per nostro padre. Un rito che io e Celeste conosciamo bene. Versa il latte caldo, aggiunge un po' di caffè e ci sbatte dentro due fette di pane schiacciandole con un cucchiaino. Una brodaglia terribile. Non c'è stata una mattina in cui quella tazza non fosse già pronta sulla tavola; la cosa si potrebbe leggere come una forma di dedizione da parte sua. E per parecchi anni ho pensato fosse così; fino a quando l'ho beccata che aggiungeva delle gocce di Seraupin come una fattucchiera.

Il perché lo faccia non mi è molto chiaro. Quando mi lamento di Luca, lei mi rimprovera. «Cosa credi, che tuo padre sia un santo? Un marito è peggio di un figlio, il cervello non cresce ma si avvizzisce e invecchia» dice toccandosi la tempia con l'indice. «Se vuoi far funzionare il matrimonio, ahimè, bisogna trovare delle soluzioni, figlia mia!»

Sulle soluzioni la fattucchiera è rimasta piuttosto vaga. A parte il Seraupin nel latte, prepara i vestiti sulla sedia a mio padre, raccoglie i suoi calzini da terra, gli ricorda di prendere le medicine per il diabete, gli fissa gli appuntamenti dal medico, gli taglia i capelli, gli compra il baccalà ogni venerdì, e la *panissa* ogni tanto. È lei quella che lo cura, continua a farlo da quasi cinquant'anni e se non lo facesse si sentirebbe persa. È l'amore che Celeste desidera, da cui io fuggo.

«Invece di stare lì impalate, mi dite come facciamo con le chiavi?» domanda mia sorella impettita.

«Aspettiamo che tuo padre si alzi» le risponde mia madre.

«Non potremmo svegliarlo?»

«Oh, si starà leggendo il giornale. Lo conosci, non può fare a meno di certe cose.»

«Accicoria, ma è il M I O matrimonio!» strilla come un'aquila Celeste.

Nostra madre mi guarda. Alzo gli occhi al cielo, le faccio segno di lasciar perdere. Dopo alcuni secondi, mio padre, neanche ci avesse sentito, piomba in cucina, lancia il giornale sul tavolo e annuncia: «Giuro che questa volta lo faccio».

Tutti sappiamo di cosa sta parlando e sappiamo che non lo farà. È da quando il PCI si è trasformato in PDS, poi DS e infine PD, che prospetta di strappare la tessera del partito. Sostiene che con Renzi, la sinistra sia andata a farsi fottere. Anche questa volta è andato a votare. Ha giurato che Bersani sarebbe stato l'ultimo compromesso, ma mio padre è un nostalgico, ha ancora la vecchia bandiera falce e martello nel cassetto. «Quelli sì che erano bei tempi!» afferma ogni tanto tirandola fuori.

Quando eravamo piccole ci ha insegnato tutte le canzoni, da *Bella ciao* a *Fischia il vento*. Si metteva la bandiera sulle spalle e faceva finta di essere un eroe partigiano. Siamo cresciute in quel modo, con racconti di guerra totalmente inventati, perché lui è nato quando era già finita da un bel po'. Io ho ereditato il suo interesse per la politica, Celeste è già tanto che si ricordi il nome del presidente della Repubblica.

«Va sempre peggio, ogni giorno ne beccano uno che ha rubato qualcosa, ma quando sono i *nostri* a farlo, proprio non lo sopporto. Tanto non mettono nessuno in galera, solo i poveracci.»

«Giovanni, ti dispiace se per oggi non parliamo di politica?» interviene la mamma. «Forse non te lo ricordi, ma tua figlia si sposa ed è rimasta chiusa fuori casa.»

«Credo sia impossibile dimenticarlo. È dalle quattro che sbatti pentole e pentolini.»

Faccio un cenno di saluto a mio padre, lui si avvicina e mi dice sornione: «Ah, è arrivata anche la figliola prodiga!».

«Vedo che sei di buon umore Giò!» replico allungandomi per dargli un bacio.

Giò è la prima parola che ho imparato. Prima di mamma, prima di pappa, di ciuccio, di sonno. Per me il mondo iniziava e finiva con mio padre. Da allora lo chiamo così. Diminutivo di Giovan Battista, ma in famiglia lo chiamano tutti Giovanni.

C'è qualcosa in lui che richiama protezione. Almeno per me. Non saprei dire con precisione cosa, forse sono gli occhi piccoli e il sorriso benevolo. Giò è un uomo piuttosto alto, nonostante la vecchiaia gli abbia curvato un po' la schiena, ha grandi spalle, barba e baffi ormai completamente bianchi. Sì, è vero, la pancia è prominente e le gambe sembrano due stecchini, ma non è male. Da giovane era bellissimo e se ne vanta tutte le volte che può.

Ha indosso il solito pigiama azzurro, i pantaloni gli arrivano sotto le ascelle. Molto diverso da Luca. Mio marito sta in bagno ore a sistemarsi i capelli che non ha più. Si depila le spalle. Indossa abiti firmati e ha una fissazione per la posizione in cui devono stare i colletti delle sue camicie. Giò al confronto è privo di vanità.

Mi sono cercata un uomo l'opposto di mio padre, per poi scoprire che per alcuni aspetti lo avrei voluto simile a lui. Giò prende la pipa, la mamma lo rimprovera: «Giovanni, per cortesia, spegni quella pipa! Tra poco arriveranno tutti. Ti è abbastanza chiaro che dobbiamo cercare un modo per entrare in casa di Celeste?»

«Santa pace, che sarà mai!» risponde lui sbottando.

I miei genitori sono insieme da quando erano due ragazzini e non ricordo giorno in cui non abbiano minacciato di lasciarsi.

«Dobbiamo aggiustare le cose una volta per tutte» dice mio padre alla fine di ogni discussione.

«A me interessa che aggiusti il rubinetto del bagno» gli risponde mia madre.

«Quando ti ci metti, Ines, sei davvero impossibile!»

«Ci sarebbe anche da cambiare la lampadina in camera» aggiunge facendo finta di non averlo sentito.

«Va bene. Ho capito, vado» ribatte lui uscendo dalla stanza. «Ma stasera voglio le trippe.»

Le loro liti finiscono più o meno sempre allo stesso modo. E le cose non sono poi tanto cambiate. Nella mia famiglia un piatto di trippe mette a posto tutto.

«Chiamiamo i pompieri» propone nostra madre.

«Ma quali pompieri e pompieri! Fatemi mettere qualcosa sotto i denti. A stomaco vuoto non si combina niente» le risponde Giò.

«Quando siete comodi fatemi un fischio. Vado a finire di farmi la doccia» dice Celeste lanciando l'asciugamano su una sedia.

Nostra madre prende la tazza del latte e la porge a Giò; se potesse gliela berrebbe pure. Lui ingurgita la brodaglia alla velocità della luce. Poi si pulisce la bocca con la mano ed emette un sonoro rutto. Si diverte a impressionarci, ma nulla di ciò che fa ci sorprende più. Tra l'altro è un uomo piuttosto ripetitivo: le stesse barzellette, gli stessi scherzi. Le stesse frasi fatte. Gli stessi film di John Wayne. La stessa pipa. Avrebbe persino lo stesso giubbotto se mia madre ogni tanto non gliene comprasse uno nuovo. Lo stesso padre di sempre.

Giò si toglie la maglia del pigiama restando a torso nudo, inizia a canticchiare la musichetta di 007, con le mani si è messo a mimare una pistola muovendosi guardingo. Una scena pietosa, però mi fa ridere. Va in dispensa a prendere ciò che gli serve, per poi salire a casa di Celeste riuscendo ad aprire la porta.

Appena torna con le chiavi, le butta sul tavolo e mia sorella gli salta al collo, lo abbraccia e lo bacia, con promesse di devozione totale. Giò di fronte alle sue moine va in brodo di giuggiole e non capisce più nulla.

Si avvicinano alla porta tutti abbracciati, Celeste ha indossato una tuta rosa fuxia. «Sei un fiore» le dice mio padre sulla soglia. E lei, per tutta risposta, gli stampa un lungo bacio con lo schiocco finale. Non c'è niente da fare, sono disgustosamente disgustosi.

Mi avvicino a mia madre con lo straccio in mano. Mi guarda complice. Quando si tratta di quei due ci ritroviamo improvvisamente alleate.

«Andrà tutto bene» le sussurro. Anche se non ne sono tanto sicura. D'altronde ognuno ha la famiglia che si merita. Io ho la mia, ed è piuttosto ingombrante.

Urge lo specchio. Devo inchinarmi e alzare la mano sinistra a quell'altra me stessa, perché mi ricordi di respirare. Sono in apnea e siamo appena all'inizio.

Aspetto che i miei genitori siano pronti e salgo al piano di sopra con loro.

Non ti occupare dei chiunque

La casa di mia sorella, in meno di un quarto d'ora, è diventata un set cinematografico. I fotografi hanno sistemato dei grandi flash e posizionato un paio di cavalletti. Sono in due, e uno è il cine-reporter, secondo la definizione megalomane di Celeste. Il tipo è piuttosto belloccio, un animale da seduzione: barba volutamente incolta, sorriso enigmatico, capelli raccolti in un codino morbido. Si aggira con la telecamera masticando un chewingum e appena mia madre l'ha visto si è ringalluzzita, non fa altro che seguirlo da una stanza all'altra. Il filmino che sta girando verrà proiettato a sorpresa durante la cena su un maxischermo.

Datemi il mio vecchio piumone che mi caccio sotto le coperte.

La truccatrice è una donna di mezza età. Ha due tette enormi che mostra in modo ostentato, una vita da vespa. Maglia e pantaloni attillati neanche avesse vent'anni. "Marcata" dalla testa ai piedi. Come le vacche, direi se fossi stronza. Ma non lo sono. Mi limito a pensare che sia un'esibizionista. Ha aperto un trolley da cui ha tirato fuori ogni tipo di arnese, si è appropriata di un tavolino e lo difende con le unghie e con i denti. E che unghie. Lunghe due metri e dorate.

Le parrucchiere sono tre. Cinesi. Una, la più vecchia, detta ordini muovendo appena le labbra, le altre due obbediscono. Si muovono insieme, sorridono insieme, parlano insieme producendo una specie di eco. La pettinatura scelta da mia sorella è complicatissima. Ha preteso uno strass in ogni ciocca di capelli. Non importa che siano costati un capitale, si tratta del suo matrimonio e deve essere accontentata.

È un viavai continuo. Chiunque arrivi si catapulta su Celeste, le fa i complimenti, la bacia e l'abbraccia. «Quella chi è?» domandano i *chiunque* indicandomi.

«È la sorella della sposa» interviene mia madre, come se ciò mi conferisse qualche privilegio. Poi, senza esitazione aggiunge: «Non si assomigliano per niente, vero?».

Vorrei essere un geco e mimetizzarmi sul muro. Invece sorrido. Stringo la mano. Ringrazio i *chiunque*.

Ho bisogno di prendere un po' d'aria, così appoggio la borsa, infilo il cellulare nella tasca dei jeans ed esco sul terrazzino. Mi appoggio alla ringhiera e osservo la Lanterna, le macchine sfrecciano sulla sopraelevata, una nave sta uscendo dal porto. La verità è che mi sento fuori posto, non so come muovermi, cosa dire, tutti hanno qualche compito, tranne me. Persino i *chiunque* hanno il ruolo dei *chiunque*.

C'è una brezza gentile, per fortuna. Chiudo gli occhi e apro la bocca come facevo da bambina quando volevo mangiarmi il vento. Ora vorrei ingoiare il dolore.

Mi volto e appoggio la schiena alla ringhiera. Guardo la mia famiglia: Celeste nella sua tutina rosa ha uno sguardo soddisfatto, sorride a tutti, è al settimo cielo; mio padre fuma la pipa, facendo finta di ascoltare mia madre mentre lo riprende.

Mi chiedo se sia tutta lì la vita. Un copione scritto e riscritto. Un matrimonio. Una famiglia. Dei figli. Poi s'invecchia. Il problema è che le domande arrivano sempre al momento sbagliato. E non la voglio una risposta. Non adesso, non al matrimonio di mia sorella.

Rivedo il tempo già consumato. È a Luca che penso, alla nostra storia, e mi chiedo dove ci siamo persi. Tra qualche mese compirò quarant'anni, li sento arrivare silenziosi, come passi di gatto. Scorgo la mia immagine riflessa nella finestra: una felpa, un paio di jeans, il viso tirato. Quella sono io.

Prendo il telefonino. Non ci sono altri messaggi e un po' mi dispiace. Cosa mi aspettavo? Perché dovrebbe scrivermi? D'altronde lui è il primario, e magari si preoccupa per me.

Decido di rientrare prima che mi salga l'angoscia, ma appena metto piede in casa la vista si annebbia, il cuore accelera. Quando mi riprendo sono sdraiata sul pavimento, le palpebre fanno fatica ad aprirsi. Ho sognato Luca e le bambine. Erano felici senza di me. Costruivano castelli di sabbia sulla spiaggia.

Sento dei colpetti secchi sul viso, apro gli occhi e vedo mia madre inginocchiata. Mio padre è in piedi, mi sta tenendo le gambe in alto. Ci metto un po' a capire dove mi trovo. Forse sono inciampata e ho sbattuto la testa.

«Cosa è successo?» chiedo turbata.

«Sei svenuta, tesoro» mi risponde mia madre con una punta di tenerezza.

È la terza volta in un mese, le prime due ero di turno in ospedale. Sono stramazzata al suolo davanti ai miei colleghi. Il cuore ha accelerato, ho sentito freddo e si è fatto buio. Mi sono data subito per spacciata.

«Dimmi la verità, ho un tumore?» ho chiesto ad Andrea, seduto all'altro lato della scrivania, mentre controllava i risultati degli esami prescritti.

Andrea è arrivato nel nostro reparto da meno di un anno, ha toni pacati e modi decisi. Mai spocchioso. È un buon capo e un primario molto stimato. Ci diamo del tu e chiacchiera con tutti amabilmente. Da quando c'è lui, le cose funzionano meglio.

«Allora?» ho insistito in ansia.

Lui ha posato i fogli sulla scrivania e mi ha guardato.

«Dimmi che l'abbiamo preso in tempo, ti prego!»

«Agnese, smettila di dire scemenze» mi ha risposto togliendosi gli occhiali e strofinandosi gli occhi. «Non hai niente.»

«Come, non ho niente?»

«A casa tutto bene? Problemi? Preoccupazioni?» mi domanda appoggiandosi alla sedia.

Non ho nessuna voglia di sviscerare la mia vita privata davanti al capo, anche se mi sta simpatico. C'è già la psicologa che mi assilla. E non capisco quelle domande a cosa portino.

«Non voglio essere invadente» si giustifica lui di fronte al mio silenzio. «Non hai nessun tumore. Quando svieni è come se chiudessi i ponti con la realtà, sono attacchi di panico e se vuoi che passino devi solo ascoltare i messaggi che il corpo ti invia.»

Devo già ascoltare mia madre, mio padre, mia sorella, Luca, le bambine, i *chiunque*. Ora anche il mio corpo si diverte a mandarmi messaggi cifrati? Nel mio corpo voglio solo infilare una Saint Honoré, un panettone, anche se non è Natale. E vorrei essere riempita di baci.

«Insomma, è tutto nella tua testa» aggiunge calmo.

Quale testa? Quella in cui schiaccio e stipo tutto?

«Sono confusa. Devo ascoltare la testa o il corpo?» insisto seria.

«Entrambi. Sono una cosa sola. Attraverso il corpo andiamo incontro agli altri. Se il corpo è ferito noi siamo feriti» ribatte lui sorridendo.

«Le mie ferite sanguinano» gli dico dirigendomi verso la porta.

«Agnese, fai come ti dico, prova ad ascoltarti e vedrai che funziona» mi ripete quando sono già sulla soglia.

Niente di me funziona.

Vent'anni fa mi è capitata la stessa cosa. Ero appena andata a vivere da sola, la sera mi sembrava di dormire in un letto in discesa. Ero passata dal caos di una famiglia di quattro persone e un cane, al silenzio più totale. «Hai paura di non farcela» mi aveva detto la psicologa. Non quella dello specchio, un'altra più economica che aveva un buco di studio all'ultimo piano senza ascensore in uno dei vicoli più angusti del centro storico. Centoquattro scalini. Forse per quello costava poco.

Poi è passata, e non ci ho più pensato.

Celeste è in piedi, mi guarda torva. È infastidita dalla perdita momentanea di attenzione. «Mi dispiace» le dico con un filo di voce, ma lei si è già allontanata.

«Cosa fa quello?» domando a mia madre con lo sguardo rivolto al cineoperatore.

«Sta girando» mi risponde sorridendo alla telecamera.

«Girando cosa?»

«Documenta i ricordi di questa giornata per il filmino.»

L'agguanto per un braccio, l'avvicino a me e le dico: «Volete vedermi morta dalla vergogna? Per favore, digli subito di smettere».

Ho la bocca asciutta, mia madre mi solleva leggermente la testa per farmi bere. Mio padre mi sta bloccando la circolazione delle caviglie.

Mi sforzo di sorridere, non voglio che i miei genitori si preoccupino. So che è assurdo, ma è in momenti come questi che mi sento amata. I problemi vengono accantonati, le distanze accorciate, fluttuo in uno spazio di acqua dolce. Non devo dire nulla. Né sforzarmi di piacere.

Da piccola, quando ero malata, mia madre modulava la voce, piena di premure. Mio padre mi portava dei doni: un *Topolino*, delle figurine, un braccialetto. Non c'era altro di cui avevo bisogno, se non il bene di mia madre e mio padre. Poi si cresce.

Forse per questo i bambini si ammalano, penso. Per quei giorni lì.

«Ti trascuri figlia mia» mi rimbrotta Giò stringendomi sempre di più le caviglie. «Stai sempre a dieta. Devi mangiare delle sane pastasciutte, altroché!»

«Secondo me è meglio se chiamiamo il dottore, così ti dà un'occhiata» aggiunge mia madre cercando il telefonino in borsa.

«Ma figurati! Mi sento già meglio. Se papà mi lascia le caviglie, mi alzo» dico cercando di tirarmi su.

Detto fatto. Mio padre mi molla le gambe senza nessun garbo. In un attimo è già sul terrazzino che si accende la pipa. Mia madre mi aiuta a sedermi piano. La testa gira, le gambe formicolano. Sono in un bagno di sudore, mi annuso le ascelle cercando di non farmi notare. Avrei bisogno di una doccia, puzzo come una capra.

La mamma mi ficca a tradimento un cucchiaino di zucchero in bocca, mi costringe a bere un succo di frutta e a mangiare un paio di biscotti. È così che si è sempre presa cura di me.

So già dove andrà tutta quella roba. In men che non si dica si materializzerà nelle mie cosce, nella pancia, nel fondoschiena. Non potrebbe andare nei piedi da coccodrillo, invece di disturbare altrove?

Mio padre rientra dal terrazzino e mi scompiglia i capelli.

«Ci fai sempre preoccupare tu» mi dice sorridendo e stringendomi forte. Io socchiudo gli occhi. Sprofondo nel suo petto. Inspiro il suo odore.

Le braccia di mio padre rimangono la cosa più rassicurante che conosco.

«Ogni tanto cerca di fare qualcosa di stupido» mi sussurra nell'orecchio.

«Giò, faccio *solo* cose stupide.»

«No, Agnese. Nella tua vita fai solo cose serie. È questo il problema.»

«Giovanni, ti vuoi sbrigare? Devi andare a prendere i fiori» ci interrompe la fattucchiera. «Su, su, stai perdendo un sacco di tempo.»

«Va bene, vado, vado!» esclama Giò incamminandosi verso la porta.

«Ti ricordi come si chiama il negozio, vero?» gli chiede mia madre.

«Ines, me lo hai ripetuto trecento volte. Come faccio a dimenticarlo?»

«Mi raccomando! Non ti perdere!»

Mio padre allarga le braccia in segno di resa. Poi si volta verso di me e alza il pugno. Io lo saluto con la mano e gli sorrido. Mia madre si butta a capofitto su Celeste dimenticandosi di me.

Mi guardo in giro. L'enorme orologio a parete segna solo le dieci. Le ore sul display, rosse e luminose, scompaiono e ricompaiono e quell'intermittenza mi dà sui nervi. Come abbia fatto mia sorella a scegliere un oggetto del genere è inspiegabile.

Mia madre ha preso in mano la scopa e si è messa il grembiule. È incredibile, ha la capacità di prendere possesso di un luogo in meno di un secondo. Appena qualcosa cade per terra, che sia un capello o altro, lo raccoglie. È fastidiosa da quanto è servizievole: Permesso? Posso? Scusi. Fa moine a tutti, soprattutto al cineoperatore. Ogni tanto controlla il cellulare, buttando un'occhiata al suo nuovo boy. Ride come una ragazzina. Meglio non appurare cosa sta postando.

La truccatrice mi guarda con sufficienza, come a dire: «Cosa ci stai a fare qui?».

Ecco, appunto. Che cosa ci sto a fare lì?

Ho provato a proporre a mia madre e a mia sorella di raggiungerle direttamente in chiesa, ma mi hanno coperta di insulti.

«Sei frigida!» mi ha urlato Celeste.

«Cosa hai detto?» ho risposto sgranando gli occhi.

«Emotivamente, intendo. Cosa hai capito?»

«Le parole hanno un significato preciso» le ho risposto irritata.

«Non fare l'intellettuale con noi» è intervenuta nostra madre. «Questa è una famiglia di operai e Celeste ha ragione. Non sei venuta al funerale di Marietta, e ci sono passata sopra. Non ti sei presentata neppure alla comunione della figlia dei Rolli. Ora, però, stai esagerando!»

«Neanche papà è venuto alla comunione» ho ribattuto cercando di spuntarla.

«Che c'entra, tuo padre è tuo padre.»

E io sono io, avrei voluto dirle. Sono figlia di mio padre.

È vero, odio i sorrisi di circostanza, i pranzi formali, tra i parenti non sopporto quasi nessuno. Odio le cerimonie, entro in chiesa solo se obbligata. Non ho un credo. E non mi sarei mai sposata. Non avevo nessuna velleità di certificare l'amore, né di indossare un abito bianco e giurare davanti a Dio e ai *chiunque*. Volersi bene doveva, e poteva bastare. Invece non è bastato. Invece 'sta roba qui del matrimonio con i fiocchi mi fa sclerare.

Nessuno della mia famiglia è praticante, nemmeno Celeste, che per andare all'altare ha fatto la cresima, il corso prematrimoniale, e si è confessata tre volte. Mia suocera però sì. Maria è devota a san Lucio.

«Chi l'ha mai sentito questo?» ha borbottato mio padre un giorno in cui erano tutti a pranzo da me, mentre mia suocera parlava di 'sto san Lucio come fosse un parente stretto.

È solo per Maria che Luca voleva sposarsi in chiesa.

«Mia madre ne farà una malattia» mi disse una sera.

«Anche mio padre. Lo conosci, è allergico ai preti» gli risposi decisa.

Con Giò alle calcagna non poteva averla vinta. E la cosa si chiuse lì.

Maria, ogni mattina, accende il lumino. Fa il segno della croce davanti al suo altare, composto da un'immagine di san Lucio e una gigantografia di loro tre: madre, padre e figlio. Anzi: madre, figlio e padre. Dopo la nascita delle bambine ha aggiunto anche un piccolo portaritratti con una loro fotografia. Di me nessuna traccia.

Sono certa che Maria preghi per non bruciare le lasagne o fare gli involtini come piacciono al figlio. I *chiunque* direbbero che la mia è solo invidia, e in effetti cucino quattro cose che sono una garanzia, per il resto sono una frana. Luca vorrebbe il pranzo domenicale tutti i giorni della settimana, eppure non si lamenta quando gli propino per due volte lo stesso piatto. Ma quando la madre, ogni sera, al telefono gli domanda: «Cosa ti ha cucinato Agnese di buono?» lui si vergogna e inventa.

Grazie al cielo le nostre bambine sono due buone forchette. Camilla a due anni mangiava le trippe insieme al nonno. Qualche sera fa mi ha detto sottovoce, mettendosi la manina intorno alla bocca: «Mamy, nessuno fa le polpette nel sugo buone come le tue, ma non lo dire a papà, e nemmeno alla nonna Maria».

Sono grata a quella bambina dalle guance piene e il cuore

sorridente. Già così attenta a non alterare gli equilibri all'interno della famiglia, a non dare dispiaceri a nessuno. I figli che sanno. Sentono il dolore prima che venga svelato. Lo avvertono nelle parole e nei silenzi, come vento di tempesta. Hanno paura, ma non dicono nulla. Guardano e aspettano. Forse si preparano. Si mettono sotto coperta, in attesa. Nella speranza o nel timore che qualcosa cambi.

Vado in cucina e preparo del caffè, tanto per fare qualcosa e non starmene lì a rimuginare, che poi non serve a niente. «Brava, era proprio quello che ci voleva!» esclama mia madre. E io sono contenta di rendermi utile.

Le parole di Andrea ogni tanto mi ritornano in mente. Sarà la sua voce, il modo che ha di dire le cose. Lo sento spesso parlare al telefono con sua moglie. Ha dei modi gentili. Dicono che lei sia la quarta figlia dei Costa, una delle famiglie più in vista. A Genova chi conta si chiama Costa, Romanengo o Dufour e sono tutti imparentati tra di loro. Si bisbiglia che lei voglia un figlio, ma non arrivi e ne faccia una tragedia. Comunque, dopo quelle telefonate, in ospedale sappiamo che bisogna lasciarlo perdere per una buona mezz'ora, perché è intrattabile.

Apro e chiudo sportelli, non faccio fatica a trovare quello del caffè. I barattoli sono impilati uno sull'altro, ognuno con la propria etichetta posizionata al centro. Sul piano da lavoro gli elettrodomestici di ultima generazione sono lindi e immacolati. Anche i mobili fanno paura da quanto sono lucidi. Qua e là spiccano oggetti che Celeste definisce con orgoglio di "design", costosissimi. Si vede proprio che non ci sono figli in giro per casa. Nessun gioco su cui inciampare, caramelle spiaccicate e manate sui muri.

La prima volta che mia sorella mi ha invitata per una merenda con le bambine è stato un incubo. Non faceva che seguire Camilla e Sofia, le riprendeva di continuo: «Toglietevi le scarpe. State attente a quello che toccate. Non vi muovete in quel modo. Per l'amor del cielo, quello no!».

Quando avrà un figlio ci sarà da ridere. Sui muri e sul pavimento di casa mia ci finisce di tutto: dal moccico, al pongo, agli avanzi di cibo. Ci sono solchi ovunque. Celeste non sa che i bambini si trasformano spesso: diventano castori, talpe, o tigri dai denti a sciabola. In quei frangenti le madri non possono far altro che sperare. A un certo punto si tramutano in orsacchiotti e vanno in letargo quei dieci minuti necessari alla nostra sopravvivenza. Per il resto, la casa è un campo di battaglia. Prima o poi anche questa perderà tutto il suo splendore.

Mentre verso il caffè nelle tazzine, noto un post-it giallo sul frigorifero. Lo prendo in mano e lo leggo. *Da oggi sarà per sempre. Con te mi sento unico. Tuo Robi.*

Ecco, ci mancava un altro sdolcinato in famiglia, come non ne avessimo già abbastanza. Quel "tuo, mio" mi danno la nausea. Se l'amore per i figli è incondizionato, quello per il marito non lo è. Di questo sono certa.

Sento il telefono vibrare. Lo prendo. È un WhatsApp di Luca: *È successo un disastro. Chiamami subito.*

Digito il numero in preda all'ansia.

«Pronto?»

«Ciao» mi risponde.

«Cos'è successo?» chiedo immediatamente con il cuore a mille.

«Niente.»

«Come *niente*, e il messaggio?»

«Ah, il messaggio. Te l'ho scritto altrimenti non mi avresti richiamato» mi risponde lui sghignazzando.

«Ma sei un cretino? Mi sono preoccupata da morire.»

«Volevo solo sapere come va da quelle parti.»

«Come vuoi che vada?» gli rispondo secca. «Nessuna nuova, a parte che sono svenuta un attimo.»

«Ma tua nonna è già arrivata?»

«Chi, Norma? No.»

Lo sento ridere. «Cosa ridi?» gli chiedo piuttosto infastidita.

«No, è che vorrei esserci. Vedere tua madre e tua nonna che sgomitano per aiutare Celeste deve essere uno spasso.»

«Se vuoi facciamo a cambio» gli rispondo. «A proposito, le bambine cosa stanno facendo?»

«È venuta mia madre. Sono andate a fare spese, ma tra un'ora me le riporta!»

«Giusto. Tua madre.»

«Non fare l'ironica, dobbiamo solo ringraziarla se…»

«Se cosa?» lo interrompo. «Se possiamo uscire qualche volta? Andare al cinema? Prenderci una pausa? Non mi sembra che ultimamente stiamo facendo niente di tutto ciò.»

«Guarda Agnese, non ne ho voglia» dice lui irritato, poi aggiunge: «Ho capito bene: sei svenuta?»

Evviva ce l'ha fatta!, penso tra me, se ne è accorto solo dopo due minuti. «Sì, un calo di zuccheri» gli rispondo.

«Ah, ho capito. Ci sentiamo dopo.» E butta giù.

Mentre rimetto il cellulare in tasca, nell'altra mano, attaccato a un dito, ho ancora il post-it scritto da Roberto. Celeste mi arriva alle spalle, sobbalzo. Ha mezza testa acconciata in una piramide luccicante, nell'altra le ciocche cadono morbide. È molto più bella con i capelli sciolti, ma non oso dirglielo. Prende dell'acqua da una bottiglia, aggiunge dei cubetti di ghiaccio e si riempie il bicchiere. Beve velocemente, poi sciacqua il bicchiere e lo asciuga subito. Prima di riporlo verifica in controluce che non abbia aloni.

Sono sbigottita. In casa non alzava un dito. Toccava a me aiutare nostra madre a rimettere in ordine. I suoi vestiti rimanevano a terra per giorni. Quando ne aveva bisogno supplicava che qualcuno glieli lavasse.

«C'è un caldo che si muore o è una mia impressione?» mi chiede facendosi aria con le mani.

«Sarà il phon. È un bel po' che sei sotto torchio. Non so come fai a resistere.»

«Stavi curiosando?» mi chiede avvicinandosi.

«Io?» domando non capendo a cosa si riferisca.

«Hai in mano il post-it.»

«Ah, sì, questo» rispondo rimettendolo a posto.

«Non è stato carino?»

«Chi?»

«Agnese sveglia! Mi sembri rimbambita: Roberto. Stamattina quando sono entrata in casa è la prima cosa che ho notato. Ovviamente ho pianto.»

«Per il post-it?»

«Lascia perdere. Tu non sai cosa sia il romanticismo.»

E non è che abbia tutti i torti. Io e mia sorella siamo come il giorno e la notte. Il cane e il gatto. Il gatto e il topo. Per Celeste la realtà è fatta di cuori stampati. Si renderà conto che il matrimonio è molto diverso da ciò che immagina, è solo questione di tempo, perché la vita è finitudine. Le cose finiscono e bisogna farci i conti. Spero che per lei sia diverso, ma io una mattina mi sono svegliata, in una camera arredata con gusto, in un letto troppo stretto, e mi sono chiesta chi fosse il ladro venuto di soppiatto durante le notte a rubarmi l'amore.

Appoggio la caffettiera. I pensieri sono voraci. Non mi concentro e mi cade tutto per terra: vassoio, tazzine, caffè. Ogni rumore cessa. Gli occhi dei *chiunque* sono puntati su di me.

Potrebbe essere la scena di un film in cui la pasticciona di turno è in realtà un'eroina, ma non c'è nessun film, questo è il matrimonio di mia sorella e io ho combinato un disastro.

Mia madre prende in mano la situazione. «Siediti qui e stai ferma» dice seccata. Mi sbatte in faccia la mia inadeguatezza. Alla fine io desisto, mi metto in un angolo e faccio quello che sono capace di fare. Rimugino. E lo faccio benissimo.

Provo a distrarmi ascoltando lo speaker del radiogiornale, le notizie di cronaca fanno da sfondo: la guerra in Siria, gli scontri in Nigeria, un ragazzo che si è schiantato in moto, una casa svaligiata. Lo speaker ha impostato la voce, partecipa ai lutti. Le tragedie ormai sono abitudine come il rumore della lavatrice in funzione.

Prendo qualche caramella nella borsa e la infilo in bocca. Vorrei buttare le carte per terra solo per il gusto di farlo, come attaccavo il chewingum sotto le panche in chiesa quando ero una bambina. Voglio essere fastidiosa. Disturbare, rompere questo finto incantesimo.

Osservo mia madre, mia sorella, le parrucchiere, la truccatrice, i fotografi, i *chiunque*. Dio che fastidio! Sono gli altri che temo; così diversi da me e così uguali. E questa rappresentazione della vita mi sembra un grande inganno. Se andassi lontano? All'altro capo del globo? Magari basterebbe la pasticceria sotto casa.

«Non sarò mai come te» dicevo sempre a mia madre. E ora, sono tale e quale a lei. Anzi, forse peggio, perché ho la presunzione di essere migliore. Pago le tasse, faccio la spesa nei discount, mi lamento delle strade sporche, della fila alla posta. Tutti i santi giorni prendo due autobus non dimenticando mai di timbrare il biglietto. Mi trascino in ospedale per un lavoro diventato troppo faticoso. Non voglio sprofondare dentro ai piatti da lavare, la casa da riordinare, la routine, le bambine, un'uscita ogni tanto. E penso a un uomo che è anche il mio capo. È che non ce la faccio ad accontentarmi. Non più.

Mia madre si avvicina trafelata e mi chiede di scendere in casa sua a prendere le scarpe di Celeste. Non me lo faccio ripetere due volte.

«Le chiavi dovrebbero essere nella tasca della giacca e le scarpe nell'armadio in camera vostra» mi dice con scopa e paletta ancora in mano.

«Okay, vado» le rispondo dirigendomi verso la porta prima che cambi idea.

Celeste mi blocca trattenendomi per la felpa. «Agnese non ti perdere, mi raccomando. Qui c'è bisogno di te.»

Bugiarda bugiardissima.

Le sorrido per legittima difesa, e schizzo via.

Per procedere bisogna tornare indietro

Scendo la prima rampa di scale. Mi tengo stretta al corrimano, le gambe tremano, ho paura di svenire ancora. Devo chiamare Andrea, guardarlo dritto negli occhi e dirgli calma: «Caro Andrea, mi sono ascoltata. Quell'altra me, che saluto tutti i giorni, a cui mi inchino con rispetto, ti ordina di prescrivermi subito uno Xanax o mi avrai sulla coscienza».

I *chiunque* penserebbero che non ho fegato. I *chiunque* hanno sempre ragione. I miei *chiunque* sono un incubo. E io, cazzo, sto parecchio fuori fase!

Mi sporgo nella tromba delle scale e guardo giù. È stretta e profonda. Come la mia paura.

Non avrei dovuto bere il succo e nemmeno mangiare i biscotti. Mia madre a volte è così insistente che mi risulta impossibile dire di no, e se ho ripreso il chilo perso, mi uccido. «Santa bilancia, specchio delle mie brame, dimmi che non ho preso nemmeno un etto, ti prego! Dimmi che sono la stessa di stamattina. Dimmi che nulla è cambiato.»

Arrivo fino al pianerottolo, non so neanche io come. La verità è che pensare ai chili mi serve, mi dimentico del resto. Guardo le due porte verdi. Quella dei miei genitori ha il solito zerbino rosso rassicurante con scritto HOME. Nell'appartamento di fronte abita un ragazzo pugliese arrivato da poco. Sul suo zerbino, invece, c'è un simpatico FOTTITI.

Apro la porta. Vedo la giacca di mio padre mollata malamente su una sedia nell'ingresso. Prendo una manica e me la porto al naso. Odore di pipa, delle nostre fughe nel bosco alla ricerca di funghi. Delle storie inventate per le mie bambine. Come quella del corvo che dice al merlo: «Come sei nero!». E le mie figlie ridono di questa storia fatta di niente raccontata dal nonno, e sono risate potenti che mettono a posto le cose. Ci sono momenti che ho impressi più di altri nella memoria della mia vita di figlia. E non riguardano concetti educativi che i miei genitori credono di avermi inculcato, e nemmeno insegnamenti particolari. Ricordo noi quattro che facciamo qualcosa insieme, che stiamo vicini. Gesti quotidiani. Frazioni di secondo che sono incise. Sono queste che rimangono, non altro.

Sposto lo sguardo sui cuscini a punto croce, le mani magiche di mia madre che infila l'ago come io non ho mai imparato a fare, il *Secolo XIX* sul tavolino, alcune fotografie mie e di Celeste bambina, le ceramiche di Albissola. Potrei chiudere gli occhi e ritrovare ogni oggetto.

Mi tolgo le ballerine rosse e appoggio i piedi sul pavimento. Che gioa! Il marmo è freddo e la sensazione è piacevole. I coccodrilli sono sempre lì, ma sono a casa. Una casa lontana nel tempo, quella dell'infanzia.

Stavolta li chiudo davvero gli occhi. L'odore sa di ricordo, evanescente e indelebile, e mi sovrasta. Potrei stare in quest'ingresso tutto il giorno, vicino alla giacca di mio padre a non fare nulla. Aspettare che il matrimonio di mia sorella passi e la mia vita si ricomponga.

Entro in cucina e apro il rubinetto, facendo scorrere l'acqua fredda sui polsi. Proprio quello che ci voleva. Però istintivamente asciugo subito il lavandino, come se mia madre potesse cogliermi sul fatto. Ines è sempre presente, ho i suoi occhi piantati sulla schiena pronti a schernirmi. Ne sento la voce quando controllo le bambine con fare ossessivo, quando litigo con Luca, quando salgo sulla bilancia. La mia seconda voce, quella che mi dice: *Non vai ancora bene, ritenta e sarai più fortunata.* Forse per questo sono così, è colpa sua, solo sua.

Guardo le presine, sono allineate vicine al forno, immagini di galline in fila. Una è bruciacchiata di lato, ha il becco annerito. Sulla mensola c'è la brocca con il ragno genovese della bisnonna, sul piano di marmo il televisore. Rametti di alloro, peperoncino e uva passa pendono sulla barra sopra al lavello. Il grembiule di mia madre è piegato per bene.

Osservo il frigorifero pieno di calamite e disegni delle bambine. In ordine anche quelli. Lo apro: avanzi di trofie al pesto dentro a un piatto coperto con la pellicola, verdure grigliate, polpettone. È una cucina come tante, la fotografia di una vita. Adesso, in questa casa vuota dove non ci sono più bambini, ma un tempo ci sono stati, quella famiglia quasi mi manca.

Mi accendo una sigaretta inspirando con piacere. Prendo il posacenere di mio padre e percorro il corridoio fino alla camera dei miei. Potrei essere dentro a un pigiama a quadretti, avere cinque anni e un orsacchiotto tenuto per il braccio. Il letto è rifatto con cura, i comodini hanno un lume identico, un libro mai aperto di preghiere dalla parte di mia madre, un testo su *Stato e rivoluzione* posato su quello di mio padre. Un crocifisso troneggia al centro della parete, ma non è sempre così, perché quando i miei litigano, Giò sale sul letto, lo prende e lo nasconde. Mia madre diventa una furia, ma lui non cede, il Cristo in croce ritorna al suo posto solo dopo che lei gli ha cucinato le trippe.

Vado in quella che è stata camera mia e, purtroppo, di mia sorella. Mi siedo sul letto e finisco la sigaretta con calma. È nostra madre che ha scelto ogni cosa, il rosa è il colore predominante. Ho sempre detestato quella tinta *marshmallow*; al contrario Celeste l'adora.

Per la camera di Camilla e Sofia ho usato solo colori decisi. Nessun pretesto per edulcorare la vita. Nessuna storia di principi e principesse da leggere la sera prima di andare a dormire, o almeno io ci provo: *Pippi Calzelunghe*, *Alice nel Paese delle Meraviglie*... Loro insistono nel voler ascoltare storie di principi, principesse e castelli in aria. Esausta, le mollo a Luca che trova il finale giusto.

Mi guardo in giro. In effetti la camera è lo specchio delle nostre anime. La parete di Celeste piena di ricordi: i viaggi a Londra, a Parigi, a Madrid, a Praga, ogni volta con un fidanzato diverso. Mia sorella ha sempre consumato gli amori come le ciliegie. «Questo me lo sposo» affermava ogni volta con convinzione, ma nessuno le credeva.

Sulla mia parete sono appese due misere foto e qualche poster. Un ritratto a tinte cupe della mia giovinezza. Nemmeno a dirlo, tra le due, ero la più responsabile, quella piena di buon senso, ottimi voti a scuola, due amori, solo una canna provata a ventitré anni una sera d'estate. L'universo delle primogenite. Quelle che la notte aspettano sveglie le sorelle; le riportano a casa; le aiutano a ripetere la lezione; asciugano le lacrime per una delusione d'amore; tolgono le castagne dal fuoco e rimediano ai loro guai. Quelle a cui le sorelle minori devono le conquiste senza troppo sforzo: motorini, discoteca, uscite serali, e nessuna contrattazione estenuante con i genitori. Quelle che hanno sempre torto. O sono le più grandi, quindi devono capire.

Da quando Celeste si è trasferita nella casa nuova, questa è diventata la stanza di mia madre, nel senso che dopo cena si trasferisce qui. Si è comprata un piccolo televisore e una poltroncina in cui si siede la sera per guardare i film, con le gambe appoggiate su uno sgabello. Non riesce più a stare con nostro padre, troppi anni di zapping tra una trasmissione di approfondimento politico e un film western. E io quando penso a lei, penso alle rinunce, al venire dopo, al cedere sempre il passo. E penso a me. Figlia sua.

Mi metto a gambe incrociate e prendo la mia vecchia bambola sulla mensola, rigirandomela tra le mani. È davvero brutta, le mancano alcune ciocche di capelli, il vestito è scucito e gli occhi non si chiudono più. Per Celeste era un oggetto del desiderio e ciò mi bastava per trattarla come un cimelio. Una volta l'ho beccata mentre la sculacciava con forza. In mia presenza non osava toccarla e quel potere mi piaceva.

Osservo i libri sugli scaffali: Tolstoj, Hemingway, Simone de Beauvoir. Quando leggevo prendevo fiato. Ancora oggi è così, ma dopo le prime righe mi si chiudono gli occhi. Mia sorella mi dava della vecchia mentre sfogliava le riviste di moda.

Tiro fuori dalla libreria *Una stanza tutta per sé*. Me lo porto al naso e lo sfoglio con calma: alcune frasi sono sottolineate, ci sono appunti tra una pagina e l'altra. Ricordi di ciò che sono stata. L'ho finito in una sola notte, e la mattina dopo ero così eccitata che ho detto a mia sorella: «Questo libro mi ha cambiato la vita». Lei mi ha guardata con gli occhi da gufo e mi ha risposto serafica: «Agnese, un maquillage completo può cambiarti la vita, o un vestito da urlo. Un libro proprio no».

Rimetto il libro a posto e prendo la fotografia sulla mensola. La famiglia al completo. E penso che a vent'anni non ero poi così male, eppure anche allora ero a dieta e anche allora non mi piacevo. Celeste stava fiorendo e non c'è nient'altro che ammirazione nei miei pensieri. La mamma ha le mani appoggiate sulle sue spalle, lo sguardo triste. Mio padre mi tiene stretta. Il giorno dopo Celeste avrebbe compiuto quindici anni e io me ne sarei andata di casa. Non credo mi abbiano mai perdonata.

Ripongo la fotografia. Ci sono cose che appartengono al passato e come un bagaglio a mano le portiamo sempre con noi. Chissà se sono davvero indispensabili.

Ognuno ha i genitori che si merita!

Mentre apro l'armadio per cercare le scarpe di Celeste, sento la tasca vibrare. Prendo il telefonino e rispondo: dall'altra parte mio padre.

«Che c'è?» gli chiedo.

«La signorina del negozio non trova i fiori.»

«Giò, non è possibile.»

«Agnese, cosa vuoi che ti dica. In più questa è russa.»

«Ma che dici! Dove sei?»

«Dal fioraio! Dove vuoi che sia. Un posto in culo ai lupi. Per arrivarci non ti dico che mal di stomaco, le curve non finivano più. Per poco non andavo a sbattere. Vuoi sapere chi ho incontrato?»

«No.»

«Gino. Te lo ricordi Gino? Quello che lavorava con me. Vedessi come è invecchiato.»

«Capita a tutti prima o poi.»

«Non sapeva niente del matrimonio di tua sorella, così gli ho detto di venire.»

«La mamma ti ucciderà, lo sai vero?»

«Tanto non verrà. Sei tale e quale a tua madre: vi fasciate la testa prima di rompervela. Comunque non capisco perché mandate me a fare 'ste cose. Celeste doveva fare come te e sposarsi in Comune. A mezzogiorno eravamo già con le gambe sotto al tavolo. Lo sai che sei la mia figlia preferita?»

«Giò, non si dicono certe cose.»

«Durante la messa ci sarà pure il coro. Ti rendi conto? Staremo in chiesa tutto il giorno. Alleluia!»

Lo immagino mentre "crista" contro il matrimonio, le braccia che ciondolano avanti e indietro. Essendo un omone non ha nessuna pretesa di delicatezza, certe cose le cede volentieri al gentil sesso. Sui ruoli lui è chiaro: lasciare agli uomini ciò che è degli uomini, le donne devono essere femmine e basta. Per questo va in brodo di giuggiole qualsiasi cosa le chieda mia sorella; è femmina molto più di me, e quando la guarda gli brillano gli occhi. Gli credo quando mi dice che sono la sua preferita, ma è Celeste che lo incanta.

Mio padre ha tutta una sua teoria sul rapporto uomo-donna, che sbandiera come fosse un trattato di psicologia. Dice che i matrimoni al giorno d'oggi non funzionano perché la donna vuole fare l'uomo ma pretende di essere trattata come una donna. L'uomo non capisce più niente, entra in confusione, e a volte diventa persino gay. Non che lui abbia qualcosa contro i gay, è un progressista. Ognuno è libero di fare ciò che vuole, asserisce convinto. Basta avere le idee chiare.

Di fronte a una tavola imbandita fa la sua filippica all'intera famiglia, una tiritera destinata soprattutto a me e a Celeste. Secondo lui dobbiamo tendere bene le orecchie e non fare l'errore di molte donne moderne che, con questa storia delle pari opportunità, si sono rincitrullite del tutto. «Imparate da vostra madre: è seria, rigorosa e risparmiatrice. Il nostro matrimonio funziona perché lei fa la donna e io l'uomo.»

«Giò, allora?» gli chiedo ansiosa. «Li ha trovati i fiori la signorina?»

«Chi? La russa sposata con un calabrese di via Bari? Macché.»

«Le hai dato il cognome giusto?»

«Certo: Celeste Morganti. Non sono mica rincitrullito.»

«Magari li hanno prenotati con il cognome di Roberto.»

«Come fa di cognome?»

«Parodi, si chiama Parodi, non è difficile.»

Metto il vivavoce, appoggio il telefono sul letto e intanto cerco la scatola delle scarpe.

«Agnese: *Nada de nada*» dice dopo qualche secondo.

«È impossibile. Magari non capisce bene la lingua.»

«Ma figurati. Lo sai che vado d'accordo con i comunisti.»

«Siamo fritti: la mamma ci farà fuori e Celeste pure. Senti, mi viene un dubbio, dimmi precisamente dove sei.»

«Sono dietro alla piazza San Francesco da Paola, in una viuzza laterale.»

«Cazzo pa'! Sei nel posto sbagliato. Devi andare in San Francesco D'Albaro!»

«Ma porca di una miseria, tutti 'sti santi! Mannaggia a loro!»

«Sbrigati, è dall'altra parte della città. Se non arrivi in tempo sei fritto sul serio.»

Metto il telefono in tasca e prendo la scatola delle scarpe di Celeste: non la apro ma non posso sbagliarmi, è rosa shocking, ovviamente.

Mentre salgo veloce le scale penso a una scusa plausibile per non farmi fare il mazzo da mia madre. Perché me lo farà, ne sono sicura.

Non fuggire

Quando rientro in casa la situazione si è fatta ancora più caotica, sono arrivati altri *chiunque*. Prima che mi facciano qualche domanda alzo la mano sinistra e ammetto: «Sono la sorella della sposa». Così, poi mi lasciano in pace.

Raggiungo mia madre, che come pensavo mi guarda torva. Ogni tanto si dimentica che ho quasi quarant'anni e non sono più la bambina coscienziosa che annuiva pur di tacitare le sue crisi isteriche. I casi sono due: o la uccido, oppure mi accendo una sigaretta. Opto per la seconda scelta. Oggi vado a ruota libera.

«Invece di affumicarci, vieni qui e fatti mettere un correttore. Hai delle occhiaie spaventose» mi redarguisce al primo tiro.

«Non ne ho voglia.»

«Almeno fatti fare una piega.»

«No grazie.»

«Dovresti usare un lucidante.»

«Per cosa?»

«I tuoi capelli sono spenti.»

«I miei capelli stanno benissimo. Meglio di me.»

«Fai come vuoi, è per te che lo dico.»

Non è vero, lo dice per se stessa. Si vergogna di me davanti ai *chiunque*. Cosa crede, sono consapevole di essere in pessimo stato: i capelli sono in disordine e gli occhi sono segnati dalla notte in bianco. Non sono mai stata una *femme fatale* e non ci tengo a esserlo. Forse vorrei di più per me stessa, ma ciò non l'autorizza a trattarmi così davanti agli altri. Non si ricorda più com'è la vita quando hai dei figli piccoli: per farmi la doccia devo chiudermi a chiave, scavalcare ippopotami e paperelle di gomma, pregando che nessuno abbia bisogno di me per i successivi trenta secondi. Altro che lucidante per capelli! Però ho perso un altro chilo. Ho fatto il meglio di ciò che potevo fare. Per lei e per Celeste, per Luca, perché i *chiunque* non vedessero quanto sono triste. Sto per risponderle a tono quando mia sorella mi urla nelle orecchie tutta eccitata: «Allora?».

«Allora che?» le rispondo indietreggiando con il viso. Mi ha quasi rotto un timpano.

«Ti piacciono le scarpe?»

Come dirle che non ho aperto la scatola, che non mi interessa come sono le scarpe, che nulla di quel matrimonio mi riguarda? Tutti questi preparativi, questo correre avanti e indietro mi stordiscono. Per cosa poi? Qualche ora in cui sarà identica ad altre diecimila spose, con la presunzione di essere unica?

«Belle, veramente belle» improvviso.

«Secondo te il tacco è troppo alto?» insiste.

Opto per una risposta sicura: «No! Vanno benissimo così».

Celeste prende la scatola e apre il coperchio battendo le mani come una bambina. «Avrei giurato che non ti piacessero, ci ho messo un sacco prima di decidere. Chiedi alla mamma, l'ho fatta diventare matta!»

Non faccio fatica a immaginarlo, cerco di mostrarmi partecipe, allungo il collo e guardo dentro la scatola: sandalo aperto, tacco vertiginoso, rigorosamente a spillo e mille fili di quei maledetti strass.

«Non sono meravigliose?» chiede mia sorella con gli occhi a cuoricino.

Annuisco, anche se vorrei dirle che mi fanno schifo. Sta di fatto che Celeste non si smentisce mai, collimano alla perfezione con la scelta del vestito. Se tutte le spose del mondo si buttano sul romantico (chantilly, cady, taffettà, pizzo o tulle per sembrare delle candide principesse), lei ha preteso un abito sexy. Il suo *passe-partout* per il matrimonio perfetto.

Quella della scelta dell'abito è stata un'esperienza che ricorderò come una tra le più divertenti della mia vita; non ho mai visto nostra madre così imbarazzata.

Mentre sceglieva il suo vestito da sposa, mia sorella ha pensato bene di esporre la sua tesi sull'importanza del sesso nella vita di coppia, con esempi e citazioni davanti a chiunque le capitasse a tiro. Ha descritto nei minimi dettagli qual è il metodo migliore per raggiungere l'orgasmo e quando si è messa a raccontare aneddoti piccanti sulle sue esperienze adolescenziali, nostra madre è scoppiata.

«Ora basta, preferisco pensarti con il ciuccio in bocca, abbracciata al tuo orsacchiotto, le ginocchia sbucciate e il moccico al naso. Se non la smetti immediatamente, il vestito te lo paghi!»

A quel punto, la sorellina ha chiuso la bocca e mia madre ha acquistato l'abito. Tra lacrime di gioia (quelle della fattucchiera) e di sollievo (le mie) perché finalmente lo avevamo trovato.

Guardo Celeste che bacia una scarpa e poi l'altra, infilandole con cura nella scatola. È al settimo cielo, così dice a tutti. Poi si siede davanti allo specchio e quando la parrucchiera ha finito il suo lavoro si osserva con soddisfazione. Gli strass fanno il loro effetto, sembrano piccole lucciole nel folto di un bosco. Rimarranno tutti a bocca aperta, questo è certo. È bella, bellissima, come non è mai stata.

Mi piacerebbe avere una fotografia di questo momento, ma non oso chiedere. Celeste mi prenderebbe in giro per il mio improvviso sentimentalismo.

Mi avvicino. Vorrei accarezzarla, è un gesto semplice, ma non lo faccio. «Fino a ieri eri uno scricciolo e oggi ti sposi, ti rendi conto?» le dico con la voce strozzata.

«Cos'è quello sguardo? Sei triste?» mi domanda lei voltandosi di scatto.

Potrei confidarmi e ammettere che sto male come un cane. Invece le rispondo che sono felice, anche se penso al tempo che passa e al fatto che mi sento vecchia.

«Per oggi nessuna malinconia, d'accordo?» mi dice Celeste chiudendo seccata la conversazione.

Ci voltiamo, nostra madre ha preso la parrucchiera cinese da parte. Discute animatamente contrattando sul prezzo finale dell'acconciatura. In famiglia è lei che ha in mano il portafoglio. Dice che nessuno la ama, eppure mio padre, oltre alla sua vita, le ha affidato il conto in banca. La cinese non ci sta, scrolla la testa, ripete: «No sconto, già fatto sconto».

Celeste mi tira per la manica del maglione e mi sussurra all'orecchio: «Vuoi dire alla mamma di smetterla per cortesia? Mi mette in imbarazzo».

Mi avvicino a nostra madre e le chiedo sottovoce se può darci un taglio.

«Lasciami in pace!» ribatte lei impettita. «Se non fosse per me, la nostra famiglia sarebbe già alla canna del gas.» Si volta e continua la sua trattativa come fossi invisibile.

«Allora? Le hai detto di smetterla?» mi domanda Celeste appena torno.

«Vedrai che tra poco desiste. Con la cinese non la spunta.»

«La odio.»

«Ti ricordi quella volta che ha trovato un asciugamano abbandonato sulla spiaggia? L'ha tenuto d'occhio tutto il giorno e, alla fine, l'ha preso.»

«In effetti fa cose inspiegabili. Tra qualche anno la ritroveremo in giro per la città con un carrello della spesa a raccattare rifiuti nella spazzatura.»

La truccatrice si mette a trafficare e Celeste si distrae. Lascio perdere mia madre e me ne torno nel mio angolino, meglio non prendere nessuna iniziativa.

Quel punto della casa, tra l'altro, non mi dispiace per niente, c'è una poltrona rossa piuttosto comoda, un divano dello stesso colore e una lampada da terra, unico pezzo demodé. Attaccata alla parete qualche fotografia in bianco e nero, oltre al mega orologio che segna i secondi, i minuti, le ore che non passano mai.

Abbandonata sulla poltrona immagino quell'altra me stessa in un'altra vita. Nessun marito e nessun figlio intorno, solo un bicchiere di buon vino, un libro, e musica in sottofondo. Sogno ad occhi aperti e quel sogno mi piace. Respiro a fondo, ma so bene di cosa avrei davvero bisogno. Ne ho la certezza da quando, per imparare ad allentare lo stress, la psicologa mi ha suggerito un corso di yoga. E io da brava l'ho fatto.

Credo lo ricorderò per sempre. C'erano tanti *chiunque* intorno a me. Molto concentrati. Molto zen. Seduti a gambe incrociate su un tappetino azzurro, con gli occhi chiusi. L'insegnante dava indicazioni su come rilassarsi. Io li sbirciavo, sperando in un miracolo. Ma niente. La mente divagava e i pensieri aumentavano, fino a che, ad un certo punto, il respiro ha iniziato a diventare affannoso. Così, alla posizione della locusta sono scappata. Sono andata a farmi una cioccolata calda al bar e mi sono sentita meglio. Le discipline per l'anima non fanno per me, è evidente. Quando mi sale l'agitazione, una cioccolata calda o qualche cannolo alla crema sono molto meglio di qualsiasi altra cosa. Mi dispiace per la psicologa, perché lei ci teneva molto.

Osservo la truccatrice che armeggia sul viso di mia sorella come fosse una pallina di gomma pane. Sono ore che è sotto torchio, prima i capelli, le fotografie, ora il trucco, e non è uscita una lamentazione dalla sua bocca; io non avrei resistito nemmeno cinque minuti. Si vede che Celeste è abituata a prendersi cura di sé, e ogni tre per due insiste perché vada in palestra con lei.

«Facciamo il corso di zumba delle ventuno. Le iene saranno già a dormire. C'è Jim, è fantastico!» cerca di convincermi.

«Zumba? Jim? Di qualsiasi cosa si tratti, dopo cena stramazzo.»

Inutile dire che mi tiene il muso per mesi. Con i figli tutto cambia, le priorità si spostano, i pesi pure. Il letto? Un miraggio.

Ci sono momenti in cui non la sopporto, altri in cui penso di essere troppo critica con lei. Quando mia madre me l'ha messa in braccio per la prima volta avevo da poco compiuto sette anni. Celeste era meglio di una bambola, morbida e microscopica. Dovevo tenerla stretta e non farla cadere, la prima vera responsabilità nella vita. L'ho amata subito e da subito ho sentito che era mio dovere proteggerla. Ed è quello che cerco ancora di fare. Non con ottimi risultati, purtroppo. Dipende da me, da lei. Chi lo può sapere.

Mia madre spunta dal corridoio, mi lancia il telefono e mi urla di chiamare mio padre, visto che è disperso. C'era da aspettarselo, quando Giò ne combina una delle sue si dà alla macchia.

Rovisto nella borsa in cerca di qualche caramella. Ne mangio così tante che prima o poi mi cadranno tutti i denti. Sogno spesso di perdere i denti, pensavo fosse un presagio di morte, invece, in una di quelle riviste che si trovano nelle sale d'attesa, ho letto che fare sogni di quel tipo può avere un'accezione di natura sessuale, legata all'autoerotismo o alla frustrazione per un rapporto intimo non soddisfacente.

Ecco il mio caso: rapporto intimo insoddisfacente.

Luca non mi cerca e io non muovo un dito perché le cose cambino. C'è sempre qualche impegno urgente: una lavatrice, la riunione all'asilo, una cena di lavoro. Ogni tanto mi chiedo se mi ami ancora o se non provi interesse per qualche altra donna. Sono frazioni di secondo, poi vado avanti e cerco di non farmi troppe domande. Quando faccio l'amore con lui, però, è come se i sensi fossero anestetizzati. E quando finisce sono delusa, ma fingo che non sia così. Ovviamente, lui non si accorge di nulla.

Così, un pomeriggio ho iniziato ad accarezzarmi l'inguine. C'è sempre una prima volta per tutto. L'ho fatto seduta sul letto, davanti allo specchio, e mi sono stupita di me stessa. Sapevo bene come toccarmi e sono venuta quasi subito. L'ho fatto ancora, nella vasca da bagno, ed è stato addirittura meglio. Il mio clitoride era diventato un amante e mi sentivo in colpa. Quando poi ho fatto di nuovo l'amore con Luca, le cose sono andate meglio. Solo che era difficile da gestire. Insomma, ho messo tutto a tacere e non mi sono più toccata.

Ne ho parlato con alcune amiche e mi sono accorta di non essere un'eccezione. Alcune lo fanno per scaricare la tensione. Per altre è un rito, come bere il caffè la mattina. Per altre ancora toccarsi è più piacevole di qualsiasi esperienza sessuale. Ho pensato che se le donne, dentro alla propria stanza, parlano così bene con il proprio clitoride, un motivo ci sarà. Ovviamente gli uomini continuano a immaginare di essere gli unici dispensatori di piacere e noi glielo facciamo credere. Forse va bene così.

Sento il telefono vibrare. Immagino sia mio padre, invece sul display vedo lampeggiare il nome di Luca.

«Agnese, è la terza volta che provo a chiamarti!»

«Di nuovo? Cosa c'è?»

«No, niente, è che… mia madre mi ha riportato le bambine, lo sai come sono.»

(Certo che lo so come sono le bimbe. Se ti fosse sfuggito, sono sempre io che mi occupo di loro.)

«Sofia non fa altro che cercarti, e Camilla dice che il suo vestito è brutto, continua a ripetere che lo vuole come quello della sorella. Ho provato a farla ragionare.»

(Ma va?)

«Si può sapere quando torni? Volevo buttarmi sotto la doccia. Come faccio con loro?»

(E io di solito come faccio?

Potrei dirgli che ci metto esattamente cinque minuti per prepararmi, otto se mi devo anche lavare. Che la mattina non faccio la cacca, altrimenti non arriverei puntuale al lavoro, e che aspetto la pausa caffè per chiudermi in bagno.

Luca dà per scontato che le cose vadano così. So già che dovrò fare penitenza per il fatto di averlo lasciato solo con le bambine.)

«Pronto? Agnese ci sei?» domanda lui dall'altro capo.

«Sì scusa, mi sono distratta. Ma perché non hai fatto la doccia mentre erano con tua madre?» gli chiedo.

«Non ci ho pensato!»

«Allora aspetta che torni, direi che c'è tempo. Appena arriva la nonna esco.»

«Non è ancora arrivata? E poi tua sorella ha bisogno delle balie?»

Non rido più alle sue battute, ma lui non se ne accorge, come non si accorge di molte altre cose. Un tempo il suo umorismo mi piaceva. Ma, allora, era tutto diverso. C'era tenerezza nella sua voce e le prese in giro riguardavano entrambi. Adesso le litigate partono alle sette del mattino, di fronte al letto disfatto, alle calze per terra, al bagno occupato, agli sguardi preoccupati delle bambine. Alle sette del mattino siamo già stanchi l'uno dell'altra. Alle sette del mattino ci dimentichiamo di come ci amavamo prima di avere delle figlie. Ci dimentichiamo di darci il buongiorno. Litighiamo sulla spesa, su come fare le cose, su chi ha fatto meglio e di più, persino su quando alzare il termostato. Lui borbotta che bisogna risparmiare, io alzo al massimo la temperatura solo per ripicca, e per convincermi che ho ancora qualche potere sulla mia vita. Ci dimentichiamo di esistere al di là delle cose che dobbiamo fare. E ci diamo la colpa. Ma nello stesso tempo sono terrorizzata che le cose cambino e nulla sia più come prima. Anche se "quel prima" non mi piace per niente, è sempre meglio di ciò che non conosco.

Chiudo il telefono senza salutarlo.

È inutile che continui a raccontarmi delle storie, c'è sempre un motivo per cui le cose non vanno. Guardo il matrimonio di mia sorella e vedo il mio, come fossi in un labirinto di specchi.

Ora, seduta su questa poltrona, vorrei un posto dove fare l'amore e imparare di nuovo a godere. Vorrei che fosse lui a eccitarmi. Vorrei piangere, innamorarmi ancora. Ricordarmi che sono viva. La rabbia non se ne va, milioni di formiche nella pancia trasportano briciole di dolore al cuore, e lo intasano.

Desidero salvare il mio matrimonio, ma se tollero la totale dipendenza da parte delle mie figlie, che sono piccole e cresceranno, quella di Luca non l'accetto. Quando divento "madre" per lui, mi disprezzo. Lo disprezzo. Disprezzo ciò che siamo diventati insieme. È chiedere troppo se desidero essere una buona madre e una brava amante? Rivoglio la mia vita e il mio amore per Luca.

Invece penso a un altro uomo.

È arrivato il momento di fare qualcosa, ma non so bene cosa. So con sicurezza che ho un bisogno disperato di essere amata.

Le parentesi contano

«Vieni a prendere un caffè, Agnese?» mi chiede Andrea mentre si infila la giacca.

«Sì grazie. Volentieri» gli rispondo sorpresa. «Ne ho proprio bisogno, è stata una giornata difficile. Tra il paziente delle sedici e le urgenze del pronto soccorso non c'è stato il tempo di respirare.»

«Già. E la notte per me è ancora lunga. Tu smonti tra poco?»

Annuisco, nel frattempo mi infilo anch'io il cappotto, mi metto il cappello e mi avvoltolo dentro alla sciarpa. Da un paio di giorni fa un freddo cane.

Mentre usciamo dal padiglione, ho gli occhi delle mie colleghe puntati addosso, Teresa fa una smorfia allusiva, io la guardo male.

Teresa è l'amica che tutti vorrebbero; lavoriamo insieme da un paio d'anni. Vive da sola con due gatti, Mao e Meo, li tratta come fossero suoi figli, ma è una persona felice. È ironica quanto basta per sollevare le mie giornate in ospedale, e non solo.

Comunque, arrivati davanti al bar, Andrea mi apre la porta.

«Prego» mi dice, facendomi segno di passare.

Lo guardo, forse sono diventata rossa. Non sono abituata alla gentilezza.

Il bar è un posto orrendo. Le piastrelle sono così vetuste che non si capisce più di che colore siano. I tavoli sono di plastica ormai grigia, e il pavimento è pieno di chiazze.

«Buongiorno dottore. Un caffè?» chiede il barista, mentre ci avviciniamo al bancone.

«Doppio, grazie!» risponde Andrea.

«Anch'io» dico a ruota.

«Mi pare di capire che pure tu sia un tipo da caffè!» esclama Andrea.

«Se è per questo sono anche un tipo da brioche» gli rispondo.

Sorride. È davvero un bell'uomo, penso tra me. O meglio, niente di speciale, è alto e già grigio, ma ha qualcosa di rassicurante. Forse è la voce.

«Le tue bambine?» mi chiede all'improvviso. «Ne hai due, mi pare di ricordare.»

«Sì, due pesti. Camilla e Sofia.»

«Anche mia moglie si chiama Sofia.»

«Spero non sia matta come la mia!» esclamo, e mi pento subito della sfacciataggine.

«Scusa» aggiungo cercando di nascondere il volto dentro alla tazza.

«Non ti preoccupare. Sono io che ti ho chiesto di venire a prendere il caffè, se non avessi voluto conversare con te non l'avrei fatto.»

Lui butta lì le frasi, come fossero niente.

«Avete figli?» cerco di cambiare discorso.

«Non ancora, ma lei li vorrebbe.»

«Tu no?» chiedo impulsiva.

«Non lo so.»

Mi stupisce la sua sincerità. E so che dovrei farmi i cazzi miei.

Ma voglio sapere. Dovrei smetterla qui, finire il mio caffè doppio, che tra l'altro mi sembra più buono del solito, e non fare altre domande. Invece parlo di me per sapere di lui.

«Sarebbe impensabile immaginarmi senza figli. A volte pesa, ed è un gran casino, per non parlare della vita matrimoniale, ma le bimbe sono straordinarie. E non mi pento di niente.»

Mentre appoggia la tazza e paga i caffè mi dice: «Arrivo a casa alle nove passate, e poi ci sono le reperibilità. Sarei un padre assente. E non voglio».

Usciamo. Lui tira fuori il pacchetto di Camel. «Ti dispiace se facciamo quattro passi mentre fumo?»

Lo seguo. Ho la sciarpa intorno al volto. Il berretto in testa. Mi spunta solo il naso.

«Sei buffa così imbacuccata» osserva girandosi verso di me e sorridendo.

Mi odio.

«Non volevo offenderti, anzi» aggiunge dopo il mio silenzio.

«Il freddo. Io non ce la faccio» gli dico così tanto per dire una cosa e togliermi dall'imbarazzo.

Il viale alberato è completamente spoglio. Lui mi parla del lavoro, niente di che. Delle preoccupazioni. Delle cene noiose in famiglia. Della sua casa nella campagna toscana, dove è nato.

Io ascolto. Ogni tanto dico qualcosa di me. Di Luca. Della fatica. Dei rapporti con i miei. Un accenno, senza spingermi oltre.

Rientriamo che sono congelata. Ci togliamo la giacca. Gli occhi delle mie colleghe sono su di noi. Lo sento. Teresa ci passa accanto con indifferenza. Ora mi farà il terzo grado, è sicuro. Come se ci fosse qualcosa da raccontare.

«Allora grazie per il caffè» gli dico prima di andare nella saletta delle infermiere.

«È stato un piacere parlare con te, Agnese» risponde lui e si chiude nello studio.

Arrossisco e chissà perché.

Cerca la donna che vuoi essere

Suonano alla porta e siccome spero sia zia Rosa, mi precipito ad aprire. Invece mi trovo davanti un altro *chiunque* sommerso da un mazzo di fiori, così lo faccio entrare e lo accompagno da mia sorella. Mi ero ripromessa di telefonare alla zia prima di uscire di casa e, nemmeno a dirlo, mi sono dimenticata. Cerco di chiamarla spesso perché so che si sente terribilmente sola. Non che me l'abbia mai detto, ma un giorno mi ha raccontato di aver calcolato il tempo trascorso tra l'ultima frase pronunciata e l'inizio di una nuova. Rosa dice che se c'è una cosa che la disorienta della vecchiaia è il perpetuarsi del silenzio, ha paura di rincitrullirsi del tutto. Per questo ha raccattato quel gattaccio arancione in cortile, nonostante sia una palla di pelo, abbia un occhio chiuso e sbandi in continuazione; dice che non potrebbe più fare a meno di lui. Con Attila parla. Lo chiama. Sente il rimbombo della sua voce. Si rassicura di esserci ancora. E io ho i sensi di colpa, perché vorrei fare di più per lei, ma poi la vita mi assorbe ed è già tanto che arrivi alla sera ancora in piedi.

Quando ero piccola i miei genitori mi mandavano spesso a dormire dalla zia, soprattutto dopo la nascita di Celeste. La bambina era piuttosto impegnativa, piangeva tutte le volte che mia madre si allontanava, era capricciosa e non voleva mangiare. "Un riccio un capriccio" e lei ne aveva una testata.

In casa di Rosa c'è una grande dispensa, confetture e salse

convivono con borse, scarpe e vestiti vecchi. In un angolo era sistemata una Singer rotta che ora non c'è più. Quella stanza per me era come il Paese dei Balocchi, mi chiudevo lì dentro e giocavo per ore. A fare la mamma, la maestra, a vendere. Nel mio immaginario, ero sposata e avevo dei figli. Non sognavo mai, che so, di fare l'astronauta o l'ingegnere. D'altronde mia madre mi metteva le gonne kilt e mi vestiva di rosa.

Per cena, io e la zia mangiavamo sempre un panino al salame, che a me sembrava il panino più buono del mondo, davanti a un film in bianco e nero. La mamma la istruiva su cosa darmi da mangiare e a che ora mandarmi a dormire, ma lei se ne fregava delle sue raccomandazioni. È grazie a Rosa che ho scoperto *Colazione da Tiffany*, *A qualcuno piace caldo* e *Sabrina*, e mi sono appassionata a quel tipo di film.

Mi faceva stare sveglia fino a mezzanotte e, dopo avermi preparato un bicchiere di latte caldo con il miele e avermi letto una storia, mi faceva dormire con lei nel lettone.

La zia teneva per me, in un cassetto, un pigiama di flanella con le macchinine che adoravo. Credo lo abbia ancora. Rammento come fosse ieri la sua voce calda, le coperte di lana pesanti sul corpo, le guance rosse. Conservo il ricordo di quelle serate come qualcosa di veramente prezioso.

Rosa non è invadente. Sa tenere i segreti. Non mi fa sentire in colpa. Per me è molto meglio della nonna; non che ci voglia tanto, in effetti.

L'ultima volta che ho dormito a casa sua è stato un paio di settimane fa, dopo che avevo litigato di brutto con Luca. Di andare dai miei o da mia sorella non se ne parlava nemmeno, mi avrebbero fatto il terzo grado, così ho optato per Rosa, sapendo che non mi avrebbe subissato di domande. Avevo bisogno di stare in pace.

Doveva essere una serata speciale quella con Luca. Non so da quanto tempo non uscivamo noi due. Avevamo deciso di lasciare i bambini da Maria e andare al cinema. Mi ero fatta una lunga doccia, mi ero agghindata per bene e mi ero decisa anche a mettere un paio di scarpe che Camilla definiva "tacchini".

Come il padre, la mia primogenita è fissata con i tacchi. Ogni giorno, all'uscita dell'asilo, era la stessa storia. «Mamy, perché tu usi i tacchini e non i tacchi alti alti come la mamma di Deborah?» mi chiedeva mettendosi in punta di piedi.

«Amore» le avevo risposto dopo l'ennesima domanda «la mamma di Deborah è la cugina dei sette nani. Se si toglie le scarpe, è alta come te. Ma non dirlo a nessuno, è un segreto!»

Camilla si era convinta. Solo che quel *non dirlo a nessuno* le era sfuggito e aveva riferito tutto alla mamma di Deborah. Così l'amicizia era finita lì.

Comunque, con i miei "tacchini" e vestita di tutto punto, ero pronta per uscire, quando Luca mi ha chiamato in cucina. Era davanti al frigorifero con un pacchetto di stracchino in mano e mi ha chiesto:

«Hai visto quanto costa al chilo il formaggio che hai comprato ieri?».

«Sinceramente no, ma dobbiamo parlarne adesso?» gli ho risposto in attesa sulla soglia.

«Bisogna che controlliamo le etichette.»

(Controlliamo chi? Ché al supermercato ci vado sempre e solo io.)

«Anche l'altro giorno ho visto che hai comprato dei peperoni che arrivavano dall'Argentina.»

(E allora?)

«Cerchiamo di acquistare solo prodotti italiani. D'accordo?»

(Sta scherzando?)

«E poi, quante volte ti ho detto di non comprare la verdura al supermercato. Abbiamo il fruttivendolo a due passi.»

(Ma perché quando esce dall'ufficio non va a far la spesa lui, guardando le etichette una a una? E rientrando non prova a suonare il campanello con il naso, come faccio io quando sono carica come un mulo?)

«Guarda, tesoro, che io lo dico per noi» ha concluso rimettendo il formaggio nel frigo. Bugiardissimo bugiardo.

Non so cosa mi sia preso, non ci ho più visto, la magia era finita. Sono andata in dispensa, ho buttato i "tacchini" in un angolo, mi sono infilata le ballerine, ho aperto la porta di casa e me ne sono andata. È stata la prima volta. E se c'è sempre un punto di non ritorno, quello è stato il mio.

Ho preso la macchina. Ho fatto un giro per sbollire la rabbia, e mi sono rifugiata a casa della zia. Quando sono arrivata, Rosa stava guardando *Casablanca*. Mi ha fatto segno di stare in silenzio, poi mi ha indicato un piatto con un panino al salame senza distogliere lo sguardo dallo schermo. Mi sono seduta sul divano, mi sono mangiata il panino e ho guardato il film con lei. Nella scena finale ho pianto. Un pianto lungo come non mi capitava da tempo. Lei non mi ha chiesto nulla, mi è stata solo vicina e mi ha abbracciato. E appena mi sono calmata siamo andate a dormire.

Eravamo già sotto le coperte quando la zia mi ha chiesto: «Tu sogni spesso Agnese?».

«Scherzi?» le ho risposto. «Tutte le notti. Solitamente cerco di raggiungere un luogo di cui non ricordo il nome. Corro come una pazza e mi sveglio che sto ancora correndo. Più che altro sono incubi.»

«Vuoi sapere a me cosa fa rabbia?» mi ha domandato la zia girandosi verso di me. «Da giovane mi bastava un cuscino, crollavo ovunque e sognavo in continuazione. Adesso cinque ore per notte sono un lusso, e non sogno mai. La vecchiaia mi ha regalato molto, ma questa è una di quelle cose che mi ha sottratto» dice sospirando.

«Perché, la vecchiaia regala qualcosa?» le ho chiesto.

«Regala il tempo e la lentezza.»

«La lentezza e il tempo?… Cosa sono?»

«Tesoro mio, devi imparare a dire qualche no» mi ha risposto lei.

«A chi? A Luca, alla mamma, alle mie figlie?»

«Nessuno è indispensabile. Nemmeno tu» ha detto quasi a far male.

«Forse hai ragione, ma io mi sento con le spalle al muro» ho provato a difendermi.

«Oh tesoro! La vita è tua. Sta a te scegliere la donna che vuoi essere» ha sospirato con un fare quasi teatrale. «Io sono stata Lucia, Emma, Elisabeth. Tantissimo tempo fa anche Rossella. In questa fase, ad esempio, sono una Penelope. Non bisogna perdere tempo, cara mia. In un attimo tutto ciò che sei stata ti mancherà. Anche i tuoi sogni strampalati saranno un ricordo prezioso.»

«Lo so, ma non è così facile. Quando vedo la mamma e papà, e penso alla vecchiaia… sì, insomma, il tempo passa inesorabile.»

«Mi dispiace dirtelo: a meno che tu non abbia poteri straordinari, al trascorrere del tempo non c'è alternativa. È vero, a ottant'anni suonati non si progetta più. Invece si pensa: chissà se ci sarò? Ma non credi che la vecchiaia sia preferibile al sonno eterno?» mi ha chiesto ad un certo punto prendendomi la mano nella sua.

«Ho afferrato il concetto» le ho detto «ma il problema è che i miei progetti sono già finiti. Ho un lavoro. Ho comprato casa. Mi sono sposata. Ho fatto due figli. Potrei farne un terzo, ma dopo?»

«Non puoi parlare sul serio» ha ribattuto la zia guardandomi con tenerezza.

«Infatti. Stavo scherzando» ho risposto girandomi di lato come a voler chiudere la conversazione. Le sue verità sono dolorose e la mia incapacità di affrontarle mi fa sprofondare ancora di più nella disperazione.

«Comunque, non mi hai ancora detto che donna vorresti essere» ha insistito.

«Fammi pensare un attimo» ho esitato, perché proprio non ne avevo idea. «Un tempo avrei voluto essere una Virginia. Ora, sinceramente non lo so.»

«Virginia Woolf?»

«Proprio lei.»

«Non si è suicidata?»

«Si è riempita le tasche di sassi e si è gettata nel fiume. Aveva cinquantanove anni.»

«Mamma mia, ha fatto una fine orrenda!» ha esclamato la zia incredula.

«Ma è stata una grande scrittrice.»

«La grandezza è solo una misura della vita, cara. Non credi?»

«Mi sa che devo venire più spesso a dormire da te» le ho sussurrato.

«D'accordo, ma vedi di cercare un'altra donna entro domattina, se possibile un tantino più felice» mi ha detto Rosa sistemandosi le coperte. Dopodiché ha spento la luce sul comodino e ci siamo addormentate.

La mattina dopo la zia si è svegliata presto, ma è rimasta a letto a fare *La settimana enigmistica*. Io la sentivo, ma mi piaceva stare lì, mi sembrava di essere tornata piccola. Attila era ai suoi piedi, aveva la lingua di fuori, come se fosse mezzo morto. «Non c'è da preoccuparsi, soffre d'asma» mi ha rassicurata, vedendo che ero sveglia.

«Sei brava a trovare le definizioni?» le ho domandato dopo essermi stiracchiata.

«Qualcuna l'azzecco.»

«Fai bene a tenere la mente in esercizio.»

«Anche il mio dottore lo dice. In realtà, l'unico motivo per cui faccio le parole crociate è che il tempo passa più velocemente» ha detto posando la rivista sul comodino. Alzandosi ha perso l'equilibrio un paio di volte e si è accasciata sul letto come un sacco di patate. Non ho potuto esserle di grande aiuto, è ostinata e vuole fare da sola. Ha preso lo scialle verde e se lo è messo sulle spalle; è una vita che glielo vedo indosso, ha persino qualche buco qua e là. Deve essere un po' come il mio maglione color ruggine, quello che non riesco a buttare via.

Attila è sceso dal letto, si è posizionato davanti alla porta, provando ad alzare la coda. Neanche quello gli riesce tanto bene. Ha fatto passare la zia e poi l'ha seguita per il corridoio sbandando.

Siamo andate in cucina, Rosa ha messo un pentolino sul fuoco per preparare il tè, peccato che si sia dimenticata di metterci l'acqua. Mia madre sostiene che anche da giovane fosse piuttosto smemorata, che non dobbiamo preoccuparci troppo; a me invece preoccupa eccome. Al suo compleanno le hanno regalato un bollitore elettrico, ma a quanto pare la zia non l'ha mai usato, visto che è ancora imballato sulla credenza. Forse non ricorda nemmeno di averlo.

Ha acceso la televisione su *Uno Mattina* abbassando quasi del tutto il volume, e si è chiusa in bagno. Se non la conoscessi bene potrei giurare che stesse fumando di nascosto.

Abbiamo bevuto il tè e mangiato qualche biscotto del Lagaccio davanti al meteo. Mi sono guardata intorno: la cucina è davvero vecchiotta, gli sportelli scricchiolano. Nonno Duccio ogni tanto olia le cerniere e le fa qualche lavoretto. Per quanto sia un po' cadente, è una casa che sa di pane appena sfornato, di pasta fatta a mano, di tempo al passato.

Rosa è nata in quella cucina, ha sempre vissuto in quella casa e ha speso gli ultimi quarant'anni a occuparsi prima del padre, poi della madre. Non le hanno chiesto se volesse farlo. È andata così. Sua sorella Norma aveva un marito e delle figlie. Zia Rosa nessuno. E, dopo una certa età, «non era più buona» le diceva suo padre.

Quando si è alzata appoggiandosi al piano, le braccia tremavano dallo sforzo. Con una mano si è aggiustata la camicia da notte rimasta appiccicata alle gambe, tenendosi stretta al tavolo con l'altra. Era davvero una vecchietta, pensavo, e presto l'avrei persa.

«Se sto troppo seduta, le ginocchia diventano dure come pietre. Avrei bisogno anch'io di una bella oliata» mi ha detto sorridendo mentre si avvicinava alla finestra.

Ha scostato la tendina di lino per guardare fuori. Era contenta che fosse una bella giornata, che la signorina patinata sullo schermo ci avesse azzeccato.

In effetti il cielo era pulito, anche se ne scorgevamo solo una fetta, perché la sua casa è circondata da una serie di palazzoni grigi, di edilizia popolare, con finestre senza balconi da cui si affacciano altre vite. Sulla destra c'è la ferrovia; quasi tutti i binari sono in disuso, ogni tanto passa qualche treno merci. Molte volte la mamma le ha proposto di avvicinarsi al centro, ma lei si è sempre rifiutata, dice che non può immaginare un luogo diverso in cui vivere, lontano da quella stazione.

Verso le dieci le ho proposto di andare a fare quattro passi, non avevo nessuna voglia di tornare a casa e affrontare Luca. E poi sapevo di farla contenta perché era giovedì, giornata di mercato.

Quando si è chiusa in bagno per lavarsi, l'ho spiata dal buco della serratura. Ero preoccupata del suo precario equilibrio, dei passi microscopici, delle mani tremanti. Rosa, chissà come, si è accorta della mia presenza e mi ha chiesto di entrare.

A quarant'anni mi sono trovata davanti al corpo della zia. Lei ha continuato a passarsi la spugna come se io non fossi seduta sulla tavoletta del water con lo sguardo imbarazzato.

Rosa è sempre stata un po' rotondetta, ciò le ha permesso di non avvizzirsi del tutto; non si lamenta della propria caducità, si rimprovera solo di non essersi soffermata sul corpo florido di quando era ragazza. Penso al mio corpo che non mi piace. A me che vorrei essere un'altra.

«Vorrei tanto un ritratto» mi ha detto all'improvviso mentre si tirava su.

«Davvero?» le ho domandato porgendole l'accappatoio.

«Sai, Agnese, un tempo, al solo pensiero sarei arrossita.»

«Anche io vorrei un tatuaggio» ho affermato indicandomi la spalla sinistra.

«Forse la vecchiaia è solo una scusa. Alla fine le cose che non si sono fatte allora, non si farebbero nemmeno adesso. Però è bello desiderarle.»

Ho annuito e le ho aperto la porta. Attila era lì, in attesa.

«Fatti il tatuaggio. Non aspettare» ha insistito la zia.

«Dovrei farmi tatuare un'àncora di salvezza» le ho risposto.

«Fai quello che credi, basta che non ti riempi le tasche di sassi e ti butti nel fiume.»

Ci siamo fatte una risata e poi, siccome voleva il mio parere sull'abito che avrebbe indossato per il matrimonio, l'ho seguita in camera. Ha preso la gruccia dall'armadio, ha tolto il cellophane e ha appoggiato il vestito sul letto.

«L'ho messo anche al funerale di Luigino. Devo riciclare, sennò, tra matrimoni e funerali finirò i miei risparmi. Non voglio dipendere da nessuno di voi. Né tanto meno incastrare il vostro futuro.» E mentre accarezzava il vestito di seta blu ha continuato a parlare di sé, dei miei bisnonni, poi mi ha fatto segno di seguirla.

«Vieni Agnese, voglio farti vedere dove tengo il testamento. Solo Duccio ne è a conoscenza, ma anche lui non è di primo pelo. Meglio che lo sappia anche tu, non si sa mai.»

Era contenta mentre ci dirigevamo in dispensa. Ha aperto la porta e si è messa al centro della stanza guardandosi intorno. «Cosa volevo prendere? Boh, mi verrà in mente.»

Siamo tornate in camera. Mancavano due settimane al matrimonio di Celeste, ma Rosa aveva tutto pronto. Sul comò c'era la solita collana di perle, gli orecchini che le aveva regalato il padre per il diciottesimo compleanno, e una semplice ametista. Ha tirato fuori anche la spilla di pura bigiotteria con le due iniziali "D.R.", che fa storcere il naso a quella snob della nonna Norma. Tutte le volte che gliela vede indosso inorridisce. L'ho presa in mano, è un po' pacchiana, ma ho sempre pensato che avesse il suo perché.

La zia ha tirato fuori due graziosi cappellini, si è guardata allo specchio facendo prove di abbinamento: «Meglio questo o quello?» mi ha domandato inclinando la testa. Sembrava una bambina che gioca ai travestimenti.

«Sai, Agnese, il matrimonio di tua sorella mi ha colto di sorpresa» ha detto mentre si infilava una gonna grigia sopra la sottoveste.

«Pensa a me...» le ho risposto.

«Tutte le volte che Celeste mi presentava un fidanzato parlava di matrimonio. Immaginavo lo facesse per tacitare vostra madre, più che per reale interesse. Mi sembrava volubile. Invece, è arrivata al grande passo.»

«Comunque Roberto è il più normale.»

«Ah, questo è certo! Pel di carota è proprio un bravo ragazzo, ma anche Filippo mi piaceva.»

«Pure a me, ma l'ha fatta soffrire troppo.»

Mentre la zia finiva di vestirsi, ho preso uno dei tanti portaritratti posati sul comò, quello con la cornice d'argento ovale. La fotografia era in bianco e nero: i miei nonni, Duccio e Norma, erano appena usciti dalla chiesa.

«La nonna ha uno sguardo... non saprei definirlo» ho detto istintivamente alla zia.

«C'è sempre una parola giusta per ciò che proviamo. A volte abbiamo solo paura a pronunciarla, e ne usiamo altre per non affrontare la realtà.»

«A me sembra che la nonna sia malinconica.»

«Malinconica è la parola giusta.»

«Ma era il giorno del suo matrimonio, come è possibile che non fosse felice?»

La zia ha alzato le spalle, come se non avesse voglia di parlarne. Io ho rimesso a posto il portaritratti e ne ho preso un altro più piccolo: c'era lei sugli scogli, il mare alle spalle, i capelli mossi dal vento. Portava un paio di pantaloncini e una camicetta annodata in vita. Sorrideva all'obiettivo. Era giovane e sembrava felice.

«Perché non ti sei mai sposata?» ho chiesto a un tratto, curiosa.

«Che domanda, ragazza mia.»

«Sono stata troppo indiscreta?» le ho detto subito diventando rossa.

«No, figurati. Ai miei tempi le cose non erano come oggi. Diciamo che il futuro per me è rimasto indietro quando si è sposata Norma.» E mentre lo diceva sospirava.

Era il 13 dicembre del '53. Rosa ricorda tutto con precisione. Il padre aveva fatto un putiferio, quel giorno voleva assistere alla prima telecronaca della partita di calcio della Nazionale e a una certa ora se n'era andato. Pochi mesi prima Jacqueline aveva sposato Kennedy, quel matrimonio aveva fatto sognare il mondo.

Rosa si rivede in quella stessa camera mentre sistema il velo alla sorella. Norma aveva una coroncina di rose tra i capelli, un corpetto di pizzo che le fasciava la vita stretta e una gonna di tulle vaporosa. Era bella, e glielo disse.

Lei si voltò e le strinse le mani nelle sue. «Non guardarmi così, ti giuro che lo amo. Duccio è la scelta giusta. Posso sopportare tutto, ma non che tu ce l'abbia con me.»

Il cuore di Rosa era dolorante e l'animo in disarmo. Sapeva che non era la verità, ma la sorella aveva sempre avuto grandi doti di persuasione, bastava che impostasse la voce, inclinasse il capo, sbattesse gli occhi, e il gioco era fatto. Era stata Rosa a sceglierle l'abito, le bomboniere e tutto il resto. Norma lavorava moltissimo. Erano sorelle e non avrebbe potuto fare diversamente.

Norma si diede un'ultima occhiata allo specchio, tese gli angoli della bocca a sistemarsi un sorriso che non c'era. Aveva la stessa identica espressione della fotografia che Agnese si stava rigirando tra le mani.

Era pronta per sposare un uomo che non amava.

Rosa uscì prima di lei, doveva accertarsi che in chiesa fosse tutto a posto. Appena in strada si sentì chiamare. Duccio la stava aspettando. Quel modo delicato di modulare la voce quando pronuncia il suo nome la intenerisce ancora. Aveva le mani in tasca e lo sguardo basso. Lei socchiuse gli occhi e si voltò. Ha ancora l'immagine nitida di se stessa. Indossava un vestito blu anche allora. Ricorda il silenzio pieno di attesa.

Lui si tolse il cappello rigirandoselo tra le mani imbarazzato.

Rosa aspettò che Duccio dicesse qualcosa, ma non successe. E come faceva spesso, in modo del tutto inconsapevole, ebbe l'urgenza di andare oltre, si avvicinò e gli sistemò il nodo della cravatta.

«Hai ricordato tutto? Le fedi, il bouquet?» gli chiese.

«Tutto, Rosa.»

«Bene. Dài Duccio, non vogliamo far aspettare la sposa, vero?» Lo prese sottobraccio e lo accompagnò fino al sagrato della chiesa. Mentre camminavano, lui vacillava. Di questo ne è certa. Come è certa che quel matrimonio avrebbe potuto essere il suo.

Si potrebbe pensare che sia una vecchia malinconica, riflette tra sé. Non è così. Ricordare le piace. E non è colpa di nessuno se le cose sono andate in quel modo.

Ho rimesso a posto il portaritratti. La zia era assorta.

«Mi dispiace se ti ho turbato. Non era mia intenzione.»

«Non ti preoccupare. Ogni tanto i ricordi si sollevano, e mi distraggo.»

«Come ti capisco!» ho esclamato.

«Comunque, per rispondere alla tua domanda, da quando Norma si è sposata, sono diventata la zitella del quartiere. Quella che si doveva prendere cura dei genitori e avrebbe mandato avanti la drogheria. Un avanzo.»

«Per questo non ti sei sposata?»

«Diciamo di sì. Ho avuto una funzione sociale, una missione da compiere.»

«In che senso?»

«Le zitelle come me fanno sentire le altre donne fortunate, soprattutto quelle che sono terribilmente infelici. Ci sono donne che dopo una separazione perdono l'asse dell'esistenza. Se non sono mogli, non sono niente.»

«Hai ragione, siamo delle cretine. Come se una donna non potesse bastare a se stessa.»

«Nessuno basta a se stesso» mi ha buttato lì.

«E allora?.»

«Allora... devi scoprirlo da te.»

Rosa mi ha lasciata senza risposta. Ha raccolto i capelli con agilità posizionando i pettinini con fare sicuro. Gesti di una vita. Si è spostata da quello specchio in cui erano intrappolati i ricordi, da quella stanza in cui niente era fuori posto.

Mentre prendevamo l'ascensore per fare il nostro giretto al mercato le ho chiesto: «Per il matrimonio di Celeste vuoi che ti passi a prendere? Mi farebbe comodo una bella scusa per sfuggire alle grinfie delle due megere».

«Grazie cara, viene Duccio.»

«Be', avere ancora un cavaliere a ottant'anni non è cosa da poco, non credi?»

«Sì, sono una donna fortunata» mi ha risposto uscendo dall'ascensore.

Adesso la immagino seduta vicino alla porta, che aspetta. Sarà in anticipo e guarderà l'ora. «Il tempo quando si è anziani non passa mai. Sembra più lento, perde forma e sostanza» mi ha detto quel giorno.

Avrà indosso il vestito blu del funerale di Luigino, il soprabito, la solita borsetta di Valoncini, in uso solo per le cerimonie. Si sarà guardata allo specchio, controllando che nulla sia fuori posto: il cappellino e la sua adorata spilla. Duccio passerà a prenderla con la sua 127 bianca. Come fa da oltre cinquant'anni. E forse Rosa non sarà più Penelope, ma un'altra donna.

Le parole di Rosa ora ritornano con forza. Forse ha ragione lei, ho bisogno di lentezza e di tempo, ho bisogno della distanza necessaria per guardare le cose.

Quel giorno, prima che tornassi a casa, Rosa mi ha chiesto se avevo trovato la donna che cercavo. Non ho risposte per lei. Non ancora.

Appena arriverà le chiederò scusa per non averla chiamata. Se potessi, ritornerei indietro. Al pigiama di flanella. Ai giorni dentro alla dispensa. Al panino sul divano. Alla cura. Perché è di questo che ho bisogno. Di qualcuno che si prenda cura della mia vita storta.

Da sola non ce la faccio. Non ho la bussola per ritrovarmi. E io non mi basto.

Resisti

Ogni tanto un *chiunque* passa davanti alla poltroncina e mi fa un sorriso di circostanza. Così prendo il telefonino per non incontrare altri sguardi e non sentirmi un'ebete. Non mi ero accorta che era arrivato un messaggio di Teresa, apro WhatsApp e lo leggo.

Sopravvivi straniera?, mi chiede con mille punti interrogativi al seguito.

Compongo il suo numero, so che è di turno, ma a quest'ora dovrebbe essere in pausa e se può mi risponde. Teresa è presente nella mia vita come nessuno. È una di quelle amiche che non tengono il muso se non sei disponibile, che non recriminano. Di quelle che ci sono e basta.

«Eccoti!» mi dice subito.

«Eccomi» le rispondo. La sua voce è un balsamo per la mia anima. Un giorno di sole. Una sera d'estate. Vorrei che fosse qui, a porgermi il suo occhio capace di vedere cose buone. Quelle che io non scorgo da molto tempo.

«Come va? Si è sposata la sorellina?» mi chiede Teresa che sa bene quanto mi pesi questo matrimonio.

«Macché, la cerimonia è questa sera! La cosa è ancora lunga!» sospiro.

«Immagino la tua gioia!»

«Esatto, infinita!» esclamo ironica.

«Dài, non ci pensare, domani è un altro giorno! Qui c'è sempre il tuo Andrea che ti aspetta!»

«Teresa, smettila con questa scemenza. Ché poi le voci girano, e la gente si fa strane idee.»

«Io so solo che quando lo incontri in corridoio sbatti contro le porte, ti cadono i vassoi...»

«Ti ho detto di smetterla! È capitato solo una volta, e poi non era per lui, lo sai che sono distratta.»

«Sì, credo che anche lui se ne sia accorto. Comunque dovresti farci un pensierino, il dottore è un bell'uomo e pure intelligente, sempre meglio di quel carciofo di tuo marito!»

Lei Luca non lo sopporta, non l'ha mai sopportato e la cosa è reciproca. Mio marito sostiene che Teresa mi metta strane idee in testa, e che non dovrei frequentarla. È convinto che una donna ancora single alla sua età non possa che essere lesbica o rompicoglioni, visto che non se l'è ancora presa nessuno.

«Sei davvero stupida» le rispondo ridendo «e non so come faccio a esserti amica.»

«Mi vuoi bene quasi quanto Meo e Mao.»

«Quasi!» esclamo. «Ora sarà meglio che vada, mia madre mi guarda storto» dico prima di buttare giù.

Teresa è una bella donna, magra da fare schifo, e se non le volessi bene la odierei. È una sportiva, corre quasi tutti i giorni almeno qualche chilometro, dice che così si scarica. Poi va al cinema, al ristorante, alle mostre, viaggia. E spesso lo fa da sola. «Godo di me stessa» afferma quando le confesso che non so più cosa voglia dire stare per conto mio, perché anche in bagno riesco a trovarmi le bambine tra i piedi.

Ogni tanto ci facciamo qualche cena a casa sua, noi due. Ma sono rare, perché per un motivo o per l'altro la mia vita si chiude in un cerchio molto stretto di coppie di amici con bambini piccoli. Così i figli si annientano. Gli uomini parlano o guardano la partita e noi donne, dopo aver cucinato e rassettato, se non siamo stremate ci facciamo quattro chiacchiere sul balcone fumandoci una sigaretta.

Prima di riporre il telefono rileggo il messaggio di Andrea. *Volevo sapere se stai bene*. Penso a quante cose faccio per gli altri. Alla mia vita dedicata. Penso a mia madre così felice per questo matrimonio come fosse il suo, e a Celeste. La vedo correre avanti e indietro, rispondere, sorridere. Chissà cosa si aspetta da se stessa. Se ha vagliato un'altra possibilità. Perché la nostra strada di donne è stata tracciata tanto tempo prima. Definita già da bambine. Non esiste un prima e un dopo. Esiste una linea continua, anche se non la vediamo, che ci annoda e ci porta lì. In un attimo ci si sposa, si hanno dei figli. E l'attimo dopo non si ritrova il senso. Perso da qualche parte.

Cerco una caramella nella borsa, i pensieri mi ammazzano, è appiccicata a un disegno di Camilla, la mastico insieme alla carta, chi se ne frega. Poi mi guardo in giro nella speranza di trovare qualcos'altro di commestibile e adocchio un cofanetto nella credenza strapieno di cioccolatini. Mentre mi alzo mia madre mi urla dalla cucina: «Ma sei sorda, non senti che suonano alla porta?».

In effetti, no. Non avevo sentito. Vado ad aprire, prima che sbraiti di nuovo; questa volta confido nell'arrivo di Rosa, spero che non siano altri fiori o altri *chiunque* con i fiori. Invece sul pianerottolo c'è nonna Norma.

Ecco, ci siamo, penso tra me. Che le danze abbiano inizio.

Nonna mi sfreccia davanti senza salutarmi, spiaccicandomi al muro. La seguo con lo sguardo mentre richiudo la porta. Non c'è che dire, le sono rimaste molte tracce di bellezza, il caschetto argentato le incornicia il volto, che sembra quello di una donna più giovane. Gli occhi sono piccoli e pungenti. La schiena è dritta come un fuso. Porta le scarpe con cinque centimetri di tacco che fanno un rumore assordante. Io, ovviamente, non ho preso nessun gene da lei. Sono tutta dalla parte di Giò: gelatinosa e impacciata come lui. Avevo il cinquanta per cento delle possibilità e ho scelto la possibilità sbagliata.

«Dove è la mia bambina?» chiede la nonna allungando le braccia in direzione di Celeste. Lei scatta in piedi dalla zona trucco e le va incontro. La truccatrice blatera qualcosa di incomprensibile, ma nessuno la considera più di tanto, così, ne approfitta per prendersi una pausa e uscire a fumarsi una sigaretta.

La nonna inforca degli occhiali a farfalla e se li cala sul naso. A vederla così, ha lo stesso sguardo arcigno della signorina Rottermeier. Sono preparatissima sulla signorina Rottermeier. Sofia da circa tre mesi guarda *Heidi* a ciclo continuo, dice a chiunque che è diventata orfana e che andrà a vivere in montagna con nonno Giò insieme alla sua capretta.

Due settimane fa, grazie a questa storia, le maestre dell'asilo mi hanno convocata per un colloquio, sembravano preoccupate per lei, per questa sua mania di raccontare balle. Uscita di lì mi sono chiesta cosa stessimo sbagliando io e Luca, perché non è normale che già a tre anni ci si inventi di essere un'altra e lo si dica a tutti. La sera, dopo che avevo messo a dormire le bambine, ho tirato fuori l'argomento. Solo che lui, come fa spesso, minimizza, non mi prende mai sul serio. E anche quella volta non è stato diverso, si è fatto una grossa risata e mi ha risposto: «Anche io da piccolo raccontavo a tutti che mia madre era morta». Il che non mi ha rassicurata per nulla, anzi.

Nel frattempo la nonna si è buttata su Celeste, le ha agguantato il volto, mentre lei glielo offriva come fosse un dono. È l'unica persona della famiglia verso cui mia sorella provi una qualche soggezione; d'altronde con Norma sono tutti pieni di cautele, sanno che ha pochi peli sulla lingua e la temono.

Come c'era da aspettarsi, il trucco di Celeste non le va a genio e lo critica implacabile. «Questo rosa è troppo rosa, il fard andava sfumato di più ai lati…» La mamma sente la nonna blaterare e si fionda in sala. A questo punto la nonna cosa fa? Non la degna di uno sguardo, non la saluta, fa come se fosse invisibile, continuando a proporre modifiche alla truccatrice, che nel frattempo è tornata, neanche avesse chissà quale esperienza di make up. La cosa potrebbe finire qui, invece mia madre, che non vuole dargliela vinta, fa la stessa cosa, ovvero fa finta di ignorarla ma le passa davanti e chiede agli astanti: «Qualcuno vuole del caffè?».

«Oh, sei qui!» esclama la nonna.

«E dove dovrei essere. Sono o non sono la madre della sposa?»

«Bah, non si direbbe!» sibila l'altra. Poi si toglie con eleganza la giacca e l'appoggia per bene alla sedia, in pace con se stessa.

Le osservo, e se fossi ancora una bambina potrei portarle entrambe in salvo, ma il mondo ovattato dell'infanzia non esiste più e in questi momenti le detesto e basta.

La nonna è arrivata da poco più di dieci minuti e l'umore della mamma è già peggiorato; borbotta di continuo, sistema la casa già sistemata, va avanti e indietro come una scheggia impazzita. E questa fragilità mi atterrisce. Ogni tanto parla fitta fitta con il video-operatore; cosa avranno da dirsi quei due è un mistero, meglio non saperlo.

Comunque, se conosco bene i miei polli la discussione non è finita lì; infatti, guarda un po', poco dopo la mamma, che non ha ingoiato il rospo (in realtà lei i rospi non li ingoia mai) si avvicina alla nonna e le dice con fare stizzoso:

«Sai, vorrei proprio sapere cosa intendevi con quel *non si direbbe*!».

«Non volevo dire niente» risponde la nonna.

«Allora perché l'hai detto se non volevi dire niente?» ribatte lei.

«Guarda, Ines, ti stai innervosendo per una sciocchezza.»

«Dov'è il nonno?» chiedo cercando di cambiare discorso.

«È passato a prendere Rosa» risponde la nonna seccata. «Lo conoscete: lei chiama e lui corre.»

Nonno Duccio è l'uomo più generoso che conosca e io lo adoro. Da quando avevo cinque anni, per ogni compleanno mi regala una piantina di violette. Un appuntamento fisso. La prima volta che l'ho ricevuta in dono ero appena uscita da scuola, la piantina spariva tra le sue mani callose, mentre lui mi diceva emozionato: «Sono per te, Agnese».

Erano i primi fiori solo per me.

In famiglia ci chiediamo tutti come abbia fatto il nonno a resistere così tanto insieme alla nonna. Talvolta dice che non ne può più di lei, ma sono insieme da mezzo secolo, e nessuno gli crede.

Quando guardo le fotografie di Norma, faccio fatica a riconoscerla in quella figura minuta con il vestitino a fiori, immobile davanti alla drogheria del padre.

Dicono tutti che da giovane fosse un cavallo di razza, capace di incantare chiunque, e vedendo la sicurezza con cui ancora adesso si muove, non faccio nessuna fatica a crederlo. Quando il nonno ci racconta del loro fidanzamento, afferma con tenerezza che ha sempre avuto una paura terribile di perderla. Dice anche che senza Rosa la sua vita sarebbe stata un disastro, che la zia ha saputo più volte ricomporre il suo animo in un gioco di pazienza. Si vede che le vuole bene. A volte il nonno ci scherza su affermando di aver scelto la sorella sbagliata. E, a pensarci bene, sono d'accordo con lui.

Sento la mamma e la nonna che hanno ripreso a battibeccare, Celeste è tesa, si morde il labbro. Anche lei ha cambiato umore. Mi accascio sulla poltrona e aspetto che la smettano.

«Mamma, ti prego!» esclama mia sorella incrociando le mani in una supplica.

«Sì, tesoro, hai ragione, ma tua nonna è davvero impossibile.»

«Ah! Sarei io quella impossibile!» replica Norma.

Celeste si alza di scatto facendo cadere la sedia ed esclama: «Ora basta! Tu mamma prendi il vestito e vieni con me. Tu nonna vai a cercarmi la collana di perle nel comò e portamela in camera. Guarda un po' se bisogna dividervi come due bambine!». Nel frattempo tira su la sedia e si dirige verso la camera da letto. Tutti la seguono: la truccatrice, le parrucchiere, il fotografo, il cineoperatore con mia madre alle calcagna. Persino qualche *chiunque* rimasto implacabile a curiosare.

Mi accodo alla carovana senza dire una parola, a me non è stato assegnato nessun compito. Ma sento suonare di nuovo alla porta e così, essendo l'ultima della fila, vado ad aprire.

«Cosa ci fai qui?» chiedo stupita a Luca «e le bambine, dove sono?»

«Le ho portate da mia madre. Non le reggevo più.»

Benvenuto in famiglia, penso tra me.

«Ma non le aveva appena riportate a casa?»

Lo guardo. Si è fatto la doccia. Prima di sera se la rifarà. È alto. Magro. Il colletto della polo tirato su. Un paio di jeans e le scarpe da ginnastica. Nulla è lasciato al caso. Lui è l'uomo che ho scelto. Anzi, quello che mi ha scelto, perché Teresa mi fa notare che quando parlo del nostro matrimonio non dico mai *ci* siamo sposati, ma *mi* ha sposato. Noi donne siamo così. Gridiamo all'indipendenza e poi cadiamo sulle particelle pronominali. E ci gongoliamo di essere state scelte.

«Mi fai entrare o pensi di farmi stare sulla soglia!» esclama lui.

«Non capisco perché tu sia venuto» gli rispondo davvero seccata. «Eravamo d'accordo, oggi io avrei aiutato mia sorella, era la mia giornata, tu ti saresti occupato delle bambine!»

«Ma che problema hai?» mi dice spingendomi di lato per entrare.

Lo trattengo per un braccio e sibilo a denti stretti: «Ho il problema che tu sei venuto qui e dovevi stare con le bambine per mezza giornata! Non ti ho chiesto molto.»

«Ma non le ho abbandonate, sono con mia madre! Agnese, a volte, non ti capisco.»

«No, tu non mi capisci *mai*» sbotto.

Mia madre esce dalla stanza e gli va incontro.

«Oh Luca! Che bello vederti» gli dice abbracciandolo.

Sta dalla sua parte, lo so. Io senza di lui non sono niente. Lui è quello che mi deve proteggere, si deve occupare di me. Io quella che deve lasciarlo fare.

«Luca è venuto a fare un saluto!» anticipo io «ma ora va via, deve prendere le bambine da sua madre.»

Lo spingo fuori. «Non si può vedere la sposa prima del matrimonio» gli dico per giustificarmi, perché lo so che la mia reazione non ha senso.

«Ma tua nonna è arrivata?» mi chiede lui con il sorrisetto.

«Sì, è di là con Celeste.»

«E?»

«E… hanno già litigato, se proprio lo vuoi sapere. Sei contento?» gli domando mentre cerco di chiudere la porta.

Lui la blocca con il piede e mi dice: «Non fare tardi».

«No» gli rispondo e chiudo la porta.

Non lo sopporto. Ma lo amo. Lo amo? Cosa pretendo. Cosa voglio. Non lo so. Non so niente se non che mia sorella oggi si sposa. E io sto peggio di tutti gli altri giorni.

Vado in camera da Celeste, ma mi fermo sulla soglia appoggiandomi allo stipite. C'è troppa gente, penso. Intanto mia nonna mi arriva da dietro, sventola la collana di perle come fosse un trofeo. «Spostati, blocchi l'entrata!» mi dice in malo modo. Raggiunge subito Celeste, che è davanti allo specchio ovale. Mia nonna e mia madre fanno a gara a chi l'aiuta di più e meglio a infilarsi il vestito, sono ridicole. Ma quando Celeste finalmente si volta per mostrarsi, rimango senza parole.

Ha un vestito di seta color crema, lucido, che cade morbido, lungo fino ai piedi. Mille fili di strass si uniscono in un intreccio sulla schiena nuda, il velo di tulle le scende vaporoso sotto le spalle. Non è una di quelle giovani donne leggiadre ed evanescenti. La sua bellezza è atomica. Si tocca. Devo ricredermi sulla scelta dell'abito: è stupenda.

«Sei la sposa più sexy che io abbia mai visto!» le dico entusiasta. E sono convinta di farle un complimento, ma Celeste storce la bocca, si guarda allo specchio e dice che il vestito è volgare. Volgare? Penso tra me. È matta. Tutti i presenti si avvicinano facendo capannello, la mamma e la nonna si contendono il ruolo di primo piano.

Non le do troppo peso, sarà agitata come ogni sposa il giorno del proprio matrimonio, ma non ha niente di cui preoccuparsi, è di una bellezza disarmante, da lasciare senza fiato. E chissà perché, penso a quel giorno di tanti anni prima. Quando entrò in cucina – aveva appena compiuto tredici anni – e l'infanzia sul suo corpo era sparita senza lasciare traccia. Ricordo che per la prima volta pensai di avere davanti una possibile rivale. Non era più la bambinetta con le guance paffute e le ginocchia sbucciate. In un attimo i seni erano diventati floridi, i fianchi morbidi, le gambe slanciate. Quando la presentavo ai miei amici, spalancavano la bocca e cadevano ai suoi piedi. È da quel giorno che ho tenuto Celeste a distanza di sicurezza. E un po' l'ho sempre temuta. Forse anche oggi. Ché tutta quella bellezza spaventa e mi sembra impossibile da gestire.

Mia sorella fa qualche passo indietro, poi in avanti. Si stringe i fianchi per vedersi più sottile. Si mette di profilo, osserva quello di destra e quello di sinistra. È disturbata da qualche dettaglio che non riesco a identificare.

«Ho sbagliato tutto» se ne esce serafica. Ci guarda. «Avevate ragione, un abito romantico sarebbe stato più adatto.»

È impazzita? Abbiamo girato tutto il Nord Italia per cercare un vestito sexy e ora vuole sembrare Madre Teresa di Calcutta? Il principe azzurro, la promessa di felicità, l'amore eterno, dove sono finiti?

Mia madre cerca disperatamente di ammansirla. Pur di farla sposare andrebbe in capo al mondo a comprarle un vestito nuovo, ma l'unico effetto che ottiene è quello di irritarla ancora di più; così mia sorella la insulta senza pensarci troppo, se lo facessi io mi ribalterebbe.

Intervengo. Sono abituata a mediare: lo faccio con Luca e le bambine. Con Luca e mia suocera. Con mia madre e mio padre. Con mia madre e la nonna. Mai con me stessa.

Ognuno dice la sua, è un andirivieni di *chiunque*. Arrivano fiori, piante e alberi. Nella stanza non si respira. Apro le finestre per cambiare aria. Mia sorella è in un bagno di sudore, il viso paonazzo. A un certo punto si volta verso di me e afferma serissima: «Sono brutta».

Allora capisco.

Esiste un codice tra sorelle, invisibile agli altri. So che è il preludio a una tempesta in arrivo. È tempo di mettersi al riparo.

Caccio fuori tutti: fotografi, madre, nonna, truccatrice, parrucchiere e i *chiunque* curiosi, con una certa soddisfazione. Chiudo la porta a chiave e mi ci appoggio esausta.

Celeste si toglie subito il velo e lo getta per terra con stizza. Si butta sul letto e fa il morto in mare come quando era bambina: braccia larghe e gambe divaricate. Non si preoccupa del vestito. Lo fa e basta.

Recupero subito il velo, lo sistemo con le mani e lo appoggio sulla sedia. Inizio a preoccuparmi sul serio. Mi sfilo le ballerine e mi corico accanto a lei, aspettando paziente che tiri fuori ciò che le frulla in testa.

«Che palle!» sentenzia Celeste.

(Come inizio non c'è male, cosa può dire una sorella maggiore alla minore se questa, poche ore prima di sposarsi, dice "che palle"?)

«Amo Roberto.»

(E fin qui, ci siamo.)

«Lo amo e lo sai che non gli farei mai del male.»

(E qui, visti i precedenti, potrei avere qualche dubbio.)

«Lo amo e so che è la scelta giusta.»

(Okay, allora che stiamo a fare io e te coricate sul letto il giorno del tuo matrimonio?)

Mia sorella ha lo sguardo rivolto al soffitto e gli occhi sbarrati. È completamente insensibile ai colpi bruschi di nostra madre sulla porta, alle sue richieste di farla entrare. Aspetto che dica qualcosa e siccome tace le chiedo:

«Cosa ne facciamo di quelli lì fuori?».

«Non lo so. Inventati qualcosa. Ho bisogno di tempo.»

(Davvero facile inventarsi qualcosa.)

Mi tiro su e cerco di strapparle un sorriso: «Tu non ti muovere!».

Esco dalla stanza. La mamma e la nonna sono appollaiate vicino alla porta, faccio loro segno di stare zitte e di seguirmi in cucina.

«Allora?» mi chiede mia madre appena entriamo.

«Sì, allora?» ripete a pappagallo la nonna.

«Vedervi così solidali mi fa venire il voltastomaco. E pensare che fino a mezz'ora fa vi stavate scannando!» rispondo d'impulso.

«Vuoi dire che la colpa è nostra?» domanda la nonna innocente.

Ecco una menzogna credibile, ma sarebbe troppo crudele da parte mia, così dico la prima cosa che mi viene in mente: «Celeste ha un'emicrania fortissima».

Ovviamente non mi credono, come posso biasimarle. Borbottano. Insisto un po' e sembrano rassegnarsi, d'altronde sanno di non poter fare altro.

Mi guardo in giro, non c'è più nessuno. «Dove sono finiti tutti?» domando curiosa.

«Ne hanno approfittato per fare una pausa. D'altronde cosa potevano fare? Non mi sono mai sentita così imbarazzata in vita mia.»

«Mamma, lo dicevi anche quando me ne sono andata di casa. Mi stressavi: come farò a dirlo alla signora Triglia? Alla fine tu e la Triglia ve ne siete fatte una ragione.»

«Oh, fai pure la spiritosa! Intanto tutti i giorni la incontravo in ascensore e quando mi chiedeva di te mi sentivo morire. Le sue due figlie si sono sposate nella cattedrale di San Lorenzo.»

«Ancora questa storia della cattedrale di San Lorenzo!»

«Comunque è morta.»

«Ma chi?»

«La signora Triglia.»

«Vedi? Alla fine, cattedrale o no, moriamo tutti.»

«Anche il funerale l'hanno fatto a San Lorenzo.»

«Vorrà dire che il tuo funerale lo faremo lì. Sei contenta?»

«Ci vuole un permesso speciale. E poi al mio funerale non verrà anima viva.»

«Ti prego, ora non ricominciare dicendo che nessuno porterà i fiori sulla tua tomba.»

«Vi conosco, figlie mie, non mi comprerete nemmeno i fiori di plastica.»

«Ti prometto che mi occuperò di te anche sottoterra. Sempre che non muoia prima io.»

«Brava! È proprio il momento di fare dello spirito. Comunque, non voglio diventare cibo per vermi. Voglio essere cremata.»

«Senti, mamma, ne potremmo parlare in un altro momento? Ora vado in camera e cerco di capire se Celeste sta meglio.»

«Vi credete che sia scema. Togliti di qui!» esclama la mamma indicando con il braccio l'uscita. Subito dopo si accascia stremata sulla sedia. «Sarà meglio che mi prenda qualche goccia, prima di avere un attacco d'ansia.»

La nonna le passa la sua boccetta di Lexotan, lei l'afferra subito e si fa scendere sulla lingua non so quante gocce; al mio ritorno potrei trovarla morta. Rientro in camera e richiudo la porta con due giri di chiave. Mia sorella è sempre nella medesima posizione. Dio mio!, penso angosciata, anche se cerco di mostrarmi tranquilla.

So cosa devo fare. Quando Celeste era piccola e combinava qualcosa, correvo subito in suo aiuto. Mi paravo con il corpo davanti al suo e dicevo: sono stata io. Celeste sbatteva le ciglia, proclamava la sua innocenza negando ogni colpa, e alla fine nostra madre lasciava correre. Le cose non sono poi così cambiate. Nel mio cuore, è sempre la stessa bambina di allora. E noi siamo sorelle.

Quando l'ho presa in braccio, tanto tempo prima, ho promesso. L'avrei sostenuta e sarebbe stato per sempre. Quello è il mio compito. Ora lo so.

Ogni tanto metti un punto

Non parla. E per un po' provo a cavarle qualcosa di bocca. Faccio domande. Mi siedo vicino a lei, mi alzo. Fumo. Il mio intuito mi dice che sia successo qualcosa. E che questo qualcosa riguardi Filippo. A un certo punto, sempre immobile con lo sguardo rivolto al soffitto, mi chiede: «Hai notato che non c'è nulla di rosa in tutta la casa? Mi sembra che tutto faccia schifo: le pareti, le tende, il copriletto. Ovunque questo grigio topo, è triste, tremendamente triste».

(Ha un disturbo bipolare, ora è certo!)

«La verità sai qual è?» dice voltandosi verso di me. «Credevo di essere pronta e non lo sono, rivoglio indietro la mia infanzia, l'ippopotamo Bubi, il pigiama con gli orsacchiotti, il vestito da principessa. Maledizione! E se stessi facendo una grande cazzata a sposarmi? Mi sa che hai sempre avuto ragione, Agnese, sono solo una bambina viziata.»

(Evviva, ci sei arrivata, meglio tardi che mai.)

Celeste si mette una mano sulla fronte inclinando indietro il capo, nemmeno stesse recitando in una tragedia, ed esclama: «Povera mamma sarà terrorizzata che mandi tutto all'aria! Come vorrei che il passato ritornasse a essere solo passato. Che il mio abito fosse la scelta giusta. E Roberto l'uomo che desidero sposare. Che cosa devo fare Agnese?».

(Io un'idea ce l'avrei: alzi quel culo e ti sposi, ora!)

«Quel sogno mi perseguita» prosegue mia sorella senza interruzione. Sono lì, l'ascolto, ma è come se non ci fossi, parla con se stessa, quasi con affanno. Poi prende la gonna del vestito e si copre totalmente il viso, rimanendo mutande in vista e gambe scoperte.

Mi avvicino e scoprendole il volto le chiedo: «Cosa vuoi fare, giocare a cucù settete?».

Lei si tira su. Seduta con le gambe divaricate e le mani in mezzo, sembra un bambola di plastica. «Sai, Agnese, appena chiudo gli occhi Filippo compare. Ogni immagine del sogno è fedele alla realtà più di quanto lo desideri. Non riesco proprio a dimenticarlo. Punto» e si ributta giù a peso morto.

«Dài, non fare così! Sai come funziona l'inconscio» le dico avvicinandomi. «Quello è bastardo, fa brutti scherzi. Secondo me ti è solo venuta un po' di strizza.»

«Ma sì, forse hai ragione. Non mi devo fasciare la testa.»

Celeste mi ha tormentata con quel sogno. Una mattina mi ha tenuta al telefono per più di un'ora. Ha vomitato emozioni e parole con la tipica urgenza che hanno i bambini quando raccontano. Rammento il tono concitato della voce e il suo fervore:

«Lui era sopra di me. Sentivo il peso del suo corpo, ne aspiravo l'odore. Mi toccava l'inguine. Mi morsicava i capezzoli. Mi leccava, e io godevo come non ho mai goduto in vita mia. Quando mi sono svegliata ero bagnata. L'ho amato tanto Agnese, le sue braccia erano le uniche che riuscivano a calmare la mia impazienza. Filippo è un uomo sul serio: spalle larghe, mani grandi che sanno aggiustare qualsiasi cosa. È questo che voglio, ho pensato al mio risveglio».

Mancavano pochi mesi al matrimonio, ero seriamente

preoccupata per lei, perché nonostante quella pagliacciata del taglio al legame, Filippo c'era ancora, e forse più vivo di prima. Ma se devo essere sincera, il vero motivo per cui quel sogno mi ha turbata è stato un altro, e cioè, che io non ho mai provato una passione del genere. Forse quando ero più giovane, in ogni caso faceva parte di un ricordo lontano.

Ci sono amori e amori, mi sono detta. Volevo un tetto sopra la testa. La tranquillità economica. Incrociare i piedi con i suoi la notte. Qualche sfizio ogni tanto. Una certezza affettiva. Ed è quello che ho avuto, Luca è stato la mia garanzia di solidità.

E quel giorno, quando ho chiuso la conversazione con Celeste, ricordo che ho acceso il ferro da stiro. Le camicie di Luca erano sulla sedia, impilate una sull'altra a prendersi gioco di me. Ho alzato il volume della radio, nessun fremito d'amore ad attendermi. Solo una canzone che parlava di solitudine. La mia.

Ora guardo mia sorella immobile su quel materasso e penso al volto di Norma nel portaritratti. Penso a me e Celeste. Nessuno è esente dalla solitudine. Nemmeno il giorno del proprio matrimonio. A volte si nasconde. Si camuffa. Si traveste. Ma quando si mostra, sa essere aspra, assoluta e totale. E fa paura.

Siamo le nostre madri

Celeste è sempre coricata. Non ne vuole sapere di muoversi. Sta di nuovo in silenzio. Io sinceramente non so cosa dire, vederla così però fa male.

Sentiamo arrivare nostra madre, sta urlando con la nonna. «Se quelle due si credono che faccia l'anticamera come dal dottore, si sbagliano di grosso.»

«Lo sai come si sfregheranno le mani i cugini pugliesi se tua figlia non si sposa?» le risponde lei.

«Smettila! Così non mi aiuti per niente» ribatte esasperata la mamma. Poi tira un colpo sulla porta e continua a sbraitare.

«Ehi, voi due, sapete che vi dico? Dovevo farmi legare le tube con un doppio nodo. O fare dei figli maschi. Niente bagno occupato, niente lavandini otturati, cerette, manicure, mestruazioni, O.B. con applicatore, pillole, ginecologo. Al massimo, quei babbei si chiudono in bagno e fanno in silenzio le loro cose. Mi sarei risparmiata una marea di problemi.»

È fuori di sé, mi alzo dal letto. Celeste mi agguanta per un braccio e mi supplica: «Ti prego. Cerca di calmarla».

«Guarda che non ho la bacchetta magica» le rispondo.

«Non è vero, in famiglia sei l'unica capace di fare magie. Soprattutto con la mamma» mi dice lei rannicchiandosi da un lato.

Mia madre ritorna alla carica. «Tra poco arriveranno tutti. Cosa dirò? Celeste, ti prego! Chi se ne frega del vestito, dei fiori e di tutto il resto. Mettiti quello che vuoi. Ma esci di lì, sali in macchina e trascinati fino al sagrato della chiesa. Il prete ti farà delle domande e tu devi solo rispondere sì. Hai capito?»

«La facciamo entrare?» chiedo a mia sorella con la mano sulla maniglia.

«Non ci pensare nemmeno» dice mangiucchiandosi le unghie. «Prima vai di là e la calmi.»

«Sai suggerirmi come?»

«Sei tu la psicologa in famiglia» mi risponde facendo spallucce.

«Santa pazienza, vado! Però, giuro che è l'ultima volta che ti tolgo dagli impicci. E al mio ritorno mi racconti per filo e per segno cosa ti sta succedendo. Perché *deve* essere successo qualcosa. Non stiamo giocando. Qualcuno rischia di farsi male, e tanto.»

Esco di nuovo dalla stanza. Mia madre non c'è più. Attraverso l'ingresso e la sala, la vedo in cucina insieme alla nonna. Le due si stanno azzuffando: inutile, sono attirate l'una dall'altra come le falene dalla luce artificiale di un lampione.

Mi metto dietro alla porta e mi ritrovo bambina mentre origliavo i miei genitori nella speranza che la smettessero di litigare. La sensazione è la stessa: un'incontrollabile paura che le cose evolvano al peggio. Che uno dei due abbandoni il campo e rimanga il silenzio. Il vuoto intorno e i confini cancellati.

La mamma ha affondato un cucchiaio in un barattolo di Nutella – dove l'avrà trovata io non lo so – e la nonna la sta rimproverando: «Lo sai quante calorie ha quella roba?».

«Sinceramente non me ne frega niente.»

«Circa ottanta calorie per un misero cucchiaio.»

«Ottanta calorie per eliminare il dolore sono pochissime. Se ora non taci, mi farò tutto il barattolo» le risponde lei.

«A sessant'anni suonati non sei ancora in grado di reagire alle situazioni» rincara la dose la nonna. E io vorrei uccidermi.

«Certo mammina, io non sono come la tua bella e dolce Elena» e nel pronunciare il nome della sua gemella il mento le trema quasi.

«Oh! ancora con questa storia, quando la smetterai di essere gelosa di tua sorella?» ribatte la nonna.

Da piccole Elena e mia madre erano inseparabili, almeno così racconta. Stessa classe, stessi interessi, stessi amici. Poi qualcosa è cambiato. Sono parecchi anni che si parlano a malapena e, a vederle, sembra si odino. È pur vero che la nonna preferisce di gran lunga la zia alla mamma, e non fa niente per avvicinarle, come se godesse al gioco del contendersi il suo affetto. Elena ha sposato un riccone e migliorato notevolmente la sua condizione sociale. Nostra madre ha sposato il suo Giovanni e per la nonna non esiste niente di peggio che essere un semplice ferroviere, per giunta comunista.

Con il cucchiaio ancora in mano, mia madre ha attaccato la nonna al muro. Ma le spalle dritte e gli occhi torvi hanno ancora il potere di respingerla e, alla fine, indietreggia.

All'improvviso il telefono squilla facendomi sobbalzare, così entro velocemente in cucina prima che mi scoprano a origliare. La nonna va a rispondere, mentre la mamma esce sul terrazzino e io la seguo. Si appoggia con entrambe le mani alla ringhiera, la stringe così forte che le nocche delle dita diventano subito bianche.

«Ci mancherebbe solo la pioggia» dice guardando oltre i tetti, verso il mare. Mi avvicino, le sfioro appena la schiena in una carezza.

«Sai come mi sento?» mi chiede mia madre senza alzare lo sguardo.

«Posso immaginarlo.»

«No, non lo immagini. Se solo lo facessi, non saresti così solidale con Celeste.»

«È mia sorella!»

«E io sono tua madre. Una madre inutile a quanto pare» mi risponde lei.

«Mi spiace, ma nessuno può salvare nessuno. Nemmeno tu» ribatto decisa.

«Chi te le suggerisce queste perle di saggezza, la tua psicologa?» mi dice voltandosi e lanciandomi una delle sue occhiatacce.

No, la tua callista. Vorrei risponderle a tono. Invece taccio.

«Cosa credi, lo so come funziona» continua quasi a denti stretti. «Quelle truffatrici dell'anima ti fanno sedere su una poltrona e ti fanno sbrodolare tutte le paranoie. Ascoltano e annuiscono, intanto prendono appunti. Dopodiché ti assolvono dicendoti che la colpa è della madre cattiva che hai avuto. È così che ci massacrano e ci fanno a pezzettini. E magari non hanno neppure un briciolo di figlio. Oppure ne hanno una nidiata e li lasciano tutto il giorno alla tata bilingue, così se diventeranno infelici almeno sapranno l'inglese. E quelle come te e tua sorella abboccano come delle allocche.» Si mette un dito sul palato e strabuzza gli occhi simulando un pesce attaccato all'amo. È evidente che ha perso ogni contegno, ma questa volta non ce la faccio a stare zitta.

«Meglio andare dalla psicologa che farsi di Lexotan!»

«Oh, la santarellina, la figlia integerrima, ma sentitela! Parli così perché le tue bambine sono ancora piccole; vedrai quando cresceranno. Un giorno ti sveglierai e ti guarderanno come fossero in trincea e tu fossi il nemico. Avranno dimenticato che hai insegnato ad allacciarsi le scarpe, che hai pulito loro il sedere e curato le ferite. Chiuderanno la porta della camera e ti sbatteranno in faccia che non vogliono diventare come te per nessuna cosa al mondo e, magari, andranno dalla psicologa una volta alla settimana. A quel punto ti chiederai se la tua vita fa davvero così schifo, come me lo sto chiedendo io adesso.»

«Mamma, non ti sembra di esagerare?»

«No, non esagero. Se fosse per te e tua sorella sarei su una croce. Dalli a me i soldi, invece che alla tua strizzacervelli, sono spesi meglio» risponde fuori di sé. Poi mi prende le mani, le stringe e se le avvicina al petto. «Stai pur certa che questa volta non starò a guardare tua sorella mentre butta all'aria la sua vita. Dimostrerò a tutti che sono una buona madre.»

«Non hai bisogno di dimostrare niente a nessuno» cerco di tranquillizzarla.

«Quant'è vero Iddio, a volte, Agnese, mi sembra di non conoscerti.»

«Te ne sei accorta solo adesso?» le dico guardandola seria.

«Oh tesoro, vorrei solo che foste felici. Siete tutta la mia vita» mi dice baciandomi a tratti le mani. «Non voglio che proviate per me le stesse cose che provo io per la nonna. Una sorta di odio arrampicato all'amore. Vorrei solo aiutarvi nei momenti difficili. Se non lo faccio io, chi deve farlo? Anche Richi dice che ho ragione.»

«Chi?» le domando sgranando gli occhi.

«Richi, il cineoperatore.»

«No, scusa, fammi capire, parli di me e Celeste con un uomo conosciuto stamattina?» le chiedo staccandomi da lei.

«Almeno lui mi considera» mi risponde la mamma con le lacrime agli occhi.

La nonna spunta sulla soglia e ci interrompe. «Ah, eccovi!» grida come se fossimo a chilometri di distanza. «Era tua sorella Elena al telefono, chiedeva come mai Agnese non è andata all'aeroporto a prendere Fiamma.»

«Mi sono completamente dimenticata!» esclamo guardandomi la "F" sul palmo della mano. «Lo sapevo, lo sapevo, sono una stupida!»

«Ecco. Ci facciamo le solite figure.»

«Mamma, chi se ne frega! Mi dispiace solo per Fiamma. Dove ho la testa non lo so. Vado subito.»

«Lascia perdere» mi risponde la nonna bloccandomi per un braccio. «Tua cugina ha preso un taxi, ti aspetta a casa tra un'ora.»

«Ma è da sola o con Pablo? Avrei tanta voglia di conoscerlo.»

«Da sola. Sembra che abbiano chiuso. D'altronde le storie che iniziano in un attimo, finiscono allo stesso modo.»

È odiosa. Suonano alla porta, ci voltiamo. Mia madre anticipa tutti e corre ad aprire; per poco non sbatte per terra.

Eccolo finalmente. Con il suo passo ondeggiante, da omone, la pipa in mano. Giò avanza verso Ines e le sorride. Un sorriso grande quanto il mondo. Aperto come lui.

Sono sicura che mia madre vorrebbe perdersi solo un momento tra le sue braccia. Trovare conforto e succhiare il nettare per affrontare il caos cosmico che l'attanaglia. Basta una sua parola per ripartire e rendere questo giorno un giorno speciale. E sentirsi finalmente qualcosa di simile a una madre.

Giò ha in mano una rosa e gliela porge. Sa di averla combinata grossa.

«Non l'avrai presa dal bouquet di Celeste?» gli chiede lei prima di prenderla.

Lui sogghigna. Lei lo guarda torva ma è felice che sia lì.

Richi, per il momento, non è più necessario.

Sei tu l'unica costante della tua vita

Ho preso il telefono e le sigarette per poi sgattaiolare in bagno. Ho tirato giù la tavoletta e mi ci sono appollaiata. Mi è sembrato il posto più bello del mondo. Poi ho chiamato Fiamma per scusarmi della mia sbadataggine.

Per fortuna non è di quelle che si arrabbiano facilmente; mi ha raccontato che ha preso un taxi e che il taxista, un certo Baciccia 16, era simpaticissimo. Ha messo i Pooh a manetta, e quando è scesa le ha fatto il baciamano con aggiunta di inchino. Un uomo d'altri tempi.

«Come stai?» le ho chiesto prima che mi facesse qualche domanda su Celeste.

«Abbastanza bene. Sono solo un po' stanca.» Ho paura a chiederle di Pablo, così tergiverso un po'. «Rosa mi ha raccontato della promozione. Complimenti!»

«Sì. Ormai sono tre anni che lavoro lì, mi trovo bene. I proprietari del ristorante sono due italiani trapiantati a Londra. Gente per bene.»

«I tuoi saranno contenti.»

«Puoi immaginare! Mia madre dice a tutti che il ristorante è mio. Avere una figlia laureata in Economia con il massimo dei voti che fa la responsabile di sala, per lei, è come avere del pus in bocca.»

«Sei felice?»

«Felice è una parola grossa. Sicuramente più felice di quando stavo a Genova e lavoravo nell'impresa dei Bernardini.»

Marco Bernardini, rampollo di una famiglia della Genova bene, figo da morire. Futuro sposo di Fiamma, fino a quando non sono saltate le nozze. Dopo poco lei ha conosciuto Pablo, uno spagnolo che lavorava a Londra, e ha deciso che sarebbe partita con lui. Ha cercato una casa, un lavoro, e tanti *chiunque* che non la conoscessero. La sera si è coricata in un letto singolo, in una camera in subaffitto e ha iniziato una nuova vita.

Nessuno sa perché abbia deciso di non sposarsi, non ne ha mai voluto parlare, ma in famiglia è scoppiato il finimondo, mia madre non faceva che dirlo a tutti, felice come una pasqua. Era contenta che le sfighe non capitassero solo a lei. Mia zia si è rifugiata per qualche mese a Cuba ed è tornata solo quando c'era altro di cui sparlare.

Dopo la fine della storia con Marco, Fiamma ha giurato che non si sarebbe mai più piegata ad atti di mortificazione per un uomo. Ha deciso che l'amore è solo un grande inganno. Ha chiuso i rapporti con quasi tutte le persone della sua famiglia. È tornata solo due volte a Genova, questa è la terza. E ha un buon motivo, è la testimone di mia sorella. Nessuno sa praticamente nulla della sua storia con Pablo, ne parla sempre con molto distacco, come facesse fatica a lasciarsi andare. Mia sorella è l'unica della famiglia ad averlo conosciuto, dice che è un ragazzo simpatico, ma dei suoi gusti io non mi fido.

«Quanto starai tra noi?» le chiedo.

«Un paio di settimane, ma appena finito il matrimonio parto per Le Mànie.»

Le Mànie è il nostro luogo magico. C'è una cucina con le piastrelle blu dell'800, il ronfò, il camino in legno, le finestre da cui si vede il mare e tutto quel verde che irrompe. L'odore del timo, le bacche di ginepro, gli ulivi e la porta sempre aperta. Appena finita la scuola, io, Celeste, Fiamma e Flavia venivamo spedite dai nostri genitori in campagna. Loro si liberavano di noi e noi di loro. Era Rosa a occuparsi di tutte e quattro. Ci preparava le trenette al pesto, le cipolle ripiene e deliziose crostate. Non sono mai stata così felice come in quei momenti di libertà assoluta. Potevo essere bambina nel vero senso della parola: avere le ginocchia sbucciate, fare le gare di sputi, tirare le code alle mucche e rubare le patate al vicino.

Quelle bambine di cui nei libri di scuola non c'è traccia se non sotto lo pseudonimo di maschiacci. Che amano avventurarsi, girare da sole la notte alla ricerca di rospi. Audaci e coraggiose. Che esistono. E per tutto l'anno vengono confinate in camerette rosa a giocare alle bambole.

Fiamma ha chiesto al signor Beppe, il contadino a cui rubavamo le patate, di aprire le finestre e attaccare la corrente. Sua moglie avrà sprimacciato i cuscini e riempito il frigo di pesto, gnocchi fatti in casa e ogni genere di verdura.

«Dio, cosa darei per venire con te anche solo per qualche giorno!» esclamo emozionata all'idea.

«Vieni. Chi te lo impedisce?»

«Già, chi me lo impedisce?» le rispondo pensando all'odore del fieno tagliato e alle passeggiate nel bosco. Nessun rumore, nessun moccico da soffiare, nessun capriccio, nessuna lite da sedare. Solo il frinire delle cicale e tutte quelle lucciole a illuminare la notte. Sarebbe bello ritornare indietro, all'assenza di preoccupazioni. A quel corpo di bambina che non aveva paura dei confini, con i capelli spettinati e la frangetta sempre sugli occhi.

Eppure so che non andrò da nessuna parte. Ho imparato da tempo a rinunciare. Ogni desiderio è schiacciato sotto i piedi come fosse un capriccio. Solo obblighi necessari alla coppia, e alle mie bambine.

Mentre sono al telefono con Fiamma fumo un paio di sigarette e per un attimo mi dimentico di Celeste, di Luca, della mamma. Ascolto mia cugina mentre parla di una Genova che le manca, e di quella in cui non vuole restare.

«Non li sopporto. Speravo che fossero cambiati. Invece sono sempre gli stessi.»

«Stai parlando degli zii?»

«Esatto. Odorano di pane raffermo.»

«Sei tremenda» le dico sorridendo. La claustrofobia da famiglia evidentemente non è solo un mio problema.

«Lo sai che mio padre cornifica mia madre da una vita e a lei sta bene così?» mi confida con naturalezza.

In effetti non lo sapevo e le sue parole mi lasciano di stucco. Sono impreparata, non so cosa dire. «A me sembra impossibile che le cose possano andare in questo modo. Ma sei sicura?»

Un uomo che tradisce, una donna che sa e non fa nulla per cambiare lo stato delle cose. Di coppie così ne è pieno il mondo. Di cosa mi stupisco? Persone come me che si preoccupano dei *chiunque*, solo che non lo sanno. O fanno finta di niente.

«Certo che sono sicura. Mio padre è un coglione. Con lei subisce, e si scopa ogni donna disponibile per ripicca. Lo sai che è venuto a trovarmi a Londra e mi ha fatto giurare di non raccontarlo a mia madre? Ha paura di lei. Ti rendi conto che razza di idiota?»

Un altro problema della nostra famiglia è che ci si preoccupa costantemente della persona sbagliata.

Sono davvero sbigottita, Fiamma è sempre stata la più timida delle quattro, e mai mi sarei aspettata che si sbottonasse in questo modo. Non che io abbia mai provato particolare affetto per gli zii, anche perché da quando sono piccola Giò mi sussurra all'orecchio: «Li vedi quelli? Di secondo nome fanno Benito e Claretta. Stanne alla larga!».

Faccio appena in tempo a interrompere la conversazione che Ines bussa alla porta chiamandomi con insistenza. Vuole che esca subito dal bagno.

Prendo un profumo che trovo sul mobile, lo spruzzo in aria agitando le mani per fare andar via la puzza di fumo. Poi tiro la catena. Mi metto un goccino di dentifricio sul dito e me lo passo sui denti.

Apro la porta, neanche il tempo di uscire dal bagno e mia madre mi trascina fuori per un braccio: «Vieni subito, tuo padre questa volta l'ammazza!».

Poi si blocca, annusa l'aria muovendo il naso come un criceto, e mi accusa isterica: «Lo sapevo, hai fumato!».

Alla fattucchiera non scappa niente.

In ogni famiglia c'è una Giovanna D'Arco

Giò ha le vene del collo gonfie. Sputacchia saliva come un idrante. È davanti alla camera di Celeste. La mamma deve avergli detto che mia sorella non si vuole più sposare, o qualcosa del genere. Ha ragione, è fuori di sé. Provo a calmarlo, ma lui mi dà uno spintone e mi dice di togliermi di mezzo. Tempesta la porta di pugni, si appende alla maniglia malmenando anche quella.

«Quando siete nate dovevo darvi due bacetti e abbandonarvi in ospedale. Mi sarei evitato un sacco di problemi!» urla.

Mia madre lo afferra per un braccio. «*Ssst!* Ma sei fuori! Ci sentiranno tutti, e molla quella maniglia che la scassi!»

«Ines, porca di una miseria, vuoi che Celeste si sposi, sì o no?»

«Certo che lo voglio, ma se ti agiti in questo modo ti verrà un infarto.»

«L'infarto me lo fai venire tu e quella deficiente di tua figlia!»

«Guarda, caro, che se Celeste ha preso da qualcuno quello sei tu!» ribatte lei guardandolo male.

«Ora stai a vedere che la colpa è mia. Sai che ti dico? Sei una rompicoglioni!»

Mia nonna li guarda e se la ride, finché aggiunge la botta finale, tanto per non peggiorare la situazione. «Cosa vi aspettavate da lei? Celeste è capricciosa, viziata e incosciente. Persino Duccio è dovuto andare a recuperarla qualche volta.»

«In che senso? Non me l'hai mai detto. Ma quando è successo?» le domanda la mamma incredula.

«Oh! Ma che importa, tempo fa. Cosa potevo dirti? Che hai una figlia mezza matta che si fa piantare di notte in un'area di sosta in autostrada?»

Mia madre si mette una mano davanti alla bocca. Ha gli occhi lucidi. Mio padre esplode: «Cristo santo! La smetta o le tiro una bastonata sulla testa. Ci ha rotto le scatole, lei e le sue sentenze!». Poi si gira verso la mamma: «Scusa tesoro, ma quando tua madre esagera, esagera. La senti come parla di nostra figlia?».

Non sono mai abbastanza preparata. Il vero problema nella nostra famiglia, è che le alleanze non sono per niente scontate. Non si capisce mai da che parte convenga stare. Mia madre litiga con mio padre, poi con mia sorella, poi mio padre con mia nonna. È sempre stato un gran casino e starne fuori è davvero difficile perché prima o poi ti chiamano dentro. In qualche modo nella rete ci finiamo tutti.

Giò si è allontanato per prendere la pipa, ha gli occhi stretti e lo sguardo stanco. Sembra stremato. Non c'è stato un momento specifico in cui ho percepito che mio padre non fosse più l'uomo tutto d'un pezzo della mia infanzia. Piccoli gesti, parole dimenticate, atteggiamenti del corpo che si facevano sempre più evidenti. Improvvisamente ne ho colto la fragilità e ho capito che quel tempo in cui ai miei occhi lui poteva tutto era finito. O forse io sono cresciuta. Eppure, quando le giornate si fanno cupe e la paura della vita mi sovrasta, vorrei indietro quell'uomo a cui chiedevo protezione. Anche se illusorio, è bello pensare che esista un corpo, un odore o un ricordo che mi faccia sentire a casa.

Come una Giovanna D'Arco devo salvarli tutti se voglio salvare me stessa. E questa volta finirò al rogo, arsa viva. Così mi metto davanti alla porta e schiarendomi la voce chiedo che mi diano ancora un po' di tempo per convincere Celeste. Nel giro di poco, sono sicura, la farò uscire da lì.

Mia madre protesta, ma Giò le si avvicina sussurrandole qualcosa di abbastanza persuasivo che non riesco a sentire. Lei si allontana mogia, seguita a ruota dalla nonna. Poi mio padre mi fa cenno di spostarmi dalla porta e si mette le mani intorno alla bocca a mo' di megafono, in modo che mia sorella lo senta bene.

«Guarda, Celeste, se tra un paio d'ore non sei fuori, ti ci porto io a pedate nel sedere davanti all'altare. Ci siamo capiti?» Si gira verso di me facendomi cenno di seguirlo in cucina. Sono preoccupata ma faccio quello che mi dice. Con lui non ci sono altre possibilità. E mentre camminiamo dà tre boccate di pipa come se non fumasse da un secolo e borbotta che, in fondo, se Celeste si sposa o meno non è che gliene importi un granché. È giovane, bella e intelligente. Nel giro di poco troverà un altro babbeo pronto a soddisfare i suoi capricci. Gli frega solo di mia madre, perché ci deve vivere lui tutti i giorni, e non lo lascerebbe più in pace. A quel punto si volta verso di me e mi strizza l'occhio.

Lui è così: la rabbia arriva e se ne va come un temporale estivo. Spesso basta la prospettiva di una boccata di pipa per renderlo immune a qualsiasi tragedia. Anche del buon cibo, un bicchiere di vino e una partita a scopone sono assi nella manica, soluzioni alle difficoltà.

«Che ne dite, belle donne, di scendere e fare una pausa al bar di Gino?» chiede appena varca la soglia della cucina alle altre due, che sono in piedi sull'attenti.

«E chi è Gino?» domanda la nonna drizzando le antenne.

«Un barista» risponde lui, come a dire: sei un'idiota e fai domande idiote.

«Io avrei solo bisogno di qualche altra goccia di Lexotan» afferma la mamma facendosi aria con un pezzo di carta «o di qualsiasi altro ansiolitico che mi faccia dormire fino alla prossima primavera.»

Suonano alla porta. Vado ad aprire: ho capito che quello è il mio ruolo. Sono pronta ad accogliere con un grande sorriso l'ennesimo *chiunque.*

Invece, finalmente, evviva. Mi trovo davanti zia Rosa e nonno Duccio.

È proprio così, i due sembrano una coppia da sempre, anche se nessuno osa dirlo. La zia ha le mani incrociate sulla borsetta, il suo immancabile cappellino e la spilla multicolore. Gli orecchini, regalo del padre. Indossa l'abito che mi ha mostrato quel giorno a casa sua, quello del funerale di Luigino. Do un bacio al nonno e stringo Rosa, ha un odore potente e mi rassicura.

«Che succede?» mi chiede lei prendendomi il viso tra le mani.

«Tragedie, come al solito» le sussurro, lì, tra le sue mani.

«Anche oggi?» domanda allarmato Duccio. «Non mi dire che c'è lo zampino di tua nonna?»

«Diciamo che la sua presenza non ha aiutato» rispondo.

Li accompagno in cucina. Giovanni appena li vede non riesce a trattenersi e sghignazza, la situazione è così surreale che non può fare a meno di sdrammatizzare, Ines gli tira un pizzicotto dicendogli di piantarla, non è il momento di fare dell'ironia.

«Allora, che succede? Sembra che stiate andando a un funerale!» domanda Rosa guardando le facce cupe intorno a sé.

«Quella squilibrata di nostra nipote si è fatta venire le crisi mistiche!» le risponde subito la nonna.

Giovanni scatta verso la suocera, ma Rosa lo blocca per un braccio. Per fortuna interviene il nonno mettendo sul tavolo il pacchetto che ha portato. Lo apre: il profumo di focaccia inonda la stanza.

«Oh, bravo Duccio, ora sì che si ragiona!» esclama mio padre. Anche mia madre si avvicina. «Ne prendo solo un pezzetto» dice infilandosene una strisciolina in bocca. E per un po' tutti tacciono. Io respiro.

Il telefonino vibra, lo prendo e guardo il messaggio: *Lui è qui, mi ha chiesto di te! Bacetti. Teresa.*

Arrossisco come se Andrea fosse davanti a me. Cosa mi sta succedendo? Appena torno in ospedale ammazzo Teresa. Giuro che lo faccio!

Cerco di concentrarmi sul caos cosmico in cui si è trasformata questa giornata, spingere giù quei pensieri che non riconosco. Nel giro di niente, la mamma finisce il suo pezzo di focaccia come fosse a digiuno da mesi. Giò sta bene attento a non fare commenti, sa che nella nostra famiglia il cibo è uno di quegli argomenti tabù, da non affrontare con qualsiasi femmina dai cinque anni in su e men che meno con mia madre. Ma non la scampa, nemmeno questa volta.

«Perché mi guardi?» gli chiede Ines mandando giù l'ultimo boccone.

«Non ti stavo guardando, parlavo con Rosa.»

«Tanto lo so cosa pensi, che sono una grassona.»

«Mamma smettila!» intervengo prendendone anch'io un pezzo prima che sparisca del tutto.

«Tu non ti intromettere, sto parlando con tuo padre. State

sempre a difenderlo, ma sono io che vi ho messo al mondo, lui era fuori dalla porta che fumava. Bella faticaccia!»

«Sì, ero fuori dalla porta, ma sono io che ho sparato le cartucce!»

Sgraniamo gli occhi. Mia nonna per poco non sviene. Rosa e Duccio si guardano. Mia mamma gli dà del cretino e inizia a imprecare di brutto. Ce l'ha pure con Celeste che l'ha costretta a comprarsi un vestito troppo corto, così le si vedranno le caviglie che tanto detesta.

«A me piacciono le tue caviglie» commenta Giò cercando di calmarla.

«Sai cosa me ne frega se ti piacciono le mie caviglie! La colpa è solo tua se sono ingrassata. Mi fai sempre cucinare, e poi finisce che mangio!»

Ines si accascia su una sedia, forse si è resa conto di non essere proprio in sé, sospira. «Perché Celeste non si sposa e basta?» domanda congiungendo le mani in una sorta di preghiera.

«Perché le manca qualche rotella» commenta la nonna. «La verità è che Celeste ti ha dato sempre un sacco di problemi.»

«Ti ho detto di smetterla!» urla mia madre alzandosi di botto dalla sedia.

Duccio strizza gli occhi come fa di solito quando è imbarazzato. Appoggia una mano sul braccio della figlia: «Ines, ti prego! Abbassa la voce e siediti. Lo sai che a volte tua madre esagera».

Ines non gli presta alcuna attenzione. Parla senza intervalli di respiro, tutto d'un fiato, come se nelle pause potesse perdersi e ritrovarsi fragile.

«Non toccare le mie figlie! Hai capito mamma? Lo so che non sono le nipoti che avresti voluto. Ma nemmeno tu sei la madre sobria che avrei voluto.»

Norma sbianca. Ines si gira verso Duccio e gli sussurra: «Scusa papà».

La mamma prende la borsa e fa segno a Giò di seguirla. Lui si accoda senza dire una parola. Dove sia diretta è un mistero.

Mio padre non le parla e non la tocca, si limita ad aprirle la porta e a richiudersela alle spalle. Fa come si dovrebbe fare quando si ha paura che la propria donna possa rompersi da un momento all'altro.

In fondo, all'amore, il più delle volte non si chiede altro se non di esserci. Stammi accanto, ora, adesso. Poi si vedrà.

Forse, ci potrebbe bastare.

Non si può aggiustare tutto

La mamma e papà sono usciti. Rosa si è messa a preparare del tè al gelsomino. Dice che aiuta l'animo. Ha sempre delle bustine nel suo vecchio borsellino di stoffa colorata. La cerniera è arrugginita e le mani tremano.

Quando eravamo piccole, era da lì che pescava gli zuccherini in grado di curare malanni e tristezze. A quel tempo, le mani erano sicure. La cerniera si apriva in un attimo. E tutto era possibile.

«Qualcuno ne vuole?» chiede facendo dondolare la bustina.

«Io, una tazza la berrei volentieri» le risponde Duccio.

Norma è girata di schiena, guarda fuori. Sta fumando una sigaretta. Le parole di mia madre non l'hanno lasciata indifferente. Da quando Ines è uscita non ha aperto bocca.

Sono davvero preoccupata. «Secondo te dove è andata la mamma?» domando sottovoce alla zia.

Rosa mette due cucchiaini di zucchero nella tazza di Duccio e gliela porge. Poi si gira verso di me e mi fa una carezza. «Non ti preoccupare per lei, sa badare a se stessa» afferma sicura. «Piuttosto, vai da tua sorella e cerca di farla uscire da quella stanza; prima o poi dovrà farlo.»

Trattengo quella mano piccola sulla guancia qualche secondo. Non ne ho nessuna voglia, ma sono una Giovanna D'Arco, andrò fino in fondo e farò quello che devo. Anche se è probabile che sarà un altro buco nell'acqua.

Penso alle parole di Rosa quella sera. Ha ragione, devo avere un po' di fiducia e per una volta immedesimarmi in qualche donna che non abbia una dipartita tragica. Altrimenti la mia vita continuerà a essere un vero disastro. Il problema è che, a parte Minnie o Paperina, non me ne viene in mente nessuna.

Socchiudo gli occhi e prendo un bel respiro, pronta per la mia missione. Perché è così che mi sento, perennemente in guerra. Contro chi o che cosa non lo so con precisione. La conquista è un retaggio che mi porto dietro fin da bambina.

Far vedere ai maschi di potercela fare. Di essere intelligente. Ma non basta. Magra. Femmina. Ma non basta. Silenziosa. Capace di stare nelle retrovie. Delicata. Ma non basta. E allora combatto. Sguaino la spada in aria, e al massimo becco una mosca.

Forse dovrei smetterla. Gettare le armi e accontentarmi di quello che ho. Come del matrimonio, ad esempio.

Mentre esco dalla cucina, con la coda dell'occhio vedo la zia che si avvicina alla nonna e le domanda: «Perché lo fai?».

Mi fermo dietro la porta ad ascoltare.

«Faccio cosa?» le risponde accigliata Norma.

«Accanirti così con Ines. È tua figlia!»

«Perché non ha polso. E quelle due se ne sono sempre approfittate. Ti ricordi quando Agnese se n'è andata di casa? Ines era uno straccio. Adesso Celeste che non si vuole sposare. Cosa ne sarà di lei?»

«Non credi che Ines sia abbastanza grande da cavarsela da sé? A un certo punto dobbiamo smetterla di occuparci dei figli» ribatte la zia.

«Ma sentila! Cosa ne vuoi sapere tu di figli, che non hai mai cambiato un pannolino in vita tua.»

«Norma, ora stai davvero esagerando» interviene brusco Duccio. «Rosa ha ragione, nostra figlia ha sessantadue anni e noi siamo troppo vecchi per impicciarci ancora della sua vita.»

La nonna si alza, prende la giacca e se la infila con calma.

«Dove vai?» le chiede il nonno tirandosi su di scatto dalla sedia.

«A farmi un goccetto, tanto qui non servo a niente. Tu stai pure seduto e finisci il tuo tè» gli risponde a denti stretti.

So perché Norma non sopporta la mamma. L'ho scoperto il giorno di Natale di due anni fa, e non avrei mai voluto che accadesse. Quel segreto è una delle cose che mi angosciano. E che mi hanno cambiata per sempre.

Hanno cambiato il mio modo di vedere la vita. Si sono insinuate nelle mie giornate, nel rapporto con mia madre. Come a ogni festa di famiglia, non vedevo l'ora che quella giornata finisse. Le feste di famiglia sono il mio incubo, mi mettono una tristezza pazzesca. Sono come una sbronza, ci metto giorni a farmela passare. Ogni 25 di dicembre, quando torno a casa e attraverso la città semivuota, la sensazione è sempre la stessa. Una profonda desolazione. Il tempo dell'attesa consumato in un attimo.

E come tutti gli anni eravamo a casa dei nonni. Avevamo le pance piene e ci eravamo spostati in sala a giocare a tombola. Celeste stava litigando con Camilla per chi avrebbe dovuto tenere il banco, il che è tutto dire. Non so quando crescerà mia sorella, forse mai.

La giornata era stata un'escalation di rogne. Mi si era bruciato il pane con uvette e curcuma che avrei dovuto portare per il pranzo, già criticato dalla famiglia per queste idee *da orien-*

tale che mi metto in testa. Ché il pane è pane. Rosa non aveva comprato il solito torrone al cioccolato e Celeste ne aveva fatto una tragedia. Norma era partita di testa al secondo bicchiere. Giò si era mangiato l'impossibile e la mamma era arrabbiata con lui perché non si contiene. In più si erano aggiunti i miei suoceri con involtini al seguito, a completare il quadretto. Maria aveva ingozzato Sofia come dovesse farne del fegato d'oca. Luca scherzava e rideva a bocca aperta nel suo completo delle feste. Camicia nuova, immancabile colletto tirato su, mocassini ai piedi e golfino intorno al collo, e a me innervosiva e basta. Sedare la lite tra la sorella trentenne e la figlia piccola per il banco della tombola era l'ultima cosa di cui avevo bisogno.

Sono sgattaiolata nello studio e ho messo il naso dove non dovevo. Così, quasi per caso, ho trovato il diario del nonno nascosto in mezzo ad alcuni libri. Non ho resistito e, quando ho iniziato a leggere, non sono più riuscita a smettere, sono rimasta incollata a quelle pagine. In alcune parti ho persino pianto.

Ho immaginato il nonno piegato sulla scrivania, come in una delle tante fotografie a casa di Rosa in cui ha ancora i capelli neri pieni di brillantina, gli occhi azzurri e buoni, le maniche della camicia tirate su, una sigaretta che pende al lato della bocca, che scriveva. Pagine fitte d'amore, un amore folle per la nonna. Quello che tutti desiderano. A parte me. Io non lo desidero. Voglio solo uno spazio privato per il mio io insoddisfatto e mutante.

La storia è semplice. Non dissimile da mille altre, fatte di silenzi e omissioni. Solo che questa riguarda la mia famiglia, e mia madre. Un bagaglio di cui avrei fatto volentieri a meno.

Mancavano pochi mesi al matrimonio. Era un pomeriggio qualsiasi, Duccio voleva fare una sorpresa a Norma, così decise di aspettarla all'uscita dal lavoro. Si era messo dall'altra parte della strada, quando li vide uscire insieme. Scendevano lo scalone camminando allo stesso passo. E lui avvertì un brivido improvviso. Come di paura. Il ragazzo accanto a lei era vestito di tutto punto. Portava un bel cappello, nessuna macchia di grasso sulle mani. Duccio sentì il profumo di pulito arrivare come una minaccia. Prima di salutarsi, Norma e il ragazzo si sfiorarono appena la mano, guardandosi.

Gli bastò un attimo per capire che la nonna non era mai stata sua. E non c'entravano i soldi, la posizione sociale, o il futuro che non poteva offrirle. I suoi occhi erano vivi come non li aveva mai visti. Amava quell'uomo.

Quel giorno se ne andò e non raccontò niente alla nonna, anche perché c'era poco da raccontare. Aspettò che fosse lei a parlarne, ma non lo fece. Qualche tempo dopo gli comunicò di essere incinta e dopo nove mesi nacquero le gemelle. Elena era la fotocopia di Norma, Ines del padre. Le figlie non erano sue.

Il nonno in quelle pagine racconta con lucidità che ha deciso di non opporre resistenza agli eventi e ne ha pagato le conseguenze, nel bene e nel male. È stato un funambolo in equilibrio precario sull'asse dell'esistenza. Giorno dopo giorno, si è finto padre, come un ladro che se ne è andato a spasso con oggetti non suoi. Ovviamente ha sempre avuto paura che l'altro potesse tornare a riprendersi quello che gli apparteneva.

Per mia nonna credo che mia madre sia il ricordo di quell'amore, ecco perché si comporta in quel modo con lei. Per lo meno, questa è la risposta che io mi sono data, altrimenti non saprei come spiegarmelo.

Mi sposto dal corridoio e busso alla porta di Celeste. Mia sorella apre subito. Ha indosso un vestitino a fiori, è scalza. L'abito da sposa è buttato malamente sul letto.

«Avevo caldo» mi sussurra vedendo la mia espressione contrariata.

«Almeno potevi appoggiarlo alla sedia» sbuffo mettendo il vestito sulla gruccia e appendendolo per bene allo specchio.

«Ieri Filippo mi aspettava fuori dall'ufficio» dichiara all'improvviso.

«Stronzo! Eh no, Celeste, è della categoria degli stronzi! Si fa vivo il giorno prima che ti sposi?» sbotto allargando le braccia.

«Dài, non dire così, voleva solo parlarmi» mi ha risposto lei sedendosi a gambe incrociate sul letto.

«È appurato. Sei cretina.»

«Hai ragione. Credevo di affilare le unghie, invece sono solo una tigre di carta.»

«In che senso?» domando appoggiandomi alla finestra.

«Sapevo che prima o poi Filippo sarebbe ricomparso e ho fatto le prove per quell'incontro. Davanti allo specchio, camminando su e giù per la stanza, riflessa nelle vetrine, in ascensore. Sarò forte, mi sono detta. Passerò dritta senza degnarlo di uno sguardo.»

«Invece?»

«Invece sono rimasta.»

Mi massaggio le tempie. Celeste ha gli occhi bassi. Si tocca i piedi mentre parla. Bel casino, penso.

«È colpa mia se non riesco a togliermelo dalla testa?»

«Certo» le rispondo. Il nervoso mi cresce all'altezza dello stomaco. «Ti conosco cara mia, tu adori stare sulle montagne russe.»

«D'accordo. Hai ragione. Adoro la passione. Essere presa e scaraventata contro un muro. Voglio i baci e le mani su di me. Devo sentire le ginocchia tremare, il cuore battere a mille, altrimenti, dimmelo tu, cosa rimane?»

«Non farsi male, ad esempio. Dovresti saperne qualcosa.»

«E se il male mi facesse stare bene?»

«Quando dici queste cose mi preoccupi sul serio» ribatto sgranando gli occhi.

«In fondo, voglio solo essere felice. Amare un uomo per sempre. Come avete fatto tu e la mamma.»

Sorrido. E in quel sorriso c'è tutto il mio disamoramento per la storia con Luca. «L'amore è la cosa più aleatoria che esista. Nessun Dio può garantirci che sarà per sempre, nessun amante o marito. Se promettono, mentono. Mentiamo tutti. Non possiamo ipotecare il futuro né fermarlo e metterlo in vetrina. Mi sa che siamo noi l'unica costante delle nostre esistenze. Siamo l'unico posto in cui possiamo ritornare, sempre.»

«Mamma e papà stanno insieme da una vita.»

«Hai trovato un bell'esempio!» commento ironica. «Lo sai, vero, che le cose cambiano molto rapidamente. Prima o poi, al tuo uomo spunterà la pancia, girerà per casa con i pantaloncini corti e i calzini fin sotto al ginocchio e andrà a fare pipì senza tirare su l'asse. Sei pronta per tutto questo?»

«Madonna, Agnese, mi spaventi! Non mi sembra che a te sia andata così male con Luca. Vuoi dirmi che faccio un errore a sposarmi?»

«No, no per carità!» esclamo. «Io non dico nulla del genere.»

«Dimmi che sto facendo la cosa giusta. Dimmi che ne vale la pena. Dimmi che quando la passione finisce, esiste dell'altro. Insomma, cavoli, dimmi quelle cose che si dicono alle sorelle per farle sposare!» esplode mettendosi in piedi sul letto.

«Celeste, io non ti dico un bel niente, e per favore scendi di lì. Però ti faccio una domanda che mi ha fatto la zia, e penso possa aiutarti.»

«Spara!» esclama mia sorella sedendosi di nuovo con la schiena dritta.

«Chiudi gli occhi.»

«Chiusi.»

«Ecco, prova a pensare a una donna che vorresti essere in questo momento.»

Celeste è immobile. Molto concentrata. In posizione yoga. Fa qualche respiro. Poi apre gli occhi sorridente e mi risponde: «Trovata!».

«Spara» ripeto io.

«Lady Gaga.»

«Come non detto. Lasciamo perdere.»

Mia sorella storce la bocca, non capisce perché Lady Gaga non sia un modello da seguire. Mi siedo sul letto, le prendo la mano e gliela accarezzo. «Quello che voglio dirti è che so quanto Filippo per te sia stato importante, ma sei sicura di voler rinunciare a Roberto e rischiare di nuovo?»

«È proprio questo il problema, sono confusa.»

«Cristo Celeste! Se non lo sai tu, chi lo deve sapere?» sbotto.

«Si può avere un uomo che sia passionale e buono al contempo? Oppure entrambi gli uomini?»

«Lo sai che gli uomini riescono a fare una sola cosa per volta. O sono passionali. O sono buoni. La seconda ipotesi è più probabile.»

«E Luca com'è?»

«Alzati» le dico cercando di sorvolare sulla risposta. «Usciamo di qui. Ho un fottuto bisogno di prendermi una pasticca prima che mi scoppi la testa.»

Mia sorella annuisce. Ha il viso impiastricciato, lacrime di rimmel tracciano strade sulle guance. Cerco dei fazzoletti e le pulisco il viso.

«Secondo te sono una ninfomane?»

«Smettila! No che non lo sei.»

«Non riesco a dare un nome a quello che provo.»

«Anche da piccola sbagliavi i sostantivi e in famiglia ti prendevamo in giro. Ci facevi ridere da matti!» Sorrido ripensando a quei momenti.

«E io mi sentivo la più stupida delle bambine. Mi sono sempre sentita così» aggiunge lei.

«Non sei stupida. Come dice Rosa, bisogna imparare a usare le parole giuste.»

In realtà anche io mi sento stupida quando penso alla vita insieme a Luca e alle serate così uguali da averne la nausea. Non ho più voglia di fare le cose con lui. E non trovo parole utili al mio cuore pieno di disamore. Non trovo il romanticismo, la passione, l'affetto. Le cose per cui si vive. Le stesse che mia sorella desidera per sé. E allora, per quale motivo la sto spingendo verso il matrimonio?

«E qual è la parola giusta?» domanda Celeste interrompendo il flusso dei miei pensieri.

«Che ne so» le rispondo alzando le spalle.

«Agnese, oggi non sai niente. Che sei venuta a fare?»

Ridiamo, mentre Celeste si guarda allo specchio senza un filo di trucco, con l'acconciatura quasi intatta.

«Cosa dirò alla mamma?» sospira.

«La mamma e papà non ci sono.»

«E dove sono?» mi domanda aggrottando la fronte.

«Chi può saperlo.»

Faccio per uscire dalla stanza, ma Celeste mi trattiene per un braccio. «Aspetta» mi dice «non ho finito.»

E così, fa quello che temo. Racconta senza interruzione di respiro dell'incontro con Filippo, si sta scaricando la coscienza e io non posso far altro che ascoltarla.

In fondo, cosa ci si aspetta da una sorella?

Che sia al tuo fianco e che non approvi necessariamente quello che stai facendo, ma che ne faccia parte, come è giusto che sia.

Le cose accadono

Prima di uscire dall'ufficio, Celeste ha baciato e abbracciato tutti. Persino quel dispotico del suo capo l'ha mandata a chiamare e le ha fatto gli auguri per il matrimonio. Per venti giorni niente levatacce, computer e colleghi con il fiato addosso. Tra qualche giorno sarà all'altro capo del mondo, su una spiaggia bianca a godersi il sole. Non vede l'ora.

Il portiere la saluta e si congratula con lei, le apre il portone in un gesto di galanteria. Il mondo le sorride. Controlla l'orologio e cerca di ricordare dove ha posteggiato il motorino. Ha promesso ad alcune amiche che avrebbero bevuto un bicchiere per festeggiare l'ultima serata da single.

È intenta a rovistare nella borsa quando vede Filippo dall'altra parte della strada. Cerca immediatamente con gli occhi una via di fuga, ma lui si è già avvicinato. Ha l'impressione che sia diventato una montagna. Le gambe vacillano, il cuore accelera e lo stomaco fa davvero male.

Ha atteso tanto quel momento e ora è impreparata e spaventata per ciò che sarà.

Filippo la saluta, sicuro. Nessuna incertezza nel suo sguardo; sorride e la disarma. Celeste vorrebbe dissolversi come una bolla di sapone, ma è inchiodata al suolo. Abbozza un movimento con la mano. E rimane. Anche se la coscienza le suggerisce di fare tutt'altro, darsela a gambe ad esempio. Ma con Filippo è sempre andata così, la logica finisce sotto i piedi e l'impulso la sovrasta, facendole combinare dei gran casini.

«Vorrei parlarti» dice lui

«È un po' tardi non trovi?» ribatte seria.

Se lo vedesse inginocchiato, se le dicesse che la ama alla follia e le chiedesse scusa, forse sarebbe soddisfatta. Invece sembra colpito da una totale afasia, come capita spesso agli uomini che non sanno parlare di emozioni, e lei non resiste un minuto di più dentro a quel silenzio.

«Da quanto non ci vediamo? Aspetta, fammi pensare: un anno?»

«Dài, Celeste, non scherzare!»

«Infatti. Non scherzo. In un anno sono successe tante cose.»

Filippo le si avvicina e la tira per un braccio, come fosse cosa sua. «Andiamo dove possiamo parlare tranquilli, togliamoci di qua.»

«Io non mi muovo» ribatte lei.

È lo stesso uomo che ha lasciato un anno prima: occhi profondi, barba incolta. Lo stesso uomo di cui si era innamorata. Giocherella con le mani, quelle mani che per tanto tempo sono state un rifugio, il luogo migliore in cui il suo corpo è sostato. Non vorrebbe ammetterlo, ma nulla è cambiato, e vorrebbe con tutta se stessa che non fosse così.

Allora si fa ritta come un fuso, cerca di contenere la propria ansia e lo mette in attesa. Non vuole dargliela vinta, le piacerebbe piantarlo in asso e mollarlo in mezzo alla strada, come ha fatto lui tempo prima, ma è troppo il desiderio di sapere perché l'ha lasciata, così su due piedi.

«Va bene,» dice con l'atteggiamento tipico di chi elargisce una concessione «ma facciamo solo due passi.»

Camminano verso il porto. C'è una bella luce, le giornate sono più lunghe. Si sta bene. La gente passeggia, porta a spasso il cane, fa jogging. Poteva essere la giornata perfetta per rimettere le cose a posto, se non fosse che sta per sposare un altro.

Filippo a tratti la osserva e Celeste lo avverte, ma non osa incrociarne lo sguardo, cammina stringendosi il golf, gli occhi incollati ai piedi. Principessa di se stessa. Convinta che non cederà alle sue stronzate.

Sentimenti disonesti si accavallano, vorrebbe ridurne l'intensità, riprenderne il controllo e cerca invano un distacco. Le scelte portate avanti con determinazione ora non hanno più valore, perché l'unica cosa che desidera è perdersi tra le sue braccia. Come è stata patetica, lei e le sue stupide certezze. L'amarezza per ciò che le ha fatto è sparita improvvisamente davanti a quel corpo di uomo.

Accanto a Filippo, il mondo è contorno, sfuma. Non esiste più. Ha solo voglia di baciarlo e abbracciarlo, annullando tutto il resto.

Non ha sensi di colpa, non pensa a Roberto. È perfettamente consapevole di ciò che sta per fare. Ha valicato un confine, è diventata altro da sé o, forse, è semplicemente ciò che vuole essere.

Cammina lenta e non lo guarda mai, aspetta che sia lui a parlare. Non farà nulla per semplificargli il compito. Deve soffrire come ha sofferto lei. Crede che questo le sarà di una qualche consolazione, ma non sa quanto si sbaglia.

«Come stai?» chiede lui.

«Che cazzo di domanda è! Domani mi sposo, ma immagino che tu lo sappia.»

«Sei ancora arrabbiata?.»

«Certo che sono arrabbiata. Cosa ti aspettavi?»

«Hai ragione. Avrei dovuto, ma...»

«Avresti dovuto, avresti potuto, ma non l'hai fatto. Non hai fatto nulla di quello che mi aspettavo da te.»

Filippo la conosce, sa che niente di ciò che dirà potrà calmarla. Forse pensava fosse cambiata. Sono diversi e lo saranno sempre. Tra loro non potrà mai funzionare.

Celeste si blocca. In certi momenti lo odia quasi. Gli vomita addosso tutto il malessere stipato nell'animo. Lo accusa, parla senza sosta, gesticola come una matta, e si ritrova nuovamente vulnerabile, carica di rabbia, nuda di fronte a lui.

Filippo taglia corto e allarga le braccia, è sempre stato un uomo conciso e neanche questa volta si è smentito. Poche frasi per spiegare la fine del loro amore.

«Mi dispiace, ma tu non mi hai dato scelta. Ero sempre messo alla prova, e alla fine ho pensato che fosse meglio così.»

«Vuoi dire che è mia la colpa?» chiede Celeste esterrefatta.

«Ti prego. Mi ci è voluto molto per venire a parlarti, non fare la vittima come al tuo solito!»

Celeste accelera il passo sempre più adirata, ma l'insolente ticchettio la infastidisce, allora rallenta. Sente di avere il fiatone. Scansa due ragazzi che si baciano, sono avvinghiati come polpi, persino una coppia di vecchi si tiene per mano. Quella strada affacciata sul mare, così romantica, le dà sui nervi. Non riesce a trovare la calma necessaria per affrontare la situazione, ha un chiodo conficcato nel cuore. Tutti i momenti brutti si sono ammassati e oscurano ciò che è rimasto di buono.

Di certo non è così che aveva immaginato il loro incontro. Vorrebbe dire altre cose, ma si rende improvvisamente conto che c'è in lei qualcosa di sconosciuto, di ostile. Sono nemici, per il momento. La barriera d'odio e rancore è ancora alta. Eppure, un attimo dopo, ragione ed emozione si rovesciano. Sente il corpo di lui che sfiora il suo e le vibrazioni inespresse fino ad allora la attraversano. Scavalcano la rabbia, ignorano la sofferenza, per arrivare dove nessuno dei due ha alcun potere.

Filippo la precede di pochi passi, ha la testa bassa, le mani nelle tasche. Celeste ne guarda le grandi spalle e sa che lo amerà per sempre. È un corpo che pesa, il suo, e lo vuole di nuovo sopra di sé.

È questa la cruda, semplice verità.

Si chiede quando gli ha permesso di considerarsi il legittimo detentore della sua vita. È rassegnata, ben consapevole di essere l'unica responsabile. E cosa fa adesso? Si lamenta. Prima lo spinge a prendersi la sua anima, e poi se ne pente. Sono lacrime tardive. Ha stravolto la realtà, trasformando Filippo nel principe che l'avrebbe salvata. Ma da chi, se non da se stessa?

Si è detta di amarlo come nessuno, eppure sono stati entrambi strumenti l'uno dell'altra. Hanno bluffato su ciò di cui avevano realmente bisogno, e continuano in un assurdo gioco che li porterà ad allontanarsi di nuovo.

È una strana forma di piacere quella di farsi del male. Comune a molti. Ma per il momento non riesce a sottrarsi. Quando lui le prenderà il viso tra le mani e la bacerà, tutti i pensieri appena affiorati scompariranno.

È questo che vogliono entrambi. Amarsi ancora. Riconoscersi e annusarsi come animali che soccombono alle leggi della natura. Probabilmente è lo sguardo verso ciò che ci sembra impossibile che ci incastra. Lo sa bene.

Celeste vede lentamente tracciarsi il futuro prossimo, è chiaro. Le rimanda l'immagine del passato, identica a se stessa. È questo che succede quando si tradisce. Eppure Celeste non si è mai sentita così vicina alla felicità.

Ha finito di raccontare e, a quel punto, nessuna delle due dice più niente. È troppo. Mi avvicino e le bacio la fronte. È mia sorella, e non sarò io a biasimarla.

Usciamo dalla stanza e ci dirigiamo in cucina, lei cammina lenta. Io l'aspetto. Anche il nonno è sparito. È rimasta solo Rosa, che sta bevendo il suo tè al gelsomino. Appena Celeste la vede accelera il passo.

Lei apre le braccia e le dice solo: «Vieni qui».

E allora Celeste piange.

Un sano vaffanculo ogni tanto è necessario

Ho buttato giù una pasticca per il mal di testa e sono uscita. Intanto Celeste è al sicuro tra le braccia di Rosa e io devo andare a prendere Fiamma da mia zia. A dir la verità sono contenta di svignarmela, la confessione di Celeste mi ha messo sotto sopra. Sono sua sorella, appunto. Dovrei essere roccia, invece mi sento sulle sabbie mobili.

Ho assolutamente bisogno di un caffè prima di mettermi in macchina, quindi attraverso la strada per entrare nel bar, ma siccome vedo i fotografi e la truccatrice che chiacchierano amabilmente al bancone, e i nonni seduti a un tavolino (lui legge la *Gazzetta dello sport*, lei beve un bicchiere di bianco), cambio idea e tiro dritto. Non è giornata.

Salgo in auto e accendo la radio sperando di distrarmi almeno cinque minuti. Gli speaker danno consigli su cosa fare nel weekend. «Che vadano tutti al diavolo!» dico a voce alta, poi la spengo, mi fa venire il nervoso. Il mio weekend è fottuto e ci vorrà un mese per riprendermi da questo matrimonio.

Tiro giù il finestrino, fa un caldo infernale. Sento il telefono vibrare, lo cerco nella borsa appoggiata sul sedile a fianco. Quando finalmente lo trovo, chiunque sia stato a cercarmi, ha smesso. Sono quasi sicura che fosse Luca, invece mi sono arrivati sei messaggi da mio padre. Uno dietro l'altro.

Siamo a Spianata.

Per poco non mi viene un infarto.

Tutto bene.

Tua madre piange.

Non chiamare.

Ciao, pa'.

Mentre leggo per poco non prendo in pieno una Volvo, l'uomo mi copre di parolacce. Tiro su il finestrino e gli grido *vaffanculo*, sicura dentro all'abitacolo.

Il motore si spegne e un concerto di clacson mi sovrasta. Lo so cosa pensano: alla guida c'è una donna. Stai calma, mi dico, andrà tutto a posto. Sono in un bagno di sudore. Però sapere che i miei genitori si trovano a Spianata è di certo una buona notizia. Chissà cosa mi ero immaginata, ché il loro amore mi sembra sempre di poterlo perdere un po'.

Da lassù la città si staglia all'improvviso, un vuoto pieno di cielo, case una sull'altra, e mare. Mia madre avrà camminato senza sosta per smaltire il dolore, mio padre avrà cercato di stare al passo e a nulla saranno valse le sue falcate per raggiungerla. Giò non è di certo un uomo paziente e di fronte alla fragilità della mamma si perde come un bambino nel folto di un bosco. Spesso si sente in colpa anche se non lo dice, io lo so. Lo conosco. Conosco i suoi occhi. Si sente in colpa per le mani nere, le mutande per terra, i gesti che non sanno consolare. Però la ama, di questo ne sono certa. E sono altrettanto certa che abbia pensato potesse bastarle. Ma si sbaglia.

L'amore a volte non basta. Da solo non basta. Ci vuole dedizione. Bisogna essere camaleontici e mutevoli, e riuscire a esserlo insieme. Insomma, è quasi un miracolo, penso tra me.

Un'altra vibrazione. Un altro messaggio. Questa volta più lungo.

La mamma ha smesso di piangere. Ti voglio bene. Stai tranquilla, tra poco saremo di ritorno.

Mi commuovo, perché lui è Giò, e a suo modo cerca di proteggermi. Mi asciugo gli occhi. Sono terribilmente fragile, basta un attimo, una parola, e potrei crollare. Dissolvermi. Disfarmi.

Riparto, do uno sguardo al mare alla mia destra e scorgo la villa in fondo alla strada. Metto la freccia e svolto. I colonnati ricchi di capitelli e le ampie superfici finestrate incombono sul giardino di palme e pini marittimi.

L'ultima volta che sono venuta a casa degli zii è stato al battesimo di Carlotta, la figlia di mia cugina Flavia. Camilla scappava ovunque, e Sofia non mi mollava un secondo. C'erano delle *chiunque* bellissime nei loro completi glamour color pastello.

Mi ero fatta convincere da mia madre a comprare un vestito di taffetà turchese che mi faceva sembrare una mongolfiera. In fatto di abbigliamento non dovrei mai darle retta, eppure, a volte, mi sembra di avere ancora bisogno di lei, del suo giudizio, come non fossi mai cresciuta. Avevo finito di allattare Sofia da un paio di mesi, ero gonfia gonfissima. Ricordo che quella simpatica canaglia di mia cugina Flavia mi ha chiesto se fossi di nuovo incinta; mi stava sull'anima prima e mi ci sta adesso. Ricordo che quel giorno non ho fatto altro che correre da una parte all'altra, fino a quando, sfinita, non mi sono buttata su prosecco e tartine. Dov'era Luca non lo ricordo proprio.

Il cancello si è aperto al mio passaggio. Posteggio sotto il pergolato, ma prima di scendere raccatto cartacce, bottigliette d'acqua, rimasugli di cibo e li nascondo nel cruscotto. L'idea di lavare la macchina prima del matrimonio non mi ha nemmeno sfiorata. Ora *quella* macchina in *quel* parcheggio mi sembra uno schifo.

Salgo veloce la grande scala di marmo. Il portone è aperto; entro cauta nell'ingresso e sempre cauta spingo le grandi porte a vetri.

«È permesso?» domando non vedendo nessuno.

Una donnina bassa e tracagnotta, con la faccia color cioccolato da cui spuntano due occhi bianchi come la neve, si materializza all'improvviso. Mi fa strada lungo il corridoio pulendosi la fronte che gronda di sudore con il bordo del grembiule. All'ultima porta si ferma e mi fa entrare. Penso che avrà più o meno la mia età. Mi chiedo se abbia dei figli in qualche parte di mondo. Non deve passarsela bene a casa degli zii, ma probabilmente se la passava peggio al suo paese.

Zia Elena è su un piedistallo improvvisato, la sarta le sta aggiustando l'orlo del vestito. L'abito mette in mostra il bel décolleté e le gambe lunghe; l'unico cenno di vecchiaia è dato dal collo rugoso. Lei e mia madre non si assomigliano per niente. Allungata verso il cielo una, ancorata a terra l'altra.

Lo zio, seduto sulla poltrona, chiude il giornale e si alza a fatica per salutarmi. Ha ragione Fiamma, Tancredi è invecchiato di colpo. La zia scende dal piedistallo e si rivolge in francese alla cameriera; la donna abbassa la testa, ha le mani incrociate sul grembiule, la poveretta si sta prendendo una lavata di capo. Poi la zia si avvicina e mi dà un bacio senza toccarmi nemmeno la guancia, e intanto ordina alla cameriera, in attesa davanti alla porta, di accompagnarmi da Fiamma.

Quando entro in camera, mia cugina è intenta a spalmarsi una crema davanti allo specchio. Noto subito che il viso è colorito, i seni sono più floridi e le cosce più piene. Improvvisamente rammento i giochi che facevamo nella vasca da bagno e le guance si imporporano. A quattro anni ci tiravamo le grandi labbra e pensavamo che si sarebbero trasformate in un pisello più grande di quello del nostro amico Nicola, il figlio di Beppe, il contadino delle Mànie. Non facevamo altro che spiarlo. È con lui che ho avuto le mie prime esperienze; un ragazzo di campagna che parlava poco, ma aveva mani grandi e delicate. Anche adesso, se ci penso, vorrei un pisello. La vita sarebbe più semplice. «Guarda come scalcia, sarà un campione» dicono le future mamme dei *chiunque* maschi. Nessun bisogno di conquista per loro. Sì. Lo vorrei, e anche bello grande. Mi aiuterebbe, ne sono sicura.

Fiamma non si è ancora accorta di me, prende l'abito posato sul letto e se lo appoggia sul corpo ammirandosi allo specchio. Fa una mezza giravolta e solo allora mi vede. Molla il vestito e mi corre incontro. «Che bello!» esclama abbracciandomi.

«È meraviglioso quell'abito, farai un figurone!» rispondo stringendola forte.

«Grazie! È un regalo di Pablo.»

«Pablo, ecco appunto. Dov'è?» chiedo curiosa.

«È rimasto a Londra, ci siamo lasciati» mi risponde cupa.

«No!» grido d'impulso. Poi mi siedo sul letto e aggiungo: «Vorrei ragguagli, please!».

«Non c'è molto da sapere, è storia chiusa.»

«Tutto qui?»

«Avevo scelto la persona sbagliata.»

«Perché, esiste la persona giusta?» chiedo facendole un mezzo sorriso.

«Non lo so più. Evidentemente le relazioni per me hanno una scadenza. Sono come il latte, se resta lì, diventa acido e le cose acide si buttano via.» E mentre lo dice cerca di domare i capelli, sembra nervosa.

Fiamma è tutta capelli e lentiggini. Ha una chioma rossa e riccioluta di cui si è sempre lamentata. Invidiata da me e Celeste. Prendo tra le dita una ciocca che mi cade dallo chignon. Forse ha ragione mia madre, dovrei usare un lucidante. Ecco cosa fanno a volte i genitori: insinuano. Non dobbiamo per forza credere a tutto quello che ci dicono, soprattutto quando siamo grandi. Ma invece gli crediamo, come si crede alle favole, a volte, per sempre.

Fiamma si guarda allo specchio, si sistema i capelli e poi li raccoglie con un fermaglio d'argento. Prende una collana di giada e la indossa.

«Su una cosa devo essere sincera» dice appoggiandosi una mano sulla pancia e dandosi un'ultima occhiata allo specchio. «Pablo era un ottimo cuoco e mi mancherà la sua cucina, anche se mi ha fatto prendere un paio di chili.»

«Non dire scemenze. Stai benissimo. E comunque siete stati insieme tre anni! Non credo sia l'unica cosa che ti mancherà di lui. Peccato, speravo di conoscerlo.»

Non ha voglia di parlarne, si vede, rovista nella valigia e tira fuori una bottiglia. «Ho portato dello Sherry per Celeste. Una sera, di fronte a un paio di questi bicchieri, mi ha chiesto di farle da testimone. Tua sorella sa essere molto convincente.»

«Non dirlo a me.»

Usciamo dalla stanza e lanciamo entrambe un saluto dal corridoio. Quando ci chiudiamo il portoncino alle spalle, Fiamma tira un sospiro di sollievo.

Il cielo non è più limpido come prima. Il mare ha preso a muoversi, il vento si è alzato e le vele all'orizzonte sono aquiloni impazziti.

«Questo tempo mi mette malinconia» dice Fiamma tirando giù il finestrino. Gli occhi sono lucidi, sembra stia per piangere, ma la conosco abbastanza da sapere che non lo farà. Le prendo una mano e gliela stringo.

C'è qualcosa di diverso nel suo sguardo. Forse è davvero tanto che non ci vediamo e non è più la Fiamma che conoscevo. Vorrei parlarle di Celeste, ma rimando.

«Ti posso fare una domanda?» le chiedo invece. Sono tormentata da un pensiero.

«Basta che tu non voglia sapere quando farò un bambino.»

«No, figurati. Perché, i tuoi ti stressano?»

«I miei. Mia sorella. La nonna. Tua madre. Le amiche di un tempo. Al matrimonio so già cosa mi aspetta. Mi chiederanno se sono ancora fidanzata, quando mi sposo… e in men che non si dica arriveranno alla fatidica domanda: *quando ce lo fai un bel bambino*? E se io non lo volessi fare un bel bambino? Se non mi volessi sposare, e non ne volessi sapere di un uomo?»

«Vuoi dirmi che…»

«No, Agnese, non sono lesbica. Anche se a dirti la verità ci ho pensato. Credo pure di essermi innamorata una volta.»

«Davvero?»

«Sì. Ci siamo solo baciate e toccate un po'. Eravamo due ragazzette. Ma a pensarci ora, è stato bello. Se c'è una cosa che detesto delle relazioni con gli uomini è che non sai mai se quando parlano dicono quello che pensano o cercano solo di infinocchiarti.»

«Secondo me siamo noi donne che diciamo una cosa e ne pensiamo un'altra. Vorremmo che gli uomini ci capissero. Capissero quella parte che non raccontiamo. E se non lo fanno ci incazziamo di brutto. La verità è che il più delle volte non siamo esplicite. Vorremmo che l'altro intuisse quello che a noi, spesso, non è chiaro. È un po' come chiedergli di fare il lavoro sporco.»

«Forse hai ragione… Comunque, ritornando al matrimonio, questa volta mi sono preparata: inventerò una bella storia per farli contenti. Tu cerca di reggermi il gioco. Il mio nuovo lui si chiama Giangiacomo, è biondo, alto, ricco. Dici che sarà credibile?»

«Tutti i tuoi fidanzati erano così.»

«Pablo no. È piccolo e nero» dice sorridendo.

«Allora era quello giusto. Gli altri erano spocchiosi.»

«Gli altri piacevano a mia madre.»

«Comunque Giangiacomo non si può sentire.»

«Cercherò un altro nome. In fatto di menzogne ho avuto dei bravi insegnanti.»

«Ti riferisci a tuo padre?» le chiedo.

«Non solo. I miei genitori mi hanno cresciuta facendomi credere che l'amore fosse una cosa semplice. Non mi aspettavo granché. La tavola imbandita ogni sera, qualche bacio a fior di labbra, letti separati per non disturbarsi nel sonno, la cena con gli amici al circolo, il tennis per lui, il bridge per lei. Caro, ti sistemo la cravatta; cara, passami il sale. Poi ho capito, a mie spese però.»

«Non ti seguo.»

«Lascia perdere, se è per questo nemmeno io riesco a seguirmi.»

Scoppiamo a ridere, e per un po' ci dimentichiamo dei problemi. Parliamo di altro, di Londra, del lavoro, delle bambine. Ogni tanto spunta il nome di Pablo. Quando arriviamo sotto casa di Celeste, prima di scendere dalla macchina Fiamma mi chiede:

«Agnese, non volevi farmi una domanda?».

«Sì, forse mi prenderai per pazza. Volevo sapere se ti chiedi mai che donna sei.»

«Ma non mi vedi?» dice indicandosi la testa. «Non potrei essere nessun'altra se non Anna dai capelli rossi.»

In effetti, la storia di Anna è bella, penso scendendo dalla macchina. Leggerò quel romanzo alle mie bambine. Magari la smetteranno di desiderare principi e principesse, anche se Anna è un'orfana e, in effetti, non so se sia proprio una scelta azzeccata. Perché non sono una madre sicura? Perché non so mai quali siano le scelte giuste? Dubbi su dubbi. Sempre.

Arrivati davanti al portone, so che non posso tergiversare oltre. Devo raccontare a Fiamma di Celeste e devo farlo ora. Ma vedo la nonna barcollante dall'altra parte della strada, il nonno la sta sorreggendo a fatica. Spingo mia cugina dentro al portone con una scusa, e attraverso la strada di corsa.

Ci penserà la zia a raccontarle tutto. Salvata in corner.

Le cose non sono mai come sembrano

«Dove state andando?» chiedo al nonno appena lo raggiungo.

«Torniamo a casa» mi risponde mentre cerca di far salire la nonna sul taxi. Mi accorgo subito che lei ha bevuto qualche bicchiere di troppo, farnetica e si divincola, non ne vuole sapere, così lo aiuto a spingerla dentro.

«Allora, dove vi porto?» chiede il taxista prima di chiudere la portiera.

Il nonno gli fornisce l'indirizzo, prende un fazzoletto dalla tasca dei pantaloni e si asciuga la fronte. So che dovrei tornare da Celeste, ma lui sembra così preoccupato che non ci penso due volte e salgo in macchina anch'io, non mi va di abbandonarlo, giusto il tempo di accompagnarlo e ritornare indietro.

«Grazie» sibila lui appena chiudo la portiera, poi si gira verso il finestrino sospirando.

La nonna ha appoggiato la testa sulla sua spalla, ma ogni tanto cade in avanti e lui, con delicatezza, la ritira su.

«Le succede spesso?» gli chiedo.

«Di non controllarsi?»

«Sì, insomma di...»

«Capita» mi risponde. «Spero solo che si riprenda presto, di certo non può venire al matrimonio in queste condizioni.»

«Se ci sarà un matrimonio» ribatto secca.

«Certo che ci sarà! Ti preoccupi ancora per tua sorella?»

«Non dovrei?»

«No, non dovresti. Celeste dovrebbe saper badare a se stessa.»

«Ecco, appunto, dovrebbe!»

«Smettila, vuoi controllare ogni cosa come fanno tua madre e tua nonna?»

Ci rimango male. Sto davvero diventando come loro? Alla fine ci trasformiamo in quello che non avremmo mai voluto essere senza rendercene conto, è possibile?

Osservo il nonno mentre prende la mano della nonna e la stringe nella sua, le dita si incastrano sulle grinze della pelle, fanno fatica a procedere, si bloccano sulle nocche nodose. Ha lo sguardo di un uomo sconfitto, come un facchino, d'altronde ha portato sulle spalle un peso enorme: ha amato una donna che avrebbe desiderato un'altra vita, e un uomo che non era lui.

Non riesco proprio a spiegarmi come si faccia a convivere con un segreto del genere. In questi anni sono stata spesso tentata di dirgli che ho letto il diario, così come ho avuto la tentazione di spifferare tutto a mia madre, soprattutto quando mi faceva le sue morali sulla vita di coppia, ma, alla fine, ho scelto di tacere. Non so neanche io il perché, forse per il terrore che le cose possano cambiare all'improvviso. Fa comodo anche a me imbalsamare.

Lo guardo e mi sembra così vecchio, ora sono io che appoggio una mano sulla sua, ne sento il bisogno, voglio fargli sapere che ci sono. La vicinanza e i corpi mi fanno meno paura delle parole. Ha ragione Teresa quando dice che siamo i nostri pensieri, ma anche il nostro corpo; è attraverso quello che andiamo incontro al mondo, lo stesso corpo che tiranneggio mettendolo continuamente a dieta. È lei che mi ricorda chi sono quando mi lamento di essere grassa. Ed è vero, non sono mai contenta di me e della mia vita, in una corsa continua senza sbocco.

«C'è molto traffico, spero non abbiate fretta» dice il taxista girandosi un poco verso di noi. «Lo so che non sono affari miei, ma prima ho sentito che c'è un matrimonio in vista. Si sposa un vostro parente?»

«Mia nipote» risponde il nonno.

«Che bello! Io e mia moglie il prossimo mese festeggiamo le nozze d'argento e anche se nove volte su dieci la strozzerei, la risposerei oggi stesso!»

Il nonno sorride appena, chissà se pensa la stessa cosa, se rifarebbe tutto da capo. Stringe a sé il corpo della nonna, un involucro di pelle.

«Lei signorina è sposata?» chiede il taxista guardandomi dallo specchietto.

«Sì, sì, sono sposata» rispondo sbrigativa.

«Ci vuole una bella dose di coraggio per stare insieme!» esclama allungando il collo per cercare l'attenzione del nonno. «Io e lei ne sappiamo qualcosa, vero signore? O forse è necessaria una bella dosa di incoscienza!»

Lui annuisce e il taxista continua in quella specie di monologo. «Un mio amico ha appena lasciato la moglie dopo cinquant'anni di matrimonio, per me gli ha dato di volta il cervello. L'amore conterà pur qualcosa, o no?»

Non ho nessuna voglia di ascoltarlo, sono stanca, troppi pensieri, mi ci manca il taxista con le sue teorie sull'amore. Chiudo gli occhi, spero di essere esplicita. Mi assopisco un po', e quando mi sveglio siamo arrivati sotto casa dei nonni.

Scendiamo e mentre io sorreggo la nonna, il nonno lascia una mancia generosa al taxista e gli chiede di aspettarmi per riaccompagnarmi da Celeste.

«Non è il caso, posso prendere l'autobus!» protesto, ma il nonno insiste.

Il taxista lo ringrazia dandogli una pacca sulle spalle come fossero vecchi amici. «Ci penso io!» esclama battendosi la mano sul petto. Si siede in macchina, lascia aperta la portiera e si accende una sigaretta.

Quando entriamo in casa, accompagno la nonna in camera e l'aiuto a stendersi sul letto. Le gambe sono così sottili che quasi ho paura di spezzarle. Mentre le sfilo le scarpe, trampoli su cui stare in equilibrio, osservo le mie ballerine sformate, e mi chiedo come si faccia ad amare una donna come me.

Duccio è in cucina, sta preparando un caffè doppio, lo sentiamo andare avanti e indietro.

«Tuo nonno strascica i piedi, lo sa che mi dà fastidio!» protesta all'improvviso la nonna con la bocca impastata.

Dopo una vita insieme si conosce ogni abitudine, ogni incavo del corpo, ogni intercalare, ogni vibrazione della voce. Anche io so tutto di Luca. La vita scorre senza sorprese. Ma quando mi immagino vecchia con lui accanto, mi viene un nodo alla gola. E non ci posso fare niente se desidero un corpo nuovo, stupore e rivelazioni. Se desidero ancora sospiri che mi tengano sveglia la notte. E penso che se imparassimo a lasciarci, eviteremmo molte sofferenze. Perché so cosa mi sta succedendo, il mio pensiero va da un'altra parte e io non riesco a fermarlo.

La nonna si toglie la giacchetta, dice che ha caldo, in effetti ha ripreso un po' di colore. Il trucco è ancora al suo posto. Esistono donne come Norma che arrivano alla sera con il rossetto sulle labbra, riescono a incartare i desideri e andare avanti senza voltarsi. Tengono in piedi il proprio matrimonio facendo testa o croce con la felicità. Io non sono fatta di quella pasta, non so cosa darei per essere così, per non desiderare altro, accontentarmi, riuscire a stare, invece mi tormento.

Vado in bagno, ho bisogno di rinfrescarmi un attimo, mi sento appiccicaticcia e puzzo. Mi levo il maglione, mi bagno il collo e mi sciacquo le ascelle. Quando arriverò a casa spero di avere il tempo di farmi una doccia. Penso a Luca, alle bambine, li immagino a casa, nel caos. La verità è che mi sono resa indispensabile ed è solo colpa mia e del senso di onnipotenza che colpisce come una malattia noi donne. Prendo la borsa per controllare il cellulare. Tutto tace. E forse mi dispiace un po'. Sono delusa, inutile negarselo.

Mentre vado verso la camera dei nonni, li sento parlottare, la porta è accostata, così aspetto qualche minuto prima di entrare. La nonna è seduta sul bordo del letto contornata da una serie di fotografie sparse qua e là; sembra essersi ripresa. Le gambe ciondolano, le calze si sono appena smagliate, ha i piedi incrociati uno sull'altro. Sono piccoli e non sembrano dei coccodrilli, piuttosto quelli di una Cenerentola.

«Cosa fai?» le chiede il nonno avvicinandosi e porgendole la tazzina blu con i fiori – il servizio che la mamma voleva per sé, che la nonna non ha voluto darle, per cui non si sono parlate per mesi, in una lotta all'ultimo sangue.

«Guardo le foto delle nostre bambine» risponde lei.

«Cosa ti viene in mente adesso, metti via quelle foto e bevi il caffè!»

« Stai sempre a brontolare. Appoggialo sul comodino e siediti. Duccio ti ricordi?» gli chiede. «Eravamo in campagna, Ines ed Elena avranno avuto all'incirca quattro anni.»

«Certo che mi ricordo» risponde il nonno, sedendosi accanto a lei e inforcando gli occhiali per vedere bene.

«Erano belle, vero? Guarda questa: c'eravamo tutti e quattro.

Come eravamo giovani! Ricordi quel cappotto? Non volevi comprarlo, dicevi che ti faceva sembrare un vecchio signore, invece ti stava benissimo. Quanti anni avevi?»

«Fammi pensare… ventisette credo.»

«All'epoca avevamo già due figlie.»

«Norma, ora basta» dice alzandosi di scatto. «Vado a telefonare a Giovanni e gli chiedo se ci passa a prendere prima della cerimonia.»

«Ines era molto arrabbiata?» gli domanda a bruciapelo.

«Parecchio.»

«Le ho detto cose terribili?»

«Le dici sempre cose terribili. Forse dovresti chiamarla.»

«Domani. Le parlerò domani. Oggi sono stanca.»

«Come vuoi» risponde lui rassegnato.

È già sull'uscio quando la nonna lo chiama di nuovo: «Duccio?».

«Che c'è ancora?»

«Volevo dirti, sì, insomma, sei stato un buon padre, più di quanto io sia stata una buona madre. Lo sai vero?»

«Non dire scemenze. Metti via quelle foto, ti preparo l'acqua nella vasca. Un bel bagno ti farà bene.»

Mentre il nonno esce, io entro in camera.

«Convincila a bere il caffè prima che si freddi» mi dice lui.

Mi siedo vicino alla nonna e prendo in mano una fotografia. «Come eri bella!» esclamo osservandola. «Questa piccolina con il vestito rosso è la mamma?»

«Sì, aveva appena due anni» risponde lei. «Tra le due era la più testarda, ma anche la più intelligente.»

«È la prima volta che ti sento parlare di lei in questo modo» le dico stupita. «La mamma crede di essere un fallimento per te, che sia Elena la tua preferita.»

«Oh, tua madre è bravissima a fare la vittima. È una questione di ruoli. Tutti ne scegliamo uno.»

Penso che abbia ragione e mi chiedo quale sia il mio, se anch'io non mi stia gongolando dentro a questo ruolo di vittima. Poi sono attratta da una fotografia piuttosto sbiadita. La prendo in mano: la nonna è in posa insieme ad alcuni operai sotto l'insegna dell'azienda per cui lavorava; vicino a lei c'è un giovane in giacca e cravatta che la guarda con insistenza. Una data scritta sul retro: 1953.

«Parlami di lui» le chiedo senza pensarci su.

La nonna mi prende la fotografia dalle mani, la fissa per alcuni secondi, e mi osserva con diffidenza; si starà chiedendo come faccio a saperlo. Raggiunge la poltrona e si siede, si appoggia allo schienale, si sistema il caschetto dietro alle orecchie, i lobi sono quasi tagliati a metà dal peso degli orecchini di perle. Spariscono le spalle dritte e il collo teso, gli occhi si fanno improvvisamente cisposi e il corpo si affloscia. La vecchiaia occultata magistralmente si manifesta in tutta la sua grandezza. E io rimango incantata.

«Lui si chiamava Pietro Parodi» dice Norma con un filo di voce.

Taccio, non so neppure se sia a conoscenza del diario e se lei e il nonno abbiano mai parlato di quello che è successo. Mi fa segno di avvicinarmi, io mi inginocchio ai suoi piedi e lei inizia a raccontare.

«Pietro era il figlio del mio capo. Appena l'ho visto, sapevo che l'avrei amato. Non so dirti perché. Era così bello, Agnese! Non ho saputo resistergli e quando ero con lui la mia vita fuori mi sembrava banale e senza senso. Ci siamo visti di nascosto per parecchi mesi nel suo ufficio. All'inizio non mi ero fatta nessuna illusione sulla nostra storia, non sono una stupida, ero una semplice segretaria, lui il figlio del mio capo. Ma quando, una sera, tirò fuori l'anello di sua nonna e me lo mise al dito, per un attimo pensai che per noi un futuro sarebbe stato possibile. Lui in realtà era fidanzato con una certa Caterina, figlia di un imprenditore lombardo, io stavo con Duccio da molto tempo. Mi disse che voleva lasciarla e sposare me.»

«E tu gli hai creduto?» le domando stupita.

«All'inizio non pensavo facesse sul serio. Anche se i suoi occhi mi sembravano sinceri. Poi, un giorno, arrivò tutto trafelato nel mio ufficio e mi disse che non ce la faceva più a stare lontano da me, che sarebbe andato e tornato da Milano quella sera stessa e avrebbe rotto il fidanzamento con Caterina, poi l'avrebbe detto ai suoi. A quel punto non potevo non credergli, con le mani tremanti mi sfilai l'anello dal dito, lo misi nella sua scatola e glielo rinfilai in tasca. Gli dissi che l'avrei rimesso solo a cose definite. Prima di lasciarci ci abbracciammo e ci baciammo, avevamo le lacrime agli occhi. Io pensai che potevamo riuscirci. Che l'amore esiste e capita all'improvviso. E se accade, non ci possiamo fare niente. Proprio niente.» Sono senza parole. Non riesco a staccare gli occhi da quella bocca che racconta sensazioni che sento nascere piano dentro di me. Che voglio schiacciare, far andare via, far tornare indietro da dove sono venute.

Lei riprende a parlare e quello che dice mi sconvolge.

«Lo aspettai nel suo ufficio, poi, a casa, attesi una sua telefonata tutta la notte. Pietro morì in un incidente stradale quella sera stessa, forse un colpo di sonno, forse la velocità. Quando lo trovarono riverso sull'asfalto, aveva in tasca l'anello e tutti pensarono che quell'anello fosse per Caterina, sui quotidiani scrissero di lei come la vedova non ancora sposa.»

La nonna si arresta, la voce si blocca in gola. Non so cosa

fare né cosa dire, non credo di averla mai toccata, nemmeno da bambina.

«Io lo seppi solo la mattina seguente, tornata in ufficio, da alcuni colleghi. Mi sentii male. Quel giorno mi portarono via tutto: i sogni, la speranza, l'amore. Nella vita c'è sempre un bivio, il mio è stato allora.»

La nonna ha le mani appoggiate sulle ginocchia, sono lunghe e affusolate, piccoli serpenti sul ramo di un albero. Prosegue senza sosta.

«Ero sconvolta. Non ho dormito e mangiato per giorni. Volevo parlarne a Duccio, ma lui mi disse che qualunque cosa fosse successa sarebbe stato al mio fianco. Forse ho sbagliato, ma in quel momento non riuscivo a fare altro se non appoggiarmi al suo amore e pensai che potesse bastare per tutti e due. Così, quattro mesi dopo ero una donna sposata. Però, quando nacquero le gemelle e vidi la piccola Ines, ebbi la certezza che non avrei potuto dimenticare. Era la fotocopia di suo padre.»

Nella stanza cala il silenzio. Gli occhi sono lucidi, i miei, i suoi. Per la prima volta vedo la donna che è, e riesco a provare affetto per lei. Tutto l'affetto che non ho mai sentito, chiuso in quella stanza in un attimo, per noi. Un attimo che sarà per sempre.

La nonna si alza a fatica, raccoglie le fotografie sul letto e me le porge.

«Tienile tu. Ti appartengono. Ci è stato insegnato a pensare attraverso le nostre madri. Così è stato per me e così per tua madre. Fai in modo che non sia così anche per te, Agnese.»

«Mi sa che non si può dimenticare chi siamo stati, neanche se lo desideriamo» le dico d'impulso, con quelle fotografie tra le mani.

«Forse sì. Forse la nostra storia ci segue e ci perseguita per sempre. Ma di una cosa sono certa, le forze che provocano la distruzione di una famiglia sono le stesse che ci costringono a rimettere insieme i pezzi. Sembra incredibile, ma se ci pensi è così.»

«Lo hai amato molto?» le chiedo osservando l'immagine di quel ragazzo che ha lasciato il suo odore su di lei per sempre.

«Cosa vuoi che ti dica… Pietro nel mio ricordo è rimasto quel ventenne appassionato e bellissimo che mi amava alla follia. Non è facile competere con i ricordi.»

«Sì, ma…»

«Agnese, non cercare risposte dove non ci sono, non posso sapere come sarebbero andate le cose.» Mi prende il viso tra le mani e sussurra: «Quando non ci sarò più, mi prometti che parlerai con tua madre? Raccontale ciò che vuoi, ma dille che l'ho amata e che la smetta di frignare».

«Se sa che hai dato a me le foto, mi ammazza!»

«Oh, se ne farà una ragione, lei abbaia, ma non morde. Sai, tesoro, avrei potuto raccontare la verità, ma l'amore per Pietro è stata l'unica cosa davvero solo mia. Ai miei tempi le donne avevano la strada tracciata, il lavoro, un fidanzato, la maternità. Con Pietro ho provato a crearmi un posto in sintonia con quella che ero veramente, ma non ci sono riuscita. Ho salvato tutti, invece di salvare me stessa. Ho sbagliato con Ines, lei è così uguale a suo padre che… Ad ogni modo le madri inciampano, e deludono i figli. Vero?»

Annuisco.

«Agnese?» mi chiama la nonna prima che esca. «Lascia quello stronzo, non mi è mai piaciuto. È peggio di tuo padre.»

Parla di Luca. Non so se ridere o piangere. Ma su una cosa si sbaglia: non è come mio padre. La saluto con la mano e chiudo la porta.

Sento l'acqua scorrere, così vado in bagno e do un bacio al nonno che ha gli occhiali appannati per il calore. Sta mettendo dei sali nella vasca per la nonna. Avrà cura di lei e sarà per sempre.

Il taxista è fuori che mi aspetta, appena mi vede mi apre la portiera come un vero galantuomo. Sono sotto la sua responsabilità. Mi abbandono sul sedile e piango. Piango così tanto che, a un certo punto, lui ferma la macchina e mi chiede come sto, ma io gli faccio segno di procedere. Per tutto il percorso non mi domanda più nulla, ma ogni tanto mi passa un kleenex.

Piango per il tempo che sfugge e per quello che è la mia storia. Per i ricordi arbitrari e relativi. Come relativa è la vita stessa. Piango ancora quando arriviamo sotto il portone di Celeste.

Cerco il portafoglio e tiro fuori una banconota da venti, ma lui non ne vuole sapere. Mi aiuta a scendere come fossi una dama e solo quando chiude la portiera, sento le note di una canzone dei Pooh. Incuriosita controllo il biglietto che l'uomo mi ha messo nelle mani come un prestigiatore, è lo stesso Baciccia 16 di Fiamma. Com'è piccolo il mondo, penso tra me. Lui mi guarda negli occhi, sono due occhi stretti i suoi, come quelli di mio padre, e mi dice:

«Non pianga signorina, la vita è così bella».

Ma forse l'ho solo immaginato.

Stai al gioco

Sul pianerottolo mi asciugo la faccia con un brandello di fazzoletto che ho trovato in borsa. Di sicuro ho il viso arrossato per il pianto, e due occhi che sembrano quelli di un pesce palla, ma ci voleva, piangere, intendo. Come una doccia calda.

Cerco di ricompormi e aspetto qualche secondo prima di premere il campanello, la speranza è che tutto nel frattempo si sia risolto, ma quando Rosa viene ad aprirmi, dall'espressione corrucciata del suo volto capisco che durante la mia assenza nulla è cambiato.

«Hai pianto?» mi chiede appena metto piede in casa.

«Lascia perdere» le dico «oggi mi sembra di essere sulle montagne russe.» Le do un bacio per tranquillizzarla, prendo il telefono e vedo che c'è un messaggio di Teresa: *Resisti, la prossima settimana ti porto fuori: pizza e cinema!* Sorrido.

Mentre la zia entra in cucina, Fiamma esce e mi viene incontro, si mette una mano intorno al collo, come per dire: *ora ti strozzo.*

Come darle torto, l'ho spedita in casa senza farle il minimo accenno alla crisi di Celeste, se potessi mi strozzerei da sola, e quello di certo non sarebbe l'unico motivo. Comunque cerco di buttarla sul ridere e mi inginocchio in una richiesta di perdono, congiungendo le mani in preghiera. Lei si avvicina e mi dice sorridendo: «Non fare la stupida», allunga un braccio e mi tira su.

La verità, se ne esiste una, è che ci vogliamo bene e questa è una sicurezza.

Quando entriamo in cucina Celeste ha la testa appoggiata sul tavolo, non mi fa neppure più pena, ora vorrei solo ucciderla.

Rosa chiede a Fiamma di sedersi accanto a lei, le accarezza la mano e la guarda di continuo, si vede che è emozionata, probabilmente non si capacita ancora che sia qui, in carne e ossa. Nostra cugina si volta verso di lei e le cinge la vita, io quasi mi commuovo.

Da quando si è trasferita a Londra, la zia, ogni lunedì, la chiama puntuale. È grazie a lei se non si è sentita un'orfana, almeno è quello che dice. Non l'ha mai assillata con domande sulla sua vita privata, se non quelle che può fare una nonna premurosa: «Mangi figlia mia? Te la cucini un po' di carne ogni tanto? Ti copri abbastanza?».

A un certo punto Fiamma si alza di scatto, dice di aver dimenticato una cosa, esce dalla cucina e quando torna ha la bottiglia di sherry in mano.

«Guarda cosa ti ho portato da Londra!» dice a Celeste sperando di svegliarla dal torpore in cui sembra precipitata, ma lei alza leggermente il capo, dà una sbirciatina allo sherry, e si ributta giù inerme.

«Ma si può sapere cosa le è successo?» mi domanda Fiamma mentre appoggia la bottiglia sul tavolo.

«Indovina?» le rispondo. «Ha rivisto Filippo.»

«Grazie tante» si desta improvvisamente mia sorella. «Non credi che avrei dovuto dirglielo io?»

«Sì, e quando? Tra poco farà notte. Mancano poco più di due ore al matrimonio!» mi esce d'istinto.

«Fai presto a parlare, non ci sei tu in questa situazione!»

«Sia chiaro: io non ci sarei mai finita nella tua situazione!» le rispondo seccata.

Rosa, improvvisamente, ci ordina di tacere. Inforca gli occhiali, prende in mano la bottiglia e legge l'etichetta, poi tira fuori quattro bicchieri dalla credenza e li appoggia sul tavolo.

La osserviamo curiose, non capiamo cosa abbia in testa quella donnina di ottant'anni che sembra fatta di cartapesta, ma nessuna di noi tre proferisce parola, persino Celeste ha smesso di singhiozzare. Rosa si toglie la giacca, apre il primo bottone della camicia e tira su le maniche, come a mettersi comoda. Mentre riempie i bicchieri, uno a uno, mi chiede di prendere posto vicino alle altre, così mi siedo anch'io intorno al tavolo.

«Ora facciamo un gioco. Ognuno di noi beve e racconta. Ciò che diremo resterà qui. Non credo di sbagliarmi se dico che tutte abbiamo degli scheletri di cui desideriamo liberarci. Bene, questo è il momento!» esclama guardando soprattutto in direzione mia e di Fiamma.

Siamo interdette: occhi di bambine di fronte ai doni la notte di Natale. Mia cugina è diventata rossa, si starà chiedendo come sia possibile che la zia sappia leggere così bene le nostre anime, perché è questo che sa fare Rosa: capirci.

Poi si siede, le mani tremano un po' ma non ci sono serpenti tra le sue dita. Solo tenerezza.

Ed eccoci qui, tutte e quattro, con il nostro bicchierino pieno di sherry.

Se non fosse il matrimonio di mia sorella, se la zia non avesse lo sguardo serio, potrebbe essere un pomeriggio di tanti anni prima in cui noi nipoti siamo sedute intorno al tavolo in attesa di una merenda speciale.

Osservo prima Celeste, poi Fiamma e infine guardo Rosa.

Abbiamo veramente poco che ci accomuna, a parte la famiglia, una famiglia disastrosa.

È questa la fotografia che andrebbe scattata, penso. Avrebbe un ruolo di rilievo nell'album, e racconterebbe un'altra storia.

Forse quella vera.

Vai fino in fondo

«Allora, chi parte?» chiede la zia guardandoci negli occhi.

Lei ha un tono scherzoso, ma noi non l'abbiamo presa sul ridere e nessuno ha il coraggio di iniziare. Ci guardiamo stranite da quel gioco che si è fatto subito serio. «Accidenti ragazze, non vorrete far cominciare una vecchietta come me!» aggiunge la zia di fronte al nostro imbarazzante silenzio.

«Non credo che tu abbia molti scheletri nell'armadio e, comunque, mi sembra giusto che sia Celeste a parlare per prima» rispondo per rompere il ghiaccio.

«Perché io?» domanda lei aggrottando la fronte.

«Perché qualcuno deve farlo. E tu sei quella che oggi si sposa. Forse!»

Mia sorella mi fa una mezza smorfia, poi guarda Fiamma cercando la sua solidarietà, ma lei abbassa lo sguardo.

«Prego» le dico invitandola a sputare il rospo; voglio vedere se ha il coraggio di raccontare dell'incontro.

Celeste cerca di prendere tempo, fa oscillare il liquido nel bicchiere, assaggia un sorso di sherry, deglutisce e inizia il suo discorsetto.

«Cosa vi devo dire che non sappiate già!» esclama nervosa. «Ho sempre desiderato sposarmi, lo sapete. A dieci anni ho stilato l'elenco di quali dovevano essere le caratteristiche dell'uomo perfetto, a tredici anni mi sono fidanzata ufficialmente per la prima volta, con tanto di presentazioni a mamma e papà. A differenza di te, Agnese, io *credo* nel Principe Azzurro.»

La guardo scocciata, possibile che debba sempre tirarmi in mezzo? Non ce la fa a parlare di sé senza coinvolgermi, la detesto quando fa così, e poi è normale che a trentatré anni suonati uno creda ancora nel Principe Azzurro? Non è mai cresciuta, questa è la verità. E infatti, con lo sguardo mezzo trasognato, continua la sua storiella. «Roberto è la persona giusta, è attento e premuroso, ma…»

«… non è Filippo» la anticipo d'istinto.

«La smetti?» mi ordina lei.

«Va bene!» esclamo, ma non posso farci nulla se mi irrita, vorrei si sposasse e la chiudesse lì, tanto la conosco.

«È vero, quando ieri ho visto Filippo fuori dall'ufficio non ho capito più nulla» ammette rivolgendo lo sguardo alla zia e a Fiamma. Poi si gira verso di me e aggiunge: «Ma non sono una stronza, e non ho nessuna intenzione di fare del male a Roberto.»

«Sai quanto male gli fai se lo sposi, visto che non lo ami?»

«Chi ha detto che non lo amo?» mi risponde aggressiva. «Tu non sai nulla di quello che provo per lui.»

«Oh, so fin troppo, cara mia! E di una cosa sono certa: devi fare una scelta, non si possono amare due uomini contemporaneamente.»

«E chi lo dice!» si inserisce Rosa all'improvviso.

Rimaniamo tutte e tre basite. Che sia lei, classe 1933, a sovvertire così le regole ha a dir poco dell'incredibile. Forse la zia dimentica che dovrebbe essere compito suo riportarci sulla retta via, ma in fondo, cosa conosciamo di lei se non quello che ci ha lasciato immaginare? Una vita di lavoro nella drogheria del padre, e un gatto strabico a farle compagnia, e per un attimo mi viene il dubbio che abbia davvero qualche segreto nel cassetto... Ma siccome non ci tengo a fare la parte della bigotta, provo a giustificarmi.

«Zia, non penso di avere la verità in tasca, ma...»

«Altroché! Tu pensi di avere la volpe sotto l'ascella. Sai sempre come devono andare le cose. Vero?» mi interrompe quasi urlando Celeste.

«Parli con me?» le domando.

«Sì, proprio con te. La colpa è solo tua.»

«Ma guarda questa, improvvisamente la cattiva sono io, qui stiamo uscendo dal seminato!» esclamo mentre mi alzo e mi avvicino alla finestra. Un'altra scenata è l'ultima cosa che ci vuole per completare il quadretto di questo pomeriggio.

Celeste batte così forte i palmi sul tavolo che sobbalzo, ha le mascelle contratte, il viso trasfigurato della rabbia, straparla. Guardo fuori e faccio un respiro profondo cercando di rimanere calma. Sento che si alza, la vedo riflessa nella finestra mentre viene verso di me, ma non mi volto. Appena mi raggiunge mi urla nelle orecchie:

«Mentre ti parlo vorrei che mi guardassi in faccia!».

Se mi giro l'ammazzo, penso, così chiudo gli occhi e rimango immobile nella speranza che la smetta, perché è così che funziona tra di noi: io sono il suo muro di gomma.

«Brava!» commenta Celeste applaudendo. «Sei proprio brava, fai l'indifferente, d'altronde sei sempre stata quella tra le due che ha la testa sul collo!»

A quel punto mi giro. «Si può sapere che cosa vuoi da me?» le chiedo.

«Niente, non voglio niente, sei un'egoista. Lo sei sempre stata» mi grida Celeste fuori di sé.

«Tu invece sei una stronza.»

«Sarà anche vero. Ma io non ti ho abbandonato quando avevo quattordici anni» ribatte.

«Ma di cosa stai parlando!»

«Sì, cara, dal giorno in cui te ne sei andata di casa, per le tue stupide idee di indipendenza, io sono diventata trasparente. Tu avevi ventun anni, ma io solo quattordici! Hai pensato per un attimo a me? A come mi sono sentita? Alle mie giornate? Ho passato l'adolescenza con la mamma che piangeva perché te n'eri andata e papà che ti implorava di tornare. Eravamo in lutto.»

«Guarda cosa mi tocca sentire! Anche tu con questa storia.» Alzo gli occhi al cielo. «Cosa ti credi, che per me sia stato facile? Ti credi che andarsene di casa sia stata una passeggiata? Stai pur certa che se mi fossi sposata nessuno avrebbe avuto da ridire, ma, ahimè, desideravo di più per me stessa! Sono stata egoista, e allora?»

Il cuore mi esce dal petto, non so nemmeno io perché dico quelle cose, le lacrime sono appese, ma piuttosto che darle la soddisfazione di piangere tengo duro e la guardo dritta negli occhi: che sia lei ad abbassarli.

«È inutile che fai quell'aria da spocchiosa» ribatte Celeste. «Sta proprio qui il problema, hai sempre pensato di essere più intelligente di tutti noi, ma essere intelligente non basta, e sai una cosa? Ho giurato a me stessa che non sarei mai stata come te. Che avrei regalato alla mamma un matrimonio come si deve, e a papà una lunga camminata fino all'altare, quella che con te non ha avuto.»

Non riesco a credere che stia dando la colpa a me della sua crisi prematrimoniale e che parli in questo modo, e non ci sto. «Roba da matti, sei proprio una ragazzina! Vuoi dirmi che ti sposi solo per farli contenti, e la colpa di tutto questo è mia? Ma fammi il favore!» esclamo levando il braccio in aria.

Mia sorella mi rivolge uno sguardo di odio, va verso il tavolo, afferra un bicchiere pieno di sherry e me lo lancia addosso. Ovviamente mi prende in pieno.

«Celeste!» grida la zia balzando in piedi. «Ma che ti è preso! Sedetevi subito tutte e due! Da quando siete piccole non fate altro che scaricarvi addosso le responsabilità. Sembrate l'esatta copia di vostra madre e di vostra nonna quando litigano. Per la miseria, quando pensate di smetterla?»

Cala il silenzio e, come un lenzuolo bianco su un mobile in disuso, copre ogni cosa. Fiamma mi passa un panno per pulirmi il viso e il maglione, per quel che è possibile.

Celeste si accascia sulla sedia tramortita, ha i capelli che sono una nuvola di ricci, un filo di strass pende da una ciocca. Si rivolge prima alla zia: «Scusami, è solo colpa mia, ma avete sempre avuto occhi solo per Agnese». Poi, in lacrime, si volta verso di me e ammette: «Non hai ancora capito che avrei voluto assomigliarti? Sei sempre stata sicura di te, non ti è mai servito un uomo per sentirti una persona completa».

Fisso il pavimento, non credo a una parola di quello che dice; la verità è che si è scopata Filippo e ora il senso di colpa la sta divorando. Mi avvicino al tavolo, la guardo dritta negli occhi, sono davvero stanca, cerco le parole giuste per spiegare e lo faccio quasi con distacco, più per la zia e per Fiamma che per lei.

«Non so cosa vi aspettiate tutti da me» dico rassegnata. «Ho fatto quello che dovevo: mi sono sposata e ho avuto dei figli, il che potrebbe essere già molto, se non continuassi a domandarmi cosa ho combinato nella vita. Hai ragione, sorellina, non mi basta, non mi basta avere un marito e due splendide bambine. A un certo punto ho creduto di trovare nella famiglia il senso di tutto. Mi ingannavo, e ora raccolgo quello che ho seminato.»

«In che senso?» mi domanda la zia aggrottando la fronte.

Mi fermo un attimo, prendo una sigaretta dal pacchetto sul tavolo e me l'accendo, il groppo in gola si è fatto macigno, scolo lo sherry rimasto nel bicchierino e procedo senza più esitazioni.

«Volete la verità? Eccola: il mio matrimonio è un disastro. Con la nascita delle nostre figlie sono finiti i progetti in comune e il dialogo tra noi è ridotto all'osso. A detta dei *chiunque*, dei miei, dei suoi, dei nonni, siamo una così bella coppia che non possiamo scoppiare, per cui fingiamo che tutto vada bene.» Mi fermo e prendo un respiro; guardo mia sorella dritta negli occhi e le chiedo: «Sei contenta ora?».

Celeste abbassa lo sguardo, per una volta credo di averla spiazzata. È la zia, dopo qualche secondo di silenzio, che prende la parola.

«Perdonatemi se mi intrometto, sapete che vi ho sempre detto quello che penso.»

Annuisco e mia sorella mi imita, sono sicura che Celeste ricordi bene quando la zia l'ha sgridata perché stava esagerando con gli spinelli, perché voleva raparsi a zero o farsi tatuare il simbolo della pace sull'inguine: tra le due è lei che si è presa più lavate di capo.

«Non ti capisco, Agnese» continua Rosa. «Hai sempre detto che il romanticismo non ha niente a che vedere con il matrimonio, che è uno specchietto per le allodole quel "sarà per sempre". E adesso sei la prima ad alzare bandiera bianca perché il tuo matrimonio non era come te lo aspettavi?»

Rosa non si sbaglia, sono le mie parole quelle, dette alle amiche, pensate e predicate, ma quando si tratta di se stessi è tutto più difficile. Mi sono sposata convinta che non sarei caduta negli stessi errori di mia madre, invece non solo non ritrovo più l'amore per Luca, ma nemmeno per me stessa.

Rosa si è alzata, ora è lei che guarda fuori dalla finestra, si volta appena, ci parla con calma e quello che dice mette pace. «Ragazze mie, conosco molte persone che si cullano nell'infelicità, compresa me, e quel dondolio può diventare un'abitudine. Vi chiedo solo una cosa: siate leali, con voi stesse e con chi vi sta intorno.»

Abbasso gli occhi, so cosa vuol dire: essere infelici è più facile che non esserlo, lo sto vivendo sulla mia pelle. Osservo Celeste, sembra persa, si sta tirando via alcuni strass e li lancia per terra. Sono consapevole che la situazione tra di noi non cambierà, ma so anche che è necessario un compromesso se voglio salvare la relazione con lei, e come sempre sono io che ricucio il rapporto.

Mi avvicino, prendo un fazzoletto e glielo porgo perché si pulisca il viso dalle lacrime. Ho bisogno di chiarire una volta per tutte e spiegarle quello che provo.

«Celeste, non posso fare quello che mi chiedi, essere la sorella premurosa e presente che avresti desiderato. Neanche se lo volessi ci riuscirei. Nessuno può stabilire il modo in cui ognuno di noi fa parte della propria famiglia» le dico determinata. «Io non riesco a essere diversa, ci ho provato, ma mi muovo da sempre con quella zona grigia che si trova tra l'amore per me stessa e la disapprovazione di nostra madre e nostro padre. E persino la tua come sorella. Quello che tu chiami egoismo per me vuol dire salvezza e pazienza, se non sarò ciò che vi aspettate da me. Sono questo e con questo dovete fare i conti.»

Celeste sembra ascoltarmi con attenzione, ho detto quello che avevo da dire e ho fatto quello che chiedeva Rosa, sono stata leale, per lo meno con le parole. Fiamma ci guarda, non riesco a capire cosa pensi, oltre al fatto che siamo due matte.

«Ora che siete più tranquille, volevo farvi vedere cosa mi è capitato ieri tra le mani» dice la zia rovistando nella borsa. Prende il portafoglio e tira fuori una fotografia, se la rigira tra le mani, la guarda e sorride.

«Ti ricordi, cara, quando ti chiamavano "spigolo"?» domanda a Fiamma.

«Eccome» risponde lei spostandosi davanti alla portafinestra. È bianca come un cencio. Il vestito, mosso dal vento, le si incolla al corpo rivelandone le forme; è così leggera che potrebbe essere spazzata via.

«Mi sono trascinata quel nomignolo fino alle superiori. Mi chiudevo in camera e speravo che le tette mi crescessero» dice guardandoci seria.

«Magari fosse capitato a me!» intervengo. «Io mi trascino una quarta abbondante dai dieci anni, i miei compagni mi chiamavano "latteria"! Non so cosa sia meglio.» Poi chiedo a Rosa di passarmi la fotografia, mi osservo mentre facevo le boccacce all'obiettivo. «Vorrei avere ancora otto anni» dico sospirando. «A quell'età non esiste preoccupazione per il futuro, se non chiedersi quale torta ci sarà a merenda.»

«Passala anche a me» mi sollecita Celeste allungando il braccio.

«Se ci penso, dietro alle diete ho perso davvero tanto tempo» bisbiglio. «Quando avrò ottant'anni come te, zia, sarò ancora lì a guardarmi allo specchio cercando un'immagine che esiste solo nella mia mente.»

«Noi in ufficio le abbiamo provate tutte,» se ne esce Celeste «la Dukan, la dissociata, la zona, e ogni volta qualcuna di noi credeva nei miracoli. Si ingrassa e si dimagrisce a ruota, poi alla fine torniamo sempre da dove siamo partite.»

«Già, forse è solo l'idea di avere ogni cosa sotto controllo, cerchiamo una perfezione che non esiste. Stare a dieta mi sembra un buon modo per distrarsi dal presente.»

«Mio dio, Agnese, come la fai grossa! Noi donne stiamo a dieta perché vogliamo piacere. È solo stupida vanità la nostra, siamo cresciute con *Biancaneve* e *La bella addormentata*: bionde o more non ha importanza, purché indiscutibilmente magre. Buttiamo via i soldi in creme, tisane depurative, pastiglie per il controllo del peso... Nessuna vuole fare la parte della matrigna o delle sorellastre.»

«Non ci vogliono solo belle e magre, ma anche madri. Chi di noi come primo regalo non ha ricevuto una magnifica bambola bionda?» aggiunge astiosa Fiamma. «Impariamo in fretta a pulire il sedere, togliere pannolini, vestire, curare... Nessun fraintendimento sui ruoli.»

«A me hanno regalato Cicciobello nero» ribatto.

«Ma tu sei speciale!» esclama Celeste mandandomi un bacio per sancire definitivamente la pace.

«Sei una ruffiana!» le rispondo.

Rosa ci osserva dentro a quel buffo gioco. «Care ragazze,» dice a un certo punto «il tempo cambia lo stato delle cose, vi assicuro che quando avrete la mia età qualche chilo in più ve lo terrete volentieri; è vero, la pelle si affloscia ma nasconde l'osso, allontanando l'idea che tra poco non rimarrà di me che un misero scheletro.»

La fotografia è finita tra le mani di Fiamma, se la rigira tra le dita. Siamo in scaletta noi quattro: io ero la più alta; lei uno scricciolo, piccola e minuta, si scorge appena. Sempre attaccata alla gonna di una di noi.

«Dovreste ricordarvi di quelle bambine» dice la zia all'improvviso.

Fiamma molla la fotografia sul tavolo, ha gli occhi lucidi, si alza di colpo, va in sala e si butta sulla poltrona.

«Che le è preso?» mi chiede Celeste.

«E che ne so» rispondo alzando le spalle.

La seguiamo in silenzio, Rosa le si avvicina, non ha paura del cuore ruvido di Fiamma, e la stringe a sé come faceva quando era bambina e la timidezza la bloccava sul colpo. Appoggiata a quel corpo che sa di naftalina, lei inizia a parlare, ma singhiozza così tanto che incespica nelle parole.

«Sono solo una stupida, non ho mai azzeccato una scelta in vita mia!»

Rosa le solleva il viso con le dita e fa in modo che la guardi dritta negli occhi. «Nulla di ciò che facciamo è stupido! Tranne quando diciamo che lo è! Hai capito?»

Fiamma tira su con il naso, chiede un fazzoletto, e Celeste va a prenderglielo di corsa.

«Grazie» dice asciugandosi il viso, e all'improvviso confessa: «Sono incinta».

«Cosa credi, che non ce ne fossimo accorte?» risponde pronta la zia pulendole le guance dalle lacrime.

Io e Celeste la guardiamo esterrefatte, ci chiediamo se veramente Rosa l'avesse capito o se stia improvvisando – a noi l'idea non ci aveva nemmeno sfiorato.

Fiamma si tocca la pancia come per protezione, il suo è un gesto istintivo, è già madre. Il bambino che porta in grembo non è più uno straniero, ma gli occhi raccontano un'altra storia. «Non voglio tenerlo» proclama rigirandosi nervosa un lembo del vestito tra le dita.

Siamo attonite, nessuna osa dire nulla e, di fronte al nostro silenzio, Fiamma inizia a raccontare. Parla del tradimento di Marco, a pochi mesi dal matrimonio, con una cameriera grassa e volgare. Forse se si fosse innamorato l'avrebbe capito, ma così no, dice risentita. La ferita più grave è stata la reazione di sua madre quando le ha comunicato che non voleva più sposarsi. È andata su tutte le furie, le ha dato dell'imbecille, continuando a ripeterle che non poteva farsi scappare un'occasione del genere solo per una scopata. È stato allora che ha appreso dei tradimenti del padre e del tacito accordo tra i suoi genitori. E quando ha conosciuto Pablo non ha avuto dubbi: poteva lasciarsi tutto alle spalle, lui capitava al momento giusto e Londra era abbastanza lontana dalla sua famiglia per poter stare finalmente in pace.

«No, aspetta, non ho capito» la interrompe Celeste. «Quindi Pablo ti è servito solo per dimenticare Marco?»

«E comunque, Marco Bernardini sarà anche ricco e figo da far schifo, ma è un gran pezzo di merda; potevi dircelo allora, gli avremmo spaccato la faccia subito!» cerco di sdrammattizzare.

«Quando ho conosciuto Pablo, mi è sembrato un mezzo matto. Pensate che mi ha abbordata in metropolitana, mentre venivo a trovare te, zia. Si è avvicinato con la scusa che assomigliavo come una goccia d'acqua a una donna che stava cercando, e sul momento mi era sembrato un modo piuttosto scontato per attaccare discorso... Ma alla fine lui mi ha raccontato una storia d'amore davvero assurda e io mi sono commossa, così, quando mi ha chiesto il numero di telefono, gliel'ho dato.»

«Ho capito, ma non hai risposto alla mia domanda, insomma Pablo...» insiste Celeste.

«Vuoi sapere se è stato un "chiodo schiaccia chiodo"? Forse all'inizio l'intenzione era quella, ma quando ho deciso di seguirlo a Londra ero davvero innamorata.»

«E allora?» chiede ancora.

«Allora, non sono stata mai capace di prendermi cura di me stessa, figurati di un altro essere umano, e ora sono incinta!» singhiozza abbassando lo sguardo.

«Non mi dire che vi siete lasciati! Quando sono venuta a Londra mi sembravi così felice!»

Fiamma si morde il labbro. «Prima di partire gli ho lasciato un biglietto, non ce l'ho fatta a dirglielo. Ma ho capito che devo stare da sola, l'amore non fa per me.»

«Ascoltami bene, Fiamma,» s'inserisce Rosa stringendole forte le mani «siamo il nostro passato, è vero, ed è con quello che dobbiamo fare i conti. Marco, tua madre, tuo padre ti hanno fatto del male, ma arriva un momento in cui è necessario lasciare andare e ripartire.»

«Vuoi dirmi che ho fatto una scemenza a chiudere la storia con Pablo e che dovrei tenere il bambino?» le chiede nostra cugina in tono di supplica.

«Questo lo sai solo tu, io non posso aiutarti.»

«No, zia, io non so un bel niente! In questi tre anni ho fatto così fatica a trovare un equilibrio che se dovessi perdermi un'altra volta impazzirei.»

«Devi darti tempo per capire cosa vuoi. A volte ci perdiamo di vista per un po', ma prima o poi ci ritroviamo. Dobbiamo solo ascoltarci.»

«Io so che non basta avere un uomo per essere felici e, come ha detto prima Agnese, nemmeno un figlio.»

Mi sento chiamata in causa, mi sono già beccata la responsabilità della crisi prematrimoniale di Celeste, mi ci manca pure quella di un aborto... «Forse non mi sono spiegata bene, sia chiaro, non rinuncerei mai alle mie bambine, ma non voglio che siano l'unico motivo per restare con Luca» affermo decisa.

«Avete ragione entrambe, l'amore non basta. La vita ci chiede molto di più. Un rapporto non può salvarci dalla solitudine. Però l'altro può renderci la vita più bella, date retta a me che sono vecchia.» Rosa tende una mano a Fiamma e l'invita ad alzarsi. «Venite di là, è arrivato il momento di raccontarvi una cosa» annuncia facendo segno di seguirla in cucina.

Camminiamo in fila indiana, mute dietro a Rosa. Siamo un bel casino, mi sa. Nessuna esclusa.

Un compromesso è per sempre

Appena entriamo in cucina, Rosa ci fa sedere e ci versa dell'altro sherry, riempiendo i bicchieri fino all'orlo. Traffica di nuovo dentro alla borsetta, ma questa volta ne tira fuori un foglio ingiallito e lo appoggia sul tavolo. Poi stacca la spilla appuntata sulla giacca, quella con le iniziali "D. R.", e la posa con cura sul foglio.

«Credo sia arrivato il mio momento» annuncia scolandosi tutto lo sherry. Spunta anche un pacchetto di Marlboro nascosto in un sacchettino di stoffa, prende una sigaretta e se l'accende inspirando con piacere, come se lo facesse da sempre. Inutile dire che siamo senza parole.

«Inizia tutto da questa spilla» mormora rigirandosela tra le dita. «Ma forse è meglio che della spilla vi parli dopo, perché quella che ho da raccontarvi è una brutta pagina della mia vita.» Si accomoda bene sulla sedia, come se non riuscisse a trovare la posizione giusta, poi prosegue. «Allora, partiamo dal principio. Sapete che quando Duccio e Norma si sono sposati, mia sorella lavorava molto e non aveva tempo per organizzare il matrimonio, così ha delegato a me ogni incombenza: dai fiori per la chiesa al vestito da sposa.»

Ci guarda e noi annuiamo. Fin qui niente di nuovo, un racconto sentito e risentito, ascoltiamo tutte con estrema attenzione, non sappiamo cosa aspettarci.

«In quel periodo ho passato molto tempo con vostro nonno e tra di noi c'è stata subito una grande intesa; quel genere di miracoli che capitano una sola volta nella vita. Da allora mi è sempre stato vicino, soprattutto quando ho dovuto prendere la decisione più dolorosa di tutta la mia esistenza. Duccio è ancora oggi il mio migliore amico, è la persona che mi conosce meglio di chiunque altro e che conosco meglio di chiunque altro.»

Tossisco, la saliva mi è andata di traverso, Celeste mi dà due colpi secchi sulla schiena, temo ciò che sta per dire. Prendo in mano la spilla, la guardo da vicino e osservo le iniziali: "D. R.". Duccio e Rosa. Ora mi è tutto chiaro, all'improvviso ho un'immagine nitida, una visione d'insieme. Gli sguardi di complicità durante le cene di famiglia, le loro battute, i sorrisi. Perché non ci ho mai pensato? Possibile che si siano amati in segreto per tutti questi anni? Penso al diario del nonno, alla nonna e al suo amore segreto per Pietro; mi chiedo quante verità esistano di una stessa storia.

Rosa ha smesso di parlare, forse ci vuole dare il tempo di elaborare, perché di questo si tratta. Ma poco dopo, di fronte al nostro sgomento, dice quello che deve dire e lo fa senza mezzi termini. Tiene lo sguardo basso, finché non lo alza in direzione di Fiamma. È a lei che si rivolge.

«In quel periodo sono rimasta incinta come te. E ho abortito.»

Ogni rumore cessa. La guardiamo. Mi sento un'idiota, non sono stata in grado di vederla per quello che era. Una miriade di domande affollano la mente: possibile che sia stata l'amante del nonno? No, non può essere, non Rosa, non ne sarebbe stata capace. Poi penso alle mie bambine, volute e desiderate, al bambino di Rosa e a quello che Fiamma porta in grembo. Possiamo raccontarci delle storie, ma, alla fine, siamo quello che amiamo, siamo il prodotto delle nostre scelte. E non è che questo mi faccia sentire meglio.

«Fu Duccio a trovare un'infermiera che faceva quel tipo di cose, l'aborto all'epoca non era ancora legale» prosegue con un filo di voce. «Avevamo appuntamento in campagna, ricordo che per arrivarci impiegammo più di un'ora di macchina; tra l'altro, il giorno prima aveva nevicato e ai bordi delle strade c'erano ancora mucchi di neve. Ho impresso nella mente ogni tornante, gli alberi carichi, il freddo pungente. L'infermiera ci aspettava nel patio, ricordo che c'erano quattro galline rachitiche, un cane e una bicicletta rotta buttata di lato sul selciato. Ci fece entrare in casa e ci chiese subito i soldi, poi disse a Duccio di aspettare lì, facendomi segno di seguirla in cucina. Ero spaventata, ma non ebbi il tempo di pensare. Mi ordinò subito di togliere le calze, quindi mi fece sdraiare sul tavolo su cui aveva posato una coperta con sopra un lenzuolo. Ero lì, non potevo tornare indietro. C'era una pentola di acqua calda sulla stufa, non sapevo a cosa servisse. Faceva molto freddo. Lei non mi rivolse mai la parola, se non quando mi fece l'iniezione di Valium. La vidi prendere in mano il cucchiaio e poi sentii raschiare. A un tratto iniziò a uscire del sangue, dopodiché svenni.»

La zia ha il corpo ripiegato su se stesso, si è fatta ancora più piccola, i ricordi sono grappoli troppo maturi per rimanere aggrappati al ramo, non ci dà il tempo di dire niente, prosegue senza sosta.

«Di ciò che accadde dopo non ricordo molto. Duccio mi riaccompagnò a casa e mi mise a letto; dormii per giorni inventando una brutta influenza. Non dimenticherò mai quella stanza con i muri scrostati, le mani grandi di quella donna, il freddo, e tutto quel sangue.»

La zia si versa dell'altro sherry, le guance si fanno rubizze, si vede che non è abituata a bere. Subito dopo si accende un'altra sigaretta, ma non si ferma.

«Lo so cosa volete sapere: no, se tornassi indietro non lo rifarei. Da ragazza il verbo "dovere" era in ogni pensiero, in ogni azione, schiacciando in un tritacarne tutti i desideri, le pulsioni, le passioni. Non sono molto diversa da te, Agnese, comprendo bene i tuoi dubbi. Spesso le donne ottemperano agli obblighi di madri, mogli e figlie, e un giorno come un altro si chiedono dove sono. Se mai ci sarà un posto tutto per loro. Capita a tutte, capita ancora, ma all'epoca rimanere incinta senza essere sposate era peggio di una condanna a morte.»

Fiamma si alza, apre gli sportelli nervosa, prende il caffè, prepara la caffettiera e la mette sul fuoco. «Grazie tante, ora mi sento uno schifo!» mormora quasi tra sé.

Rosa si alza, si muove lenta verso di lei. «Tesoro, guardami! È proprio per aiutarti che ti ho raccontato la mia storia. Non sei sola, e non sei diversa da molte altre donne. Puoi eliminare la vita che sta crescendo dentro al tuo corpo, ma rimarrà il suo ricordo e il dolore dentro di te, questo lo devi sapere.»

«Eh certo, sono a cavallo! Se decido di mettere al mondo un figlio rischio di farne un infelice, se non lo faccio mi sentirò un mostro per sempre. Perché è così che ci si sente, vero zia?»

Rosa ammutolisce, le labbra tremano un poco. A quel punto Fiamma le butta le braccia al collo. «Scusami, scusami, sono una cretina! Perdonami, non volevo.»

La zia si scioglie dal suo abbraccio e rivolge lo sguardo a tutte e tre, ha gli occhi lucidi, è provata. «Non piegatevi ai compromessi. Se lo fate una volta rischiate di farlo per sempre, come un'abitudine. Cercate ciò che vi rende felici, fatelo fino in fondo, non accontentatevi di una vita tiepida.»

La sua sembra quasi una preghiera.

L'aroma del caffè è provvidenziale. Invade la cucina, gli stati d'animo, le esitazioni. Un odore di casa che sa rassicurare.

Sono commossa, e quando mi commuovo finisco sempre per pensare a mia madre. A quelle mattine in cui mi svegliavo e la trovavo già stanca di fronte alla Bialetti fumante. Quella madre così fuori dalla nostra vita e in fondo così dentro, talmente dentro da confondersi. Improvvisamente comprendo cosa mi aspetto da me stessa, un cambio di rotta. È come se la storia della zia, in fondo così umana, avesse aperto un varco. So che devo abbandonare quell'ostinato perfezionismo e trasmettere alle mie figlie la capacità di desiderare, perché dal momento in cui ho smesso di farlo, ho rinunciato alla mia porzione di felicità e in qualche modo alla loro. Ospitiamo i nostri figli nella pancia, li partoriamo, aspettiamo che il loro corpo si irrobustisca e l'anima si fortifichi, dopodiché dobbiamo arretrare. Nessun diritto di proprietà per noi. Chi lo pretende, sbaglia. L'unica cosa che vorrei è che non imparassero da me, e spero che diventino donne abbastanza egoiste da salvarsi. «Sapete cosa penso?» dico colta da una strana euforia. «Penso che siamo delle cretine, cerchiamo di proteggere a tutti i costi le cose che sono successe nella casa dell'infanzia: le Mànie, le merende che facevamo a casa tua, zia, i giochi. Invece, le persone che fanno parte del ricordo le salviamo di rado, e quella madre e quel padre da cui vogliamo svincolarci tra poco non ci saranno più. Forse dobbiamo smetterla una volta per tutte di essere arrabbiate con loro, e usare il tempo per capire chi siamo e soprattutto cosa vogliamo.»

«Credo proprio di sì» risponde zia Rosa. «La sfida a riconciliarci con i nostri genitori è l'impresa di una vita intera, è normale che loro abbiano delle aspettative su di noi. Il punto non è sapere se siamo pronte o meno a ricoprire i ruoli che ci sono stati assegnati, ma creare un nuovo destino familiare. Il nostro, quello che ci appartiene, invece di seguire un progetto che altri hanno scelto per noi. Per quanto mi riguarda, per non deludere i miei genitori ho seguito il loro desiderio e non il mio. In fondo avere una figlia a casa, senza ambizioni, che seguisse la drogheria e alleviasse le loro fatiche, era rassicurante!»

In quel tumulto d'emozioni ognuna di noi si è impossessata di un angolo della stanza. Fiamma mentre parlavo non ha mai smesso di accarezzarsi la pancia, è uscita sul terrazzino a prendere un po' d'aria, la gravidanza la espone: è splendida. Io ho preso quel cofanetto nella credenza agognato ore prima e l'ho aperto, infilandomi un cioccolatino in bocca senza pensarci troppo. Celeste invece cammina avanti e indietro consumando la stessa porzione di pavimento; qualcosa del racconto di Rosa non le quadra. Poco dopo, corrosa dalla curiosità, si siede di fronte a lei, gambe larghe, mani tra le ginocchia. La scrolla per un braccio e mangiandosi il fiato domanda: «Ma allora, se tu e il nonno vi amavate, perché non hai tenuto il bambino?».

«Sì, esatto. Ci stiamo perdendo qualcosa?» chiedo anch'io avvicinandomi.

La zia prende il foglio che aveva appoggiato sul tavolo, cerca gli occhiali nella borsetta, se li cala sul naso, apre il foglio e lo legge.

«Cos'è, una poesia?» domanda Celeste appena Rosa finisce di leggere.

«Sì, è una poesia per me» risponde lei ripiegando il foglio, poi ci guarda dritte negli occhi e rivela: «Il figlio non era di Duccio».

«Cosa? E di chi era?» chiede Fiamma appena rientrata.

«Era di un ragazzo che aveva preso in affitto una stanza sopra la drogheria dei miei per alcuni mesi, di cui mi ero innamorata alla follia. Ramón rimase un anno e solo dopo la sua partenza mi accorsi di essere incinta.»

«Ma, allora...» esclama Fiamma.

Rosa sposta il peso del corpo a sostegno delle parole, ha necessità di arrivare fino in fondo, non le capiterà più di averci tutte accanto. Per un attimo siamo intorno al tavolo della sua cucina, le bocche sporche di marmellata, le trecce che ci incorniciano gli sguardi trasognati, le gambe che ciondolano nei vestiti della festa, mentre ci racconta una storia.

«Un giorno Ramón partì improvvisamente, il fratello e la cognata erano morti in un incidente d'auto durante un viaggio di lavoro. Gli promisi che avrei parlato con i miei genitori e l'avrei raggiunto appena possibile. Ma quando scoprii di essere incinta, be'..., lo sapete, decisi di abortire.»

«Ma zia, è assurdo!» protesta ancora Fiamma.

«Cosa ti devo dire... A volte non abbiamo nessuna comprensione per noi stesse, diventiamo matte a chiederci perché e per come, e non capiamo che spesso le cose semplicemente accadono. Non riuscii ad affrontare la situazione, dire ai miei genitori che ero incinta. Loro contavano su di me per la drogheria, avevano fatto sacrifici, era tutto il loro mondo.»

«Ma lui...?» chiede Celeste.

«Ramón voleva disperatamente che lo raggiungessi. Ma nel giro di qualche mese le nostre vite erano completamente cambiate. Lui doveva occuparsi del figlio di suo fratello rimasto orfano, e aveva una libreria da mandare avanti. Mia sorella Norma aveva appena partorito le vostre madri e fin da subito fui io a prendermi cura di loro. Poi la vostra bisnonna si ammalò e aveva sempre più bisogno di me... E così io e Ramón siamo andati avanti con quell'idea che prima o poi ci saremmo ritrovati.»

«Cavoli,» dice Celeste «che storia triste!»

«E quindi?» chiedo quasi in ansia.

«E quindi, il tempo è passato, e quello che doveva succedere non è successo. Però, da allora, a ogni compleanno lui mi manda una poesia. Ramón in qualche modo mi è rimasto accanto, come una coperta calda. Cara Celeste, come vedi, anch'io ho la mia dose di romanticismo, sono una donna acchiappa-nuvole come te.»

«Possibile che non vi siate mai più visti?» domanda mia sorella.

«Una volta, una decina d'anni fa, eravamo sul punto di farlo, ma poi... poi ho avuto paura e mi sono tirata indietro, non ci sono riuscita, ho pensato che fosse una stupidaggine, che ormai fosse troppo tardi: lui amava la ragazza che ero stata e vedendomi adesso sarebbe rimasto deluso.»

Fiamma a un certo punto esclama: «Ma io l'ho già sentita questa storia!». Si passa la mano sulla fronte come quando ti sforzi di ritrovare qualcosa nella memoria. «Pablo! Me l'ha raccontata lui, la donna che stava cercando quel giorno – il giorno in cui ci siamo conosciuti – eri tu!»

Io e Celeste non capiamo cosa stia blaterando, mentre Rosa fissa nostra cugina, sembra esitare un attimo, ma alla fine ammette: «Sì, quella donna ero io. E Pablo... Pablo non è altri che il nipote di Ramón, il bambino di cui si è occupato dopo la morte di suo fratello. Qualche giorno dopo il vostro incontro in metropolitana, Pablo è riuscito finalmente a rintracciarmi: si è presentato a casa mia e mi ha mostrato una vecchia fotografia. Me l'aveva scattata Ramón tanti anni prima, giù al porto, il giorno della sua partenza. Io e Pablo abbiamo parlato tanto, di Ramón, della nostra storia, del perché non ci fossimo mai più rivisti. E poi mi ha raccontato dello strano incontro che aveva fatto qualche giorno prima: una ragazza bellissima, dagli incredibili capelli rossi, incrociata per caso sul metró; bellissima e straordinariamente somigliante alla giovane donna della foto. Quel giorno, Fiamma, eri passata a trovarmi, ricordi? Ho fatto presto a fare due più due, e quando lui ha pronunciato il tuo nome non ho avuto più dubbi. Pablo è rimasto sconvolto, non poteva credere a quello che stava succedendo: aveva ritrovato la donna che suo zio non aveva mai smesso di amare, e al tempo stesso aveva incontrato te, mia nipote, il ritratto di me stessa da giovane. Quasi un segno del destino. Era così emozionato che non riuscivo a calmarlo, avrebbe voluto chiamarti, raccontarti tutto. Ma io l'ho scongiurato di non dirti nulla, gliel'ho fatto promettere: era una situazione assurda e non volevo complicare le cose più di quanto non lo fossero già.»

«Non volevi complicare le cose?» esclama concitata Fiamma.

«Non avrei mai immaginato che vi sareste innamorati, che tu saresti partita con lui per Londra e che sarebbe successo tutto quello che è successo. Sai, è davvero un ragazzo buono il tuo Pablo, desiderava solo che mi mettessi in contatto con Ramón. Mi ha detto che suo zio non mi aveva mai dimenticato, ed è per questo che lui era venuto in Italia: voleva ridare a Ramón quello che credeva di avergli tolto con il suo arrivo tanto tempo prima. Credo fosse il suo modo di ringraziarlo per averlo cresciuto come un figlio.»

«E tu? Cosa gli hai risposto?» chiede Fiamma.

«Gli ho promesso che ci avrei pensato. Solo che non è facile. La vecchiaia e il tempo mi immobilizzano.»

Siamo provate, tutte e quattro. I nostri sguardi sono eloquenti, mille sentimenti affiorano e sbocciano come ninfee. Ognuna di noi dibatte con l'ignoto che ci abita, ma per una volta accogliamo esigenze, e non c'è condanna. Siamo vicine e allo stesso tempo siamo sole e fragili. I nostri occhi si incrociano e si illuminano di speranza in modo così inatteso da squarciare la solitudine.

«Tutto bene?» chiedo alla zia. Sono davvero preoccupata per lei, raccontarsi deve essere stata una delle cose più difficili. In un colpo solo ci ha donato la sua fragilità. Che è anche la mia. La nostra. Quella di tutte.

«Tutto bene, cara, sono solo un po' stanca.»

«Zia, queste iniziali, "D. R."... stanno per Rosa e...»

Lei mi sorride e mi accarezza il viso: «Questa spilla era della mamma di Ramón, le iniziali sono le sue».

Rivolgo un'ultima domanda a Rosa, forse la più importante, almeno per me, dopo questa storia che ha dell'incredibile. La vita che ritorna attraverso un'altra vita, un altro amore, e ci sorprende fornendoci nuove possibilità.

«Abbiamo ancora tempo, zia?»

«Certo, gioia. C'è tempo, sino a quando non finisce. Il problema è che la fine capita sempre all'improvviso.»

Senza legami non siamo niente

I segreti finalmente condivisi ora sono più facili da portare. Si sono dissolti nelle parole. Nuovi scenari si aprono, o forse no, ma davvero poco importa. La giornata di oggi mi ha legata per sempre a queste donne, in un vincolo che sa d'amore.

Vivremo nei pensieri l'una dell'altra, questo è certo, nonostante la vita e il suo divenire ci portino lontano da questa cucina, e dai ricordi.

Siamo già proiettate altrove, nello spazio che ci riserverà l'esistenza. Perché tutti hanno uno spazio. Basta solo trovarlo. A volte, si perde tempo. E quel tempo, per comodità, lo chiamiamo sofferenza.

Lo sapevamo che il momento delle scelte sarebbe arrivato. Quello delle confessioni è volato via. Si decide in due secondi netti. Il tempo trascorso prima della scelta non conta più.

Celeste si versa dell'altro sherry, ci riempie i bicchieri fino all'orlo, alza il suo e dice allegra: «Prima che ritornino le armate, brindiamo!».

«Ancora?» le domando preoccupata.

«Ma sì, chi se ne frega!» mi risponde buttando giù avidamente il liquore.

Poi si mette una mano nei capelli e inizia a disfarsi l'acconciatura. Nessuno chiede spiegazioni. Ha preso la sua decisione.

«Salute!» dice, e beve un altro sorso.

Non so cosa pensare, ma qualunque sarà la sua scelta starò al suo fianco.

Spero solo che resti sobria.

SECONDA PARTE

La felicità si nasconde nei posti più improbabili

Ramón è tornato con le reti vuote. All'improvviso il tempo è cambiato, sembrava dovesse piovere, invece è uscito di nuovo il sole. Malgrado sia solo la metà di aprile, da un paio di giorni non si respira, come fosse pieno agosto.

Si asciuga la fronte e abbandona tutto sulla barca. Tornerà dopo a sistemare, ora è stanco. La sabbia brucia. È abituato a camminare scalzo e le piante dei piedi sono diventate dure come cuoio.

Da quando Sebastián gli porta le provviste a casa, va di rado in paese. Fa quel chilometro a piedi solo per riconsegnare i libri presi in prestito dalla biblioteca e ritirarne altri. Ogni tanto la signorina García gliene manda di nuovi, ormai conosce i suoi gusti. L'ultimo libro che gli ha fatto recapitare è di un poeta giapponese il cui nome è impronunciabile; peccato che le poesie non avessero traduzione.

Entra in casa, scavalca Tartaruga, un pachiderma di sessanta chili di peso e dieci di pelo. È arrivato un anno fa, da chissà dove. Ha preso possesso della casa – o meglio, della soglia – perché sta stravaccato lì tutto il giorno.

Ramón prende al volo un asciugamano e apre l'acqua, aspetta che sia gelida prima di farsi la doccia. Si asciuga per bene, strofinando con forza le braccia; ultimamente gli creano qualche problema. La sera le cosparge con un unguento di olio d'oliva che si è fatto da sé. Aspetta che il dolore passi.

Allontana l'idea che un giorno non avrà più la forza di tirare su le reti, allora sì che dovrà iniziare a preoccuparsi.

Il suo corpo è diventato un'unica grande screpolatura; malgrado ciò non può lamentarsi, non ha altri acciacchi, l'appetito non gli manca, e il sonno neppure. Lascia che le cose vadano come devono andare.

Vivere in quel posto ai confini del mondo ha in parte attenuato i segni del tempo, anche se, all'uomo che è oggi, non importa nulla della pelle secca e delle ore che trascorrono lente. In realtà nemmeno quando era giovane gli importava molto del suo aspetto, ma allora amava la città e i suoi movimenti. Adesso non potrebbe più vivere in mezzo alla gente.

Si prepara un caffè all'italiana e lo versa in una tazza, dà una sorsata, e attraversa la casa. Scavalca pile di libri appoggiati qua e là. Il pavimento di legno scricchiola, come la sua memoria. Ultimamente fa fatica a ricordarsi persino il giorno della settimana.

Si mette gli occhiali a cui Tartaruga, in un atto di improvvisa vivacità, ha mangiato una stanghetta. Guarda il calendario attaccato alla parete: terzo giovedì del mese.

Fa una croce con la matita e si dirige verso la cassetta delle lettere. Se c'è una cosa che non può rimproverare a Pablo è di non essere metodico nello scrivergli. Trova la busta, sposta la sedia di vimini e si siede fuori.

Il mare è di nuovo calmo. Gli piace l'odore di pesce sospeso nell'aria, e gli piace quella casa. Pablo l'ha battezzata *Casa azzurra*, anche se di azzurro è rimasto ben poco, il sale ha corroso il colore.

Si ripropone spesso di ridipingerla, ma poi preferisce lasciare le cose come stanno. Quando l'ha acquistata, con i soldi ricavati dalla vendita della libreria a Valencia, era una catapecchia. All'epoca aveva sessantacinque anni e un fisico ancora forte. Si era ripromesso di renderla abitabile nel giro di poco, voleva un posto in cui poter scrivere e pescare ogni tanto. Invece, per darle una parvenza di casa ci sono voluti ben cinque anni. Dopodiché non si è più mosso da lì. Ora ci vive con Tartaruga, e Pablo, appena può, viene a trovarlo.

Due giorni fa è andato via l'ultimo pellegrino – è così che chiama le persone che fanno capolino da quelle parti e a cui offre ospitalità –, un certo Kim. Un asiatico sulla sessantina che coltivava zafferano da quando ne aveva quindici. Un giorno la moglie l'ha lasciato, così lui ha venduto tutto ed è partito per vedere il mondo.

Ramón è contento di interrompere il ritmo della solitudine e ascolta volentieri le storie di chi accoglie, ovviamente se i periodi di sosta non sono troppo lunghi, perché dopo un po' gli viene una specie di orticaria e i palmi delle mani iniziano a coprirsi di pustole. Pablo sostiene che la sua allergia agli altri sia preoccupante, Ramón dice che sono solo coincidenze, anche se, quando i pellegrini se ne vanno, l'orticaria sparisce.

A chi sosta chiede in dono un libro, una specie di pagamento per il vitto e l'alloggio. Lui non li lascia a mani vuote, regala una poesia.

Qualcuno, a volte, torna a trovarlo. Qualcuno gli scrive. Altri ancora si aggirano come fantasmi e poi se ne vanno senza lasciare traccia. Ogni tanto si chiede se siano realmente esistiti o siano stati un miraggio. Ma i libri sparsi ovunque – da una cartina del Maghreb lasciata da un tunisino, al libro sulla preghiera induista regalata da due studentesse di ritorno da un viaggio in India – sono la testimonianza che quegli incontri non sono frutto della sua immaginazione e, soprattutto, che non è andato fuori di testa, perché a volte si ritrova a parlare da solo, o con Tartaruga, il che lo fa sentire peggio.

Ci sono alcune cose più di altre che lo fanno pensare al sopraggiungere della vecchiaia. Nell'ultimo periodo, ad esempio, gli ritornano alla mente eventi così lontani nel tempo, di cui si era completamente dimenticato, e si sorprende egli stesso. Ricorda come fosse ieri il giorno in cui gli recapitarono Pablo, impalato sulla porta della libreria. Aveva appena compiuto cinque anni. Era da poco più di un anno che non lo vedeva, eppure sembrava un altro bambino. Teneva stretta nella mano una valigia di pelle più grande di lui, che lo sbilanciava tutto da un lato. Le gambe si perdevano nei calzoni corti. Era magro, anzi magrissimo. Lo sguardo determinato di chi non ha nulla da perdere.

Li rivede in sogno quegli occhi, come una fotografia nitida: due grandi buchi neri. Era il figlio di suo fratello, morto con la moglie in un incidente d'auto.

Ramón, all'epoca si trovava in Italia. Appresa la notizia della disgrazia, interruppe il suo viaggio e rientrò. Inutile dire che la sua vita non solo cambiò, ma che i progetti divennero altri. Non si pente di nulla. Ogni tanto si domanda come sarebbe stata la sua esistenza senza di lui.

Comunque sa di aver fatto quello che andava fatto. Ridipinse il retrobottega della libreria. Aggiunse un cucinino, una scrivania e un divanetto. In quel modo poteva occuparsi di Pablo dopo la scuola. Ramón era solo un ragazzo all'epoca e non aveva nessuna dimestichezza con i bambini. Ma imparò presto ad avere quel marmocchio tra i piedi, che non faceva altro che subissarlo di domande. Divorava libri e frastornava i clienti con le chiacchiere. Lo faceva diventare matto: giocava a Tarzan scivolando sulla scala da uno scaffale all'altro, nascondeva i libri che gli piacevano o li regalava ad altri bambini. Si addormentava quasi sempre sotto al bancone, e allora lui lo prendeva e lo portava in braccio nel retrobottega.

Ramón sospira, non è malinconia la sua. È contento di sapere che Pablo si stia costruendo una vita al di là di lui. In alcuni momenti lo vorrebbe vicino come allora. Potergli leggere la sera una poesia lo renderebbe davvero felice, come rimboccargli di nuovo le coperte o baciarlo sulla fronte. Ma sono i pensieri insensati di un vecchio.

Tartaruga sbadiglia, ha un alito da far paura. Un giorno o l'altro dovrà passargli lo spazzolino. Ramón lo stuzzica con il piede nella speranza che il bradipo si sposti, ma si è rimesso a sonnecchiare. Prende la busta sul tavolino e la apre.

Londra, 4 aprile 2015

Hola,

qui procede tutto bene, direi meglio del solito.

Da quelle parti come vanno le cose? Ti sembra normale che devo sentire Sebastián per sapere se sei ancora vivo e se hai bisogno di qualcosa?

Se mettessi in uso quell'oggetto che si chiama telefono non passerebbero mesi prima di sentirci. Sei l'unico pezzo di famiglia che mi sia rimasto e non posso permettermi di preoccuparmi di continuo.

Ramón, volevo dirti una cosa. Me ne vergogno un po', ma se non ne parlo con te con chi potrei farlo? Sai, mi rendo conto che sono sempre più innamorato. Sì, Ramón, di quella mezza matta di Fiamma, quella ragazza di cui ti ho parlato molte volte. Insomma, per me è una storia seria, anche se lei fa finta che non sia così e un po' questo mi preoccupa. Il problema,

Ramón, è che sono tre anni che stiamo insieme e io quasi non mi riconosco! "Ehi Pablo!" mi dico. "Che sarà mai!" E più passa il tempo più mi innamoro. Ho il fiato corto e lo stomaco chiuso, a volte non riesco neppure a prendere sonno da quanto sono agitato. Ti sembra possibile? Mi è presa una paura incredibile di perderla, e non so neanche io perché, non mi è mai capitato con nessuno, un'ansia che è quasi felicità.

Ma la colpa è tua! Sei tu il sentimentale in famiglia. Tutte quelle poesie sull'amore mi hanno reso un cuore tenero, e ovviamente c'è abbastanza da vergognarsi! Non potevi leggermi *Il libro della Giungla*, *Tom Sawyer* o *Il mago di Oz*?

Figurati che qualche giorno fa mi è tornata alla mente una poesia che mi leggevi prima di andare a dormire. Ricordo la tua voce che la recitava come fosse una preghiera. Mi ricordo solo che era di Prévert.

Ramón aveva dimenticato quella poesia. Era il loro rituale della sera. Il ricordo ritorna a cinquant'anni prima, a quel viaggio in Italia, alla donna a cui era dedicata. Si asciuga gli occhi con il dorso della mano e prosegue. Il suo ragazzo scrive come parla, senza prendere fiato. È sempre lo stesso chiacchierone, pensa rassicurato.

Dimmi che non sto diventando pazzo. Vedessi quanto è bella! Succede così quando capisci che quello che provi è davvero importante?

Sai, ogni tanto penso a quel giorno, a ciò che mi hai detto per convincermi a partire per Londra, te lo ricordi? Eravamo stati sempre insieme, la libreria era la mia casa, tu eri la mia casa, il mio luogo sicuro. Ecco, mi hai detto che avrei sempre avuto un posto in prima fila nel tuo cuore. Che ci sono persone vicine ma in realtà molto sole. Altre che non si vedono mai eppure risiedono nell'animo di chi le pensa. Non ti spaventava la lontananza e non doveva spaventare neppure me. Mi hai chiesto di pensarti e io lo faccio, Ramón. Quando la morsa della malinconia mi attanaglia, t'immagino di fronte al tuo mare, la tazza sul tavolino, un libro di poesie in mano. Non posso far altro che esserti grato per Prévert, Hesse, Neruda, per non esserti stancato mai di parlarmi d'amore.

Dio, come sono diventato sdolcinato! Sono fastidioso persino a me stesso. C'è da preoccuparsi, altroché! Ovviamente con Fiamma nemmeno una parola. È una donna con cui bisogna andare con i piedi di piombo. La verità è che non vedo l'ora di fartela conoscere, tra un mese l'accompagnerò al matrimonio della cugina. Ultimamente non parla d'altro, non so se è emozionata o cosa. A me piacerebbe ritornare in Italia. Magari poi facciamo un salto anche da te. Sono sicuro che Fiamma non ha mai visto un luogo come la *Casa azzurra*. È la donna giusta, Ramón, ne sono certo. Ora ti lascio, altrimenti oggi non concludo nulla. Un abbraccio grandissimo.

Ah! grazie per la poesia, era molto bella.

Scrivimi presto, o chiamami appena puoi. Non farmi stare troppo in pensiero, mi raccomando!

P.S. Altri pellegrini in vista? Da quello che mi hai raccontato, l'ultimo mi sembrava fuori di testa. Ti sei deciso a mettere Tartaruga a dieta?

Ramón chiude la lettera e la ripone dentro la busta. La conserverà insieme alle altre. Si alza, ha bisogno di trasferire sul corpo i pensieri. Va verso la battigia, spinge la barca in mare, ci salta su e prende il largo.

Rema finché le braccia non gli fanno male. Poi lascia andare tutto: remi, barca, corpo. Si butta indietro e attende di ritrovare un ordine.

I ricordi lo assalgono: l'Italia, il profumo, la luce nei suoi occhi vivaci. Ramón non ha mai scritto per se stesso. La parola è potenza, oggetto riparatore. Tramite. È solo per Pablo, e per lei, la donna che ama, che scrive poesie.

Scrivendo rinnova il ricordo. I volti sbiadiscono nell'anima del tempo.

A volte guarda il vialetto che porta alla casa e non si capacita del fatto che non sia lei a percorrerlo. Spera per lui che Fiamma sia la donna giusta. Ramón sa che la donna giusta esiste.

Il cuore ha ripreso un ritmo regolare e gli occhi godono della meraviglia che lo circonda: luce e colori cambiano riflesso quasi a ogni istante. Blu, azzurro, verde.

Succede sempre così, il mare lo calma. Un dondolio rassicurante. Il luogo giusto per aspettare. In fondo la vita gli ha regalato davvero tanto: una paternità non cercata, il dono della scrittura, la *Casa azzurra*, e lei. Il mare gli ha insegnato a essere generoso e a perseverare. Deve solo avere pazienza, come in attesa di reti piene. Ramón ne è certo, come è certo di essere vivo: prima o poi lei tornerà. La vita troverà il suo senso nell'atto conclusivo; non è così per tutti, in fondo?

La barca oscilla instabile sul mare. Ramón apre la sacca, prende il quaderno, la matita, e inizia a scrivere.

Un padre, qualunque esso sia, è per sempre

Il campanello suona incessante, vado ad aprire e mi trovo davanti la mamma. Appena mi vede si mette le mani sui fianchi e domanda: «Allora, sei riuscita a far ragionare tua sorella? Sembra che senza di te non si combini niente».

Il fatto che Celeste l'abbia tagliata fuori e abbia voluto parlare con me, invece che con lei, non le va giù, e la conosco abbastanza da sapere che dovrò scontarla in qualche modo per i giorni a venire. Non le rispondo, con lei è una prova continua di resistenza, e io resisto.

Mi sposta in malo modo per entrare. Tale nonna, tale madre, penso tra me. Rosa ha ragione, se io e Celeste non ci diamo un taglio, rischiamo di fare la stessa fine di quelle due.

Mio padre è dietro di lei, la segue e alza gli occhi al cielo. «Voglio parlarti» mi dice dirigendosi sul terrazzo.

«Sì, bravo, continua a fumare!» gli urla dietro mia madre.

«Vuole parlarmi?» le chiedo preoccupata.

«Sì. Lo sai che sei la sua cocca.»

«Oh, madonnina santa, ma ce l'avete tutti con me!» esclamo allargando le braccia. Lei lancia la borsa sulla poltrona con stizza.

«Sei arrabbiata?» le chiedo.

«Non più di quanto lo fossi prima.»

«Qualsiasi cosa faccio, per te non va mai bene. A volte mi domando come mi avresti voluto» le dico esasperata.

«Ti avrei voluto felice. Tutto qui.» Si gira di scatto e si chiude in bagno.

Rimango a fissare la porta. È insopportabile, penso tra me. Fosse così semplice essere felici!

Raggiungo mio padre sul terrazzo. Giò è appoggiato al parapetto, mi dà la schiena, sta fumando. Appena mi avvicino esclama: «Dio mio, Agnese, come puzzi di alcol!».

«Si sente così tanto?» gli chiedo annusandomi il maglione. In effetti sa di sherry.

«Non avrai mica bevuto?»

«Ma no! Stai tranquillo.»

«Allora?» mi domanda lui.

«Allora che?»

«'Sto matrimonio si fa o no?»

«Se ti dico che non lo so, mi credi?»

«Oh, santa pazienza, se quella matta non si sposa, tua madre uscirà di testa. Di cosa si preoccupa non lo so, in un modo o nell'altro tua sorella se la cava sempre.»

«Esatto, sono gli altri che rimangono tramortiti.»

«Ti ricordi quando ci ha presentato quel ragazzo con le braccia così corte che non gli arrivavano nemmeno alle tasche?» mi chiede Giò.

«Come no!»

«Tua madre era terrorizzata che lo sposasse e facesse dei bambini mezzi monchi come lui! Quando l'ha lasciato era così felice che ci siamo fatti una scopata memorabile.»

Strabuzzo gli occhi, ogni tanto mio padre è davvero imbarazzante.

«Ora sono vecchio, ma sono stato un gran rubacuori» asserisce tirandomi una gomitata e strizzandomi l'occhio. «Tua madre non si può certo lamentare.»

«Potremmo fare un lungo elenco dei fidanzati di Celeste, uno più fuori dell'altro. A parte Roberto» cerco di cambiare discorso.

«E quello che a Natale ci ha regalato il furetto?»

«Giusto, quello l'avevo dimenticato!»

Mio padre armeggia per accendere la pipa. La mamma ha ragione a lamentarsi, le dita sono nere, sul pavimento un tappeto di tabacco che ogni tanto spinge giù dal balcone con i piedi.

«Che palle! Questa giornata è infinita» sbotta buttando fuori una boccata di pipa.

«Prima i fiori, la russa, e poi tua madre che non ha fatto altro che piangere, si preoccupa di cosa diranno i parenti. Ma chi se ne frega di quelli, tra l'altro avesse una famiglia normale!»

«La conosci, si fa una malattia di ciò che dice la gente.»

«Ecco, appunto. Avrei dovuto prendere un treno stamattina appena sveglio e svignarmela!» esclama.

Tutte le volte che i miei litigano, mio padre va in stazione e sale sul primo treno. Di solito rientra per l'ora di cena, ma quando è proprio arrabbiato se la prende comoda. E tutte le volte mia madre giura che cambierà la serratura, sbraita, s'infuria, ma non si calma fino a quando lui non varca la soglia di casa e si siede a tavola. Inutile dire che per qualche giorno gli tiene il broncio, e poi dimentica.

«Giò, volevi parlarmi?»

Lo guardo cercando di capire cosa abbia di così importante da dirmi.

«Volevo solo farti sapere che io e tua madre ci siamo.»

«In che senso?» chiedo aggrottando la fronte.

«Nel senso che ci siamo, ci saremo sempre, per te, per la tua vita.» A quel punto mi prende il viso tra le mani e mi ripete: «Hai capito?».

Mi viene da piangere. Non riesco a pensare a nulla se non che quello è mio padre. L'uomo che ha lavorato una vita, ha preso la terza media alle serali, che ondeggia quando cammina, e che non si ricorda di fare i regali ai compleanni, proprio come me; l'uomo con cui mi sono scontrata di continuo, che ama come è capace.

Mi accarezza la testa, e mi fa anche un po' male con quelle mani che non conoscono la delicatezza.

«Grazie» gli dico. E penso non solo a lui, ma anche a mia madre, all'uomo e alla donna che sono, al loro essere fallibili. Perché se c'è una cosa che ho capito dalla storia di Rosa, da questa giornata burrascosa, è che la vita ci sbatte davanti la sua imprevedibilità. E non ci sono regole che ci possono proteggere, si tratta di accogliere e dare un senso a quello che avviene. Siamo dove vogliamo essere.

«Bene,» dice mio padre tirandosi su i pantaloni «ora devo proprio andare, Duccio mi ha chiesto di passarli a prendere.»

«Okay, ci vediamo dopo.»

«Dovremmo svignarcela!» dice facendomi un buffetto prima di rientrare in casa.

«Io e te?»

«Sì, io e te. Lasciamo quelle due matte qui, lo sai che sei la mia preferita!»

«Giò!»

«Andiamo in Albania. Romina ha detto che è bellissima e si sta bene.»

«E come mai allora Romina se ne è andata dal suo paese, e per campare fa le pulizie in casa nostra?»

«Andiamo in treno. Io non pago.»

«*Seee*, in treno!»

«Se sparisco, questa volta vado in Albania, ma non lo dire a nessuno.»

«Questa volta, se sparisci, ti lasciamo là.»

«Ma se senza di me siete perse! Speriamo piuttosto che tua sorella non faccia una cazzata.»

Speriamo, penso mentre mio padre si dirige verso la porta.

La verità è questa: vorrei che i miei genitori fossero felici, poter riavvolgere il nastro ed essere una figlia migliore. Ma anche noi, come loro, siamo ciò che riusciamo a essere. Chissà se ce lo perdoneranno.

Desidera!

La porta del bagno è spalancata, vado in cucina pensando di trovare lì mia madre, ma ci sono solo Fiamma e Rosa. Stramazzo su una sedia e butto la testa sul tavolo. Per riprendermi dovrei dormire una settimana di fila.

Fiamma si avvicina e mi accarezza la schiena. Sento il calore delle sue mani, chiudo gli occhi e penso che è molto bello. Che ci tocchiamo poco. Che i corpi degli altri ci fanno paura quando non sappiamo amare il nostro.

«Vuoi un po' di tè al gelsomino? Lo sherry è finito» mi domanda Rosa alzando la bottiglia quasi vuota. «Forse ce n'è giusto un goccetto» aggiunge.

«No, grazie, mi basta averlo addosso! Il tè va bene.»

Rosa me ne versa una tazza. Alzo la testa, il foglio è sparito, i bicchieri sono nel lavandino, sembra un'altra tavola e noi tre delle altre donne. Chiedo dove siano finite mia madre e mia sorella.

«Sono chiuse in camera» mi risponde Fiamma.

«Povera Celeste!» esclamo pensando al terzo grado a cui la starà sottoponendo la fattucchiera.

«Che ne sarà di lei se non si sposa?» mi domanda mia cugina.

«E di me?» mormoro rassegnata prendendo un altro cioccolatino dal cofanetto.

«Sono sicura che si chiariranno» interviene la zia.

«Sei troppo fiduciosa.»

«E tu sei troppo dura. Anche tua madre ha avuto le sue gatte da pelare.»

Mi chiedo se per "gatta da pelare" si riferisca a quella rompiscatole della nonna o sappia qualcosa che io ignoro. Meglio non indagare, da oggi ho deciso che sulla mia famiglia mi basta quello che so.

A un certo punto sentiamo la voce alterata di mia madre provenire dalla camera, cerco con lo sguardo la complicità di Fiamma, ci precipitiamo fuori dalla cucina, non sappiamo trattenerci, ci appostiamo fuori dalla porta appoggiando contemporaneamente le orecchie.

«Mi hai ignorata. In un momento come questo hai preferito tua sorella a me!»

«Abbassa la voce. Ti prego!» le risponde Celeste.

«Non sei tu che devi dirmi quello che devo o non devo fare. Non ti fidi di me. Ecco la verità.»

«Mamma, tu sei di un'altra generazione, non avresti capito.»

«Sentiamo: cosa dovevo capire? Ti ricordo che sono io che ti ho lavato il sedere fino ai cinque anni. So tutto di te. So che quando mangi l'anguria ti viene sempre il singhiozzo, che hai l'alluce destro più lungo del sinistro, che mentre dormi ti avvoltoli nelle coperte come un baco, che odi i panini al tonno, sei piagnucolosa, e vuoi essere il centro del mondo per chi ti sta accanto. Che ami l'amore più di te stessa e sei un'inguaribile romantica, e so, figlia mia, che adesso hai una fottuta paura di fare la cosa sbagliata.»

Per un attimo non si sente più nulla, mi appoggio con la schiena alla porta.

Mia madre dirige, controlla più che può, ma ci conosce come nessuno.

«Mamma,» sussurra Celeste con un tono più docile «lo sai che non sono mai stata coraggiosa, dormo ancora con la luce accesa. Ti sembra normale? Nulla di quello che faccio lo è.»

«Oh tesoro,» le risponde lei «avere paura non è mancanza di coraggio, tutt'altro. Ha coraggio chi la sa affrontare, la sua paura. La vita, quella vera, è nelle intercapedini, e nelle esitazioni. Dai retta a me, se filasse tutto liscio sarebbe una noia mortale.»

«Però, tua madre!» bisbiglia Fiamma sottovoce.

In effetti chi lo avrebbe mai detto che dalla sua bocca potessero uscire parole così sagge. Lei che ha il comodino pieno di pastiglie, un possibile tumore un giorno sì e l'altro pure. Che ha verità assolute trasmesse come un mantra: si crede in Dio, si perde la verginità dopo il matrimonio, ci si sposa in chiesa, si tengono i risparmi in banca, si fanno almeno due figli e, quando è il momento, si mandano al catechismo.

All'improvviso sentiamo la chiave girare nella toppa, stanno uscendo, ritorniamo di corsa in cucina.

Dopo neanche un secondo le due entrano. Celeste è tutta rossa, sono quasi sicura che il suo istinto sarebbe quello di rifugiarsi tra le braccia di nostra madre per tornare a quel giorno del suo quattordicesimo compleanno e ricominciare tutto da capo. Forse l'ha fatto davvero. Negli anni ha tracciato una linea di demarcazione oltre cui non poteva procedere, per non deludere i nostri genitori, adesso spero sia pronta a dare valore a ciò in cui crede, senza sentirsi per forza una cattiva figlia. La verità è che non si smette mai di essere figlie ma, a un certo punto, si può diventare grandi. Chissà se l'ha capito.

Mia madre mi passa davanti, si ferma e mi guarda sbigottita.

«Oltre a essere una fumatrice incallita, ora ti sei messa anche a bere? Puzzi!»

«Ma no, Ines,» obietta la zia «le si è rovesciato addosso dello sherry.»

«Certo, ha sempre la testa tra le nuvole!» ribatte lei.

Nessuno ha intenzione di raccontarle niente, e c'è da dire che i miei genitori manifestano sempre una grande fiducia nei miei confronti. Alza le spalle e si avvicina a mia cugina abbracciandola con trasporto.

«Come sei diventata bella! Non ricordavo fossi così...»

«... piena?» l'anticipa Fiamma.

«No, sì, insomma, non volevo offenderti!»

«Non ti preoccupare, ti sembrerà strano, ma apprezzo il complimento.»

Rosa offre una tazza di tè a Ines, ma Celeste la blocca: sciacqua un bicchiere, ci versa l'ultimo goccio di sherry e lo mette davanti a mia madre.

«Lo sai che non bevo!» esclama lei allontanandolo.

«Questo lo devi bere alla mia salute.»

«Non vorrete farmi ubriacare proprio oggi.»

«Magari» penso. O lo dico. Non ricordo.

Nostra madre butta giù lo sherry con aria schifata, mentre noi tre battiamo le mani sul tavolo. Non credo di averla mai vista bere una sola volta in tutta la mia vita.

«Oh mio dio! Mi gira la testa» esclama Ines appoggiandosi allo schienale della sedia.

La zia le si avvicina: «Su, su, tra poco passa, mangia un cioccolatino. Ti va bene che lo sherry è finito, altrimenti quelle matte ti avrebbero fatto ubriacare sul serio.

«Dài Ines, forza. La vita è piena di giorni no, ma quelli sì sono di gran lunga superiori.» Rosa si china e la bacia con tenerezza sulla fronte, come fosse una di noi.

Le osservo: mia madre, mia zia. In quei corpi c'è il mio mondo, l'origine e la natura di ciò che sono. Ora mi è chiaro.

«Se per voi va bene io andrei» dico a un certo punto. Lo sguardo di mia sorella è eloquente, la mia presenza non è necessaria.

«Sì, povero Luca, avrà un diavolo per capello. E chissà le bambine, tutto il giorno senza di te, come saranno state!» esclama mia madre.

Purtroppo l'alcol non ha alterato il suo animo profondamente maschilista; se fosse per lei gli uomini farebbero delle donne ciò che vogliono. Povero Luca un cazzo! E le bambine se la saranno cavata, probabilmente, meglio di lui; è proprio questo che non vorrei essere per le persone che mi amano: credermi indispensabile e propormi come tale. Quello non è amore, si chiama bisogno. Forse non c'è nulla di male, basta saperlo e farci i conti, io desidero altro.

«Avete voglia di venire con me?» chiedo alla zia e a Fiamma.

«Certo» rispondono entrambe.

«Camilla e Sofia saranno felicissime. Per loro sarà una festa.»

«Non farle agitare troppo, sai che poi non dormono» interviene ancora una volta mia madre.

«Mamma, che palle!» sbotto.

Suonano il campanello, questa volta è Fiamma che va ad aprire. Giò è tornato, appena la vede la strizza e la bacia. «Guarda qua che splendore!» le dice facendole fare una mezza giravolta. «Se fossi più giovane e non fossi tuo zio, non mi scapperesti neanche morto.»

Fiamma sorride, per fortuna conosce Giò e sa cosa aspettarsi da lui.

Mio padre entra in cucina, e la prima cosa che nota è la bottiglia di sherry vuota sul tavolo. «Cavoli, ve la siete scolata!» dice con enfasi. «Qui si è fatta bisboccia senza di me!»

«Smettila di dire scemenze. Li hai accompagnati i miei?»

«Sì, Ines, sei noiosa.» Mentre parla tenta di prendere un cioccolatino dal cofanetto, mia madre con rapidità glielo strappa dalle mani.

La zia sorride complice, prende il cappellino e se lo infila, accertandosi davanti allo specchio che nulla sia fuori posto. Raddrizza la spilla, e il suo sguardo è un misto di sicurezza e ingenuità. A volte, l'infanzia e la vecchiaia coincidono in un corpo, è un attimo, e quando accade è una specie di miracolo.

Fiamma le passa la borsetta, finalmente usciamo, lasciando Celeste al suo destino.

Alla fine mia sorella non ha raccontato né a Rosa né a Fiamma quello che è davvero successo con Filippo. Loro non le hanno fatto domande e lei si è guardata bene dal dare spiegazioni. Adesso non ha davvero più importanza, ha raccontato ciò che era necessario a se stessa, tutto lì. Io sono la depositaria del suo segreto e lo sarò per sempre.

Penso che la vita sia davvero buffa e noi donne siamo anime inquiete, e a volte irriverenti, non c'è davvero nulla di perfetto in noi e ciò non può che rassicurarci; l'imperfezione tanto negata nelle nostre esistenze contiene già dentro di sé ciò che è perfetto.

Mentre torno a casa so quello che devo fare. Permettere al desiderio come spinta e alla ragione come limite di coesistere in un luogo di comunione. È richiesta pazienza e perseveranza. A volte, questo lavoro minuzioso dura una vita.

Ma sono i gesti, alla fine, che contano.

E nessuna di noi, credo, aspetterà oltre.

L'inizio e la fine sono lo stesso capo di un filo

Mi sono chiusa in bagno. A volte, le cose finiscono laddove sono iniziate. Il bagno è uno dei pochi luoghi di raccoglimento della casa, forse l'unico. Posso nascondermi, piangere, arrabbiarmi e perdonarmi. Qualunque cosa accada.

Davanti allo specchio sono sempre la stessa persona di qualche ora prima, eppure ho la sensazione di essere un'altra. Non so bene se mi sia passato addosso un carro armato o cosa. È da parecchio che cerco delle risposte. Oggi ho trovato molto di più, qualcosa che mi aspettavo da tempo, a cui non so ancora dare un nome.

Ho capito che c'è un limite a quello che sono disposta a sacrificare. L'amore non ha niente a che spartire con il sacrificio, almeno per me. Ognuno ne ha un concetto che lo soddisfa: c'è chi pensa che sia benevolo, chi lo ricerca nella passione, chi lo vive tramite altri, chi se ne serve. Chi sono io per giudicare?

Se qualcuno mi chiedesse di scegliere ora, direi che non c'è nulla da scegliere. Resto in bilico. Per il momento, non voglio conoscere cosa succederà.

Salgo sulla bilancia per controllare che nulla sia cambiato dalla mattina, dal chilo perso e dallo specchio che mi diceva: oggi sei un'altra. Chiudo gli occhi e conto fino a tre. Ma ci ripenso e scendo. La bilancia vada al diavolo, almeno per oggi.

Prendo l'abito scelto per il matrimonio, appeso meticolosamente alla doccia, e lo indosso.

Quando sono rientrata a casa sapevo già cosa aspettarmi. Luca aveva davvero un diavolo per capello, mi è corso incontro affaticato. Mi ha fatto quasi tenerezza. Gli occhi erano supplichevoli, e parlavano di solitudine. La stessa che rivedo in me in quello specchio. «Meno male che sei arrivata, non ne potevo più!» mi ha detto con enfasi. «Per poco non le strozzavo.»

Benvenuto nel mio mondo, avrei voluto rispondergli, ma gli ho fatto solo una carezza. A volte le parole non servono.

E se l'amore fosse l'immagine riflessa di ciò che siamo?

Mi osservo allo specchio nel mio tubino nero nuovo di zecca. Raccolgo i capelli e fisso lo chignon con delle forcine. Prendo l'ombretto verde, come i miei occhi, peccato che siano piccoli. Lo sfumo. Mi do un'altra occhiata sbattendo le ciglia. Dovrei ammettere che il tempo passa, le cose cambiano, ma l'amore resta un oggetto ignoto.

Luca bussa con vigore. «Agnese, ti sei persa?» mi chiede pressante.

«Arrivo. Ancora un attimo e arrivo» gli rispondo appoggiando le mani al lavandino. Vorrei dirgli che questo tempo non è per me, è per Sofia, per Camilla, per la famiglia e – per proprietà transitiva – anche per lui. Invece taccio ancora, la giornata è stata fin troppo movimentata e l'ultima cosa che voglio è litigare con lui.

Posso dar la colpa solo a me stessa se non sono riuscita a nutrire le mie ambizioni, ma non voglio continuare a essere un criceto sulla ruota. Vorrei un contrappeso che mi aiutasse a stare in asse e a non pendere verso il bisogno di sistemare sempre le cose.

Imparare a lasciare andare.

Luca borbotta, ma a me non interessa, di una cosa può star certo: non mi rassegnerò mai a essere una di quelle mogli che parlano del marito come se fosse un bambino da accudire, per poi riempirsi la vita di lamentazioni. Lotterò per la mia tazza di caffè al mattino, per dividere equamente i lavori di casa, per l'organizzazione della famiglia. Sfiderò le abitudini, discutendo se necessario fino a perdere il fiato. Mi difenderò da un ruolo che non mi appartiene.

Lotterò per far coesistere la madre e la donna che mi caratterizzano. Persevererò, quello sì, e non per i figli, sarebbe un penoso alibi.

I bambini stanno bene dove c'è una famiglia. E questo può andare oltre le pareti di casa e lo stare insieme a tutti i costi. Hanno diritto ad avere un padre e una madre che non si facciano del male in nome del loro amore.

Persevererò per me stessa e per il bene forse labile, ma ancora presente. Non ho paura delle liti, dei rischi, dell'instabilità, ho solo terrore dell'ordinario, di diventare un soprammobile da spolverare ogni tanto. Consapevole che si torna indietro e si procede, questo è. E per procedere non posso considerarmi solo il frutto di ciò che mi hanno trasmesso mio padre e mia madre, ma qualcosa di più. Non posso dare la colpa a loro per ciò che non sono.

Esistono tante madri e tanti padri, basta saperli riconoscere, nella vita che passa.

Esco dal bagno, Luca si appiattisce al muro e mi fa passare. «Finalmente!» esclama prima di chiudersi dentro. Avrà il suo spazio e il suo tempo. Raggiungo in sala Rosa e Fiamma, assorbite dalle piccole che cercano di attirare la loro attenzione in tutti i modi. Mia cugina alza il pollice in alto, e con il labiale mi dice: sei bellissima. La zia sorride. E ciò mi basta.

Sofia ha il vestito da damigella tutto sporco, Luca ha pensato bene di darle un'intera barretta di cioccolata per farla stare buona. Le sfilo l'abitino color confetto e vado in cucina per provare a smacchiarlo.

Quando torno sono tutte e quattro sedute intorno al tavolo, ma questa volta niente sherry. C'è lo stesso silenzio pieno di stupore e attesa. Si sente solo la voce di Rosa che racconta una storia. Camilla e Sofia sono in canottiera, anche la grande si è tolta il vestito, forse non ne poteva già più di essere una damigella. Sono incantate. Meno male che esiste la tenerezza, penso tra me.

«Dài, dài, dicci come va a finire. Si *posa*, si *posa* la principessa?»

«Sofia, si dice *si sposa*!» la redarguisce Camilla, che da quando ha compiuto sette anni si erge a maestrina della sorella. D'altronde è la maggiore e, si sa, la storia spesso si ripete.

Le mie bambine si fanno le boccacce, si spintonano, alzo la voce e finalmente si quietano. Poi rimetto a fatica il vestito a Sofia. La macchia non è andata via del tutto, ma va bene così, è bellissima lo stesso. Per quel giorno e per gli altri a venire, le mie figlie potranno essere ciò che desiderano.

Rosa guarda tutte le sue donne e sorride, regala affetto con equità come ha sempre fatto. Ricordo tutte le storie raccontate, tutti i volti accarezzati. È tanto il tempo che ha dedicato agli altri. Non credo se ne sia mai pentita. Ma adesso, quello che rimane, ha diritto di averlo per sé.

«Allora, si *posa* o no?» chiede ancora la piccola che se ne fa un baffo delle correzioni.

«Certo che si sposa. Oggi la principessa si sposa» risponde la zia. Sofia saltella intorno al tavolo come una matta, poi si blocca perplessa, come se qualcosa avesse ancora bisogno di essere spiegato.

«Con il *pincipe assurro* vero?» domanda con gli occhi spalancati.

Fiamma guarda le piccole con dolcezza, ha gli occhi lucidi. Spero in cuor mio che mia cugina cambi idea. Ma forse, per lei non è ancora arrivato il momento e magari non lo sarà mai. Perché ogni donna ha diritto di scegliersi il proprio destino, qualunque esso sia.

Finalmente sono più magnanima, e più leggera, non ho più pretese di comprensione sulle scelte degli altri, mi basta disporre di un qualche potere sulle mie. Quanto durerà, non mi è dato saperlo, ma mi godo questa incredibile assenza di peso.

«Non so se sia azzurro e neanche principe veramente; ma si sposa» le risponde la zia.

«E allora se non è un principe, cos'è zietta?» chiede Camilla aggrottando la fronte. Ha ragione, da che mondo e mondo le principesse sposano i principi.

«È un amore» risponde Rosa. Uno dei tanti, vorrebbe aggiungere, ma non lo fa.

Finalmente sono soddisfatte. Battono le mani, saltellano, e sorridono. Hanno la storia a lieto fine, nessuno, per ora, racconterà loro la verità.

Ci vuole molto di più di un principe azzurro per essere felici. Ci vuole coraggio, determinazione, e un desiderio verso l'impossibile. Gli adulti raccontano le storie ai bambini. Esiste Babbo Natale, esistono anche i principi azzurri. Inutile negarlo.

A volte le donne ci credono e aspettano che qualcuno su un cavallo bianco le salvi.

Talvolta l'amore è la risposta giusta

Gli altri sono appena usciti, mi aspettano di sotto.

Mi guardo in giro, la casa sembra davvero un campo di battaglia, domani avrò il mio bel da fare. Spero che Romina rientri presto dall'Albania; senza di lei mi sento persa. Luca dice che dovremmo fare a meno della donna delle pulizie, ma io non ho intenzione di mollare.

Ogni venerdì Romina rassetta la casa. Dopodiché, gli spazzolini sono in bagno, le forchette nella lavastoviglie, le mutande nei cassetti, e io potrei piangere dalla gioia.

Passo davanti allo specchio, mi fermo e guardo la mia figura, il tubino mi sta bene, anche se Luca non mi ha detto nulla. Prendo le ballerine rosse e le metto in un sacchetto, quando sento il telefono squillare.

«Pronto?»

«Hello!» sento rispondere all'altro capo del filo. «Parlo con Agnese?» Una voce con accento straniero.

«Sì, sono io. Chi parla?»

Pablo ha trovato il mio numero di telefono e ha deciso di chiamarmi. In realtà aveva provato a chiamare Rosa, ma nessuno ha risposto. Va subito al sodo senza tanti giri di parole. Nonostante l'italiano stentato si fa capire benissimo. Lo metto in attesa qualche minuto, il tempo di avvisare Luca sul cellulare che li raggiungerò in chiesa con un taxi.

Mi siedo sul pavimento appoggiando la schiena al muro, le gambe incrociate. Non gli dico che so già tutto, lascio che sia Pablo a parlare. Mi racconta di Fiamma in un susseguirsi di emozioni, senza reticenza alcuna. Ha bisogno che mi fidi di lui. Ascolto quella voce calda e lontana, come se ci conoscessimo da sempre, e da sempre fossimo buoni amici. E per la prima volta in quella giornata, mi sento nel posto giusto, al momento giusto.

A Pablo piace svegliarsi con Fiamma. L'odore è la prima cosa che sente. Un profumo acre, come lei, che impregna ogni cosa.

Quella mattina si è rigirato soddisfatto nel letto, aveva ancora il sapore della sua pelle in bocca, e la sensazione del suo sesso tra le mani.

Era immerso nel torpore piacevole del sabato, nessun impegno per il weekend se non quello di stare con lei. Perché sì, lo deve ammettere, Fiamma è la cosa migliore che gli sia capitata.

Ha allungato un braccio come fa sempre per raggiungerne il corpo sottile. Ha aperto gli occhi a fatica, dando uno sguardo alla porzione di stanza nel suo campo visivo, ma lei non c'era.

Improvvisamente è stato colto da un presentimento. Ha scavalcato il letto con un balzo e si è infilato i pantaloni buttati nella foga sul pavimento.

L'ha cercata in tutte le stanze e poi è entrato in cucina. L'ha immaginata come l'ha vista tante volte: una sua camicia addosso da cui spuntano due stecchini di braccia, seduta al bancone con una tazzina di caffè fumante in mano. Un sorriso appena accennato, segno di un timido saluto. Non è una donna che si lascia andare, a volte è impenetrabile e sulla difensiva, ma il suo riserbo lo incanta.

Vede la tazzina pulita al suo posto. Chissà a che ora se n'è andata. Fiamma non si mette in moto senza un buon caffè, per questo Pablo ha rinunciato al beverone istantaneo con cui è solito fare colazione, e si è catapultato a comprare una moka. Lei sostiene con determinazione che il caffè del mattino, necessariamente ristretto e amaro, è come il santino nel portafoglio. Un rito indispensabile contro la iella. Allontana i brutti sogni, facilita l'intestino, e soprattutto le permette di arrivare a mezzogiorno senza aver messo niente fra i denti.

Pablo ha capito che lei non si piace, ma non ha ancora compreso il perché. A lui, una donna così bella non è mai capitata.

È tornato in camera, si è guardato in giro per vedere se non gli fosse sfuggito qualcosa, e spostando le coperte ha trovato un biglietto ripiegato in due.

Si è seduto sul bordo del letto e si è messo a leggere.

> Sono partita. Colgo l'occasione del matrimonio e anticipo. Non so quando tornerò, ma durante la mia assenza ti prego di portare via le tue cose da casa mia, io ho portato via le mie. Dai le chiavi alla portinaia. Le tue le ho lasciate sul mobiletto bianco. Fammi il favore di non cercarmi, in fondo gli accordi erano questi. Fiamma.

A quel punto si è sentito mancare. Che idiota! Aveva completamente dimenticato il matrimonio di Celeste, eppure ne avevano parlato tanto. E ora, Fiamma ha buttato tre anni nel cesso, in un attimo. Com'era possibile? Era la prima volta che gli succedeva di stare così male per una donna, ogni muscolo in assenza di lei era solo dolore.

Ha aperto l'armadio: il maglione blu, i jeans, le gonne e il vestito che le aveva regalato per il matrimonio erano spariti. Ha guardato in bagno: il suo spazzolino, le medicine omeopatiche, le creme. Tutto vuoto.

Ha ripreso in mano il biglietto per rileggerlo ancora, come se le parole impresse su carta potessero essere riscritte: *in fondo gli accordi erano questi*.

Quali accordi? Sono accordi del cazzo i suoi!

È vero, si erano promessi di non lasciarsi coinvolgere, una specie di liberi tutti, ma non poteva parlare sul serio dopo tre anni! Pablo la desidera, prova attaccamento. Quel tipo di amore che fa tremare le gambe e bruciare lo stomaco. E come uno stupido deficiente credeva che anche per Fiamma fosse così.

Ha accartocciato il biglietto e lo ha lanciato, ma essendo un insulso pezzetto di carta non ha fatto nessun rumore e non gli ha placato l'anima. Così ha tirato un calcio alla porta, poi ha afferrato la sveglia sul comodino scagliandola contro il muro.

Ha visto spuntare dal cuscino quello strano pigiama da uomo che la fa sembrare un ragazzino. Prendendolo in mano si è rianimato di una nuova speranza, come fosse stato tutto uno scherzo e Fiamma potesse uscire improvvisamente dall'armadio e fargli *buh*!

Alla fine non ha resistito. Se l'è portato al naso, ma l'odore di lei ha fomentato l'angoscia così in fretta che è dovuto uscire dalla stanza. Camminando avanti e indietro nel corridoio, ha ispezionato dettagli, atteggiamenti e parole che gli avrebbero potuto spiegare il perché, ma non ne ha trovato traccia.

La casa echeggiava di promesse, frasi, sguardi, cene di cui lui e Fiamma si erano saziati. Ogni angolo parlava di lei. Si è sentito un animale in gabbia. Ha scaraventato tutto ciò che gli capitava tra le mani, senza distinzioni, ogni oggetto era buono per sfogarsi. Ha tirato un pugno sul mobile della cucina spezzandolo. Un latrato, un'invocazione sorda, una richiesta d'aiuto, fino a quando lo squillo del telefono non lo ha interrotto.

Le macerie del dolore erano lì. Lo guardavano con ostentazione.

Ha lasciato che il telefono suonasse, si è accorto che la mano gli faceva male, sanguinava. Ha avvolto del ghiaccio in uno strofinaccio e ce lo ha sbattuto sopra.

Mentre il telefono continuava a squillare, gli è venuto in mente che avrebbe potuto essere Fiamma; allora ha scavalcato gli oggetti ammassati sul pavimento e si è lanciato sul telefono.

«Fiamma, sei tu?» ha risposto in affanno.

«Hola.»

«Ramón...»

«Nell'ultima lettera mi avevi chiesto di chiamarti, eccoti accontentato.»

«Sei in paese?» gli domanda tanto per dire qualcosa.

«Sì, mi ha accompagnato Sebastián. Ha avuto pietà di me.»

«Ringrazialo da parte mia, quando verrò a trovarti gli porterò una bottiglia di quel liquore che gli piace tanto.»

«Credo che mi abbia accompagnato proprio per quello. Tutto bene ragazzo mio? Hai una voce!»

«Tutto bene.»

«Sicuro?»

«Sicuro Ramón, non ti preoccupare.»

«Dài, ragazzo mio, a me non la dai a bere. Parla.»

«È finita!»

«Immagino che tu stia parlando di quella ragazza. Cos'è successo?»

«Niente, è questa la cosa assurda. Se n'è andata.»

«Quando due persone si lasciano succede sempre qualcosa.»

«Ti dico che non è successo nulla, neanche io riesco a spiegarmelo. Abbiamo passato una bella serata, tutto filava liscio. Se n'è andata e basta.»

«Pablo, pensaci, deve essere successo qualcosa. Guarda che le donne lasciano sempre una traccia dietro di sé.»

«Non sono Sherlock Holmes, e lei non ha lasciato niente. Mi sono solo sbagliato, credevo che...»

«Ora smettila! Quando fai così sei lo stesso piagnone con i calzoni corti che si è presentato alla mia porta! È successo sicuramente qualcosa di cui tu sei all'oscuro. Non vorrai lasciarla andare via così, vero?»

«È in Italia! È stata chiara, non vuole che la cerchi. Quando tornerà, proverò a chiamarla.»

«Non dire sciocchezze, quando tornerà, sarà tardi.»

«Ma cosa faccio, la vado a riprendere per le orecchie?»

«Esatto. Se pensi che ne valga la pena, vai. Non aspettare che sia la vita a porgerti le occasioni su un vassoio d'argento, perché non succederà. Devi cercarla anche in capo al mondo se necessario.»

«E se arrivo lì e si mette a ridere?»

«E se non ti capitasse più di trovare una donna come lei?»

Ha salutato Ramón, promettendogli che ci avrebbe pensato, anche se la sua idea gli è sembrata al momento improponibile.

Avrebbe voluto che suo padre fosse lì. Perché questo è Ramón per lui. Avrebbe voluto girare l'angolo e trovarlo in libreria, con gli occhiali calati sul naso e quello sguardo così profondo e stagionato a lui tanto caro. Allora avrebbe potuto piangere.

È entrato in bagno per lavarsi il viso e, mentre cercava la garza per farsi una fasciatura decente, lo sguardo gli è caduto su una scatola rosa nel cestino. D'impulso l'ha presa in mano, ha guardato dentro, e dopo un po' ha compreso. Sarebbe diventato padre.

Ecco cosa era successo per farla scappare così.

È a quel punto che si è ricordato che Fiamma aveva scritto

il mio numero di telefono su un pezzo di carta, per poi memorizzarlo nella nuova rubrica. Ha cercato come un disperato quel foglietto e mi ha chiamata.

Aveva bisogno di un luogo preciso e di un orario, sperando nella mia comprensione.

Ha preparato lo zaino, ci ha messo dentro un paio di cambi, ha aperto il computer e ha prenotato il biglietto. Un'ora esatta per arrivare all'aeroporto. Vuole Fiamma, e sa con precisione cosa fare e cosa dire. È venuto a cercarsi la sua possibilità.

«Ti vengo a prendere» gli ho detto. «Ci vediamo in aeroporto.»

«Sei sicura? Non vorrei metterti in difficoltà con Fiamma.»

«Non ti preoccupare. Ci vediamo lì.»

«Grazie, senza di te non so come avrei fatto.»

Anche questa volta mi sono messa in mezzo. È la mia natura. Cerco come posso di aggiustare le cose. E alla fine, forse, qualcosa mi riesce.

Ho cercato nella borsa il biglietto di Baciccia, per fortuna non l'avevo buttato.

L'ho chiamato immediatamente, meglio lui che uno sconosciuto, mi sono detta. E ora lo sto aspettando sotto il portone di Celeste.

Ho fatto di nuovo un salto da lei prima di andare a prendere Pablo in aeroporto. Volevo accertarmi che tutto fosse a posto e liberarmi una volta per tutte dell'album rimasto in macchina dalla mattina.

E poi le ho promesso una cosa.

Ho dato un ultimo sguardo alla cucina di mia sorella fotografando il ricordo: Rosa, Fiamma e Celeste sedute davanti a un bicchiere di sherry. Potrei chiamarli legami. E mi sono chiesta se sia successo davvero, se le cose accadono perché devono accadere e c'è un destino che all'improvviso ci rivela chi siamo. Perché a me è sembrato proprio così.

Penso a me stessa con più lucidità e so che non passerà molto prima che mi senta di nuovo confusa. Ma adesso mi godo questa sensazione.

«Allora tesoro, sei pronta?» ho domandato a Celeste bussando alla porta del bagno.

Mia sorella ha aperto e mi ha abbracciato fino quasi a soffocarmi.

Non potrei fare a meno di una sorella così, non potrei più.

Mia madre ha gli occhiali scuri. Forse ha pianto. Alcune cose sono state chiarite, altre neanche per sogno. Come capita spesso tra genitori e figli, si soprassiede.

Almeno non abbiamo accampato scuse, provando per una volta a capirci. A mia madre sarà rimasto il dubbio che mia sorella lo faccia per lei, ma sono sicura che sia contenta che si sposi, e forse sta cercando di allontanare l'idea che Celeste stia ripercorrendo la strada intrapresa da lei stessa tanti anni prima.

All'improvviso si è ritrovata con il viso pieno di rughe, un corpo che non è più il suo, i pensieri rattrappiti, e si è accorta con amarezza che non è riuscita a cambiare. Nonostante ciò, è nostra madre, e le vogliamo bene.

Adesso guardo l'immagine di mia sorella riflessa nelle porte dell'ascensore. I contorni sono sfocati, ma Celeste fa la sua figura nonostante gli strass non ci siano più e i capelli non siano proprio in ordine. Nessuno sa che sotto il vestito da sposa porta un paio di ballerine rosse, le mie. Nessuno sa che è la stessa donna di ieri, quella che ha incontrato Filippo e che ora sposa un altro.

A parte me, ovviamente. Sua sorella.

Ma dopo la disperazione, i racconti, i conflitti, se Celeste avesse scelto diversamente che differenza avrebbe fatto? Poteva sposarsi oppure no, sarebbe stata la stessa donna. Forse, come nostra madre, avrebbe oscillato tra il desiderio di una vita diversa e la consolazione di quella che ha. Chi lo può sapere.

Appena fuori dal portone, Giò, come un cavalier servente, apre a mia sorella la portiera della macchina e le scocca un bacio sulla fronte. È sollevato di non dover affrontare altre imminenti tragedie, anche se la mamma non ci metterà molto a trovare un nuovo pretesto per alimentare il fuoco del vittimismo.

Mi strizza l'occhio, come a dire, *ce l'abbiamo fatta*. Gli faccio un sorriso: per ora rimarrà dov'è, niente fuga in Albania, solo il posto dove ha scelto di stare.

Giò aspetta che Celeste salga in auto, poi infila la faccia nel finestrino e le dice: «Però, tesoro, vedi di non far durare troppo la cerimonia, sai come sono i preti, se ne approfittano sempre: un canto di qua, uno di là, e la funzione dura due ore!».

«Dài, pa', sali e non fare storie, che rischiamo di arrivare in ritardo.»

«Ah, questa è bella!» gli risponde lui.

Celeste appoggia la testa sulla spalla di nostro padre, gli occhi si sono fatti seducenti. Otterrà tutto ciò che vuole. Giò la guarda, osserva la sua bambina. È commosso, si vede lontano un miglio. Ci sono cose che si ripetono e si ripeteranno sempre. È così dall'alba dei tempi, e oggi, malgrado tutto, non sarà diverso.

Celeste, in corsa verso il suo matrimonio, avrà lasciato andare i pensieri. Le immagini si saranno sovrapposte: braccia che si stringono, corpi che s'incastrano, sguardi, parole, grida, pianti, tumulti. Sono un uomo e una donna che il giorno prima erano ubriachi d'amore. In quel momento non si era sentita minacciata da quei pensieri, casomai il contrario, mi racconterà tempo dopo di fronte a una tazza di tè, in lacrime. Ma questa è un'altra storia.

La vita è una. Eppure a volte le azioni vanno in una direzione e i pensieri in un'altra. Quale sarà quella autentica non è dato saperlo. Forse entrambe. E oggi mia sorella prometterà di impegnarsi, anche se l'impegno non basterà. Lo sa.

Celeste ha sempre pensato che le sarebbe accaduto qualcosa di straordinario: per lei questo qualcosa era il giorno del suo matrimonio. D'altronde ce lo dicono da quando nasciamo che è il momento più bello della vita. E perché non dovremmo crederci?

Spero che adesso aspiri a qualcosa di più, e se quel momento speciale arriverà, probabilmente non sarà diverso da tutti gli altri. Come ha detto Rosa, ci sono giorni davvero unici e altri apparentemente insignificanti, ma alla fine, contano tutti allo stesso modo. E forse ha proprio ragione.

Baciccia è arrivato, mi sorride. Salgo sul taxi, davanti insieme a lui.

Il mare è calmo. Non ci sono onde a spezzarne il ritmo, è quasi noioso.

Sento il telefono vibrare, lo tiro fuori dalla borsa: è Teresa.

Ti voglio bene, mi scrive.

Lo fa spesso, regala parole importanti come io non sono capace di fare. Le rispondo: *Idem*, e lei sa che non posso fare di più.

Il taxista parla, appoggio la testa al sedile e chiudo gli occhi.

Sono contenta di non essere sola.

Non è mai troppo tardi

L'orologio dell'aeroporto segna le quattro spaccate. L'aereo è atterrato.

«Com'è questo Pablo?» chiede Baciccia allungando il collo in direzione dell'uscita.

«E chi lo sa. Immagino scuro.»

«Scuro di pelle?»

«Ma no, è spagnolo. Scuro di capelli.»

«Ah be'! ma come facciamo, signorina, a riconoscerlo? C'è un sacco di gente.»

«Non lo so, non mi distragga.»

«Non potevate mettervi un segno di riconoscimento: un fiore o una spilla?»

«Non abbiamo avuto tempo di metterci d'accordo.»

«Un semplice cartello?»

«Non ci ho pensato. Però dovrebbe avere una mano fasciata!»

«Bene, questo è un ottimo indizio.»

«Eccolo! secondo me è lui» esclamo indicando un ragazzo con i capelli e gli occhi scuri come la pece, che procede incerto verso di noi. Lo zaino in spalla e una mano che è un palloncino di garza.

«Pablo?» gli chiede Baciccia andandogli incontro.

Il ragazzo sorride e gli stringe forte la mano.

«*Cam on, lez go!*» esclama il taxista genovese. Prima di salire in macchina, il ragazzo mi chiede: «Agnese?».

«Yes, I am» tartaglio visibilmente emozionata.

Pablo mi stringe, allentando subito le distanze.

È più basso e massiccio di quello che immaginavo, ma lo sguardo è alto, gli occhi sono grandi e curiosi. Ha un viso irregolare, i lineamenti gentili. Spalle larghe, braccia possenti. La camicia è metà dentro ai pantaloni, metà fuori. Ha ragione Fiamma, è un tipo comune, ha una normalità che mette a proprio agio.

Il taxista avvia il motore, la macchina esce rapida dall'aeroporto. Tiro giù il finestrino, il sole mi procura un leggero fastidio agli occhi. Pablo parla di sé, fa domande, si guarda intorno, non mi dà tempo per essere imbarazzata.

Baciccia decide di non prendere l'autostrada; ormai non oppongo più nessuna resistenza, sono contenta che qualcuno decida per me.

«Genova è bella, sarà che qui mi sono innamorato di Fiamma» dice Pablo appena imbocchiamo la sopraelevata e i palazzi sulla collina si stagliano alla sua sinistra. Poi scorge il mare, e si incanta.

Baciccia ha abbassato la radio, per ora ci ha risparmiati: niente Pooh.

Anche se ha barba e baffi ormai bianchi, le guance sono rosse come quelle di un bambino che ha appena fatto una corsa a perdifiato.

«Oggi mi è andata proprio bene. È stata una fortuna incontrarla. Sa, odio aspettare i clienti. Molto meglio guidare. Mia moglie mi rimprovera spesso per il fatto che non riesco a stare fermo. Ma in vita mia ho sempre lavorato: a nove anni guidavo già i trattori, e a quindici fregavo la Guzzi a mio fratello. Che mi lascino un po' in pace, d'altronde non so fare altro.» Tira giù il finestrino e si accende una sigaretta, guidando con una sola mano.

Pablo ogni due secondi guarda l'ora. Ogni tanto si sposta il ciuffo dagli occhi, pronuncia qualche parola in spagnolo, ma per lo più conversa con me in inglese.

Baciccia, che non è di certo poliglotta, parla in genovese, e il suo italiano è alquanto sgrammaticato. Prova a seguire quello che diciamo, ma spesso interviene a sproposito. Pablo di certo non immagina che quello stesso uomo qualche ora prima ha chiacchierato più o meno amabilmente con la donna che sta cercando. Ogni tanto chiude gli occhi, dice che gli sembra impossibile essere in Italia, e lo fa senza vergogna. Sogna un abbraccio e il timido sorriso di Fiamma, non prende nemmeno in considerazione ipotesi pessimistiche, anche se lo stomaco ogni tanto si stringe, e lo riporta alla realtà. Comunque vada, ha promesso che affronterà la cosa senza vittimismo. Sa già che sconfesserebbe se stesso. Quando una storia importante finisce, perché questa è una delle possibilità, l'onnipotenza prima, e la malinconia dopo, fanno parte del gioco. Così come il dolore. «Chi se ne frega se Fiamma penserà che sono un cretino, potrò sempre dire di averci provato. È questo, alla fine, quello che conta, almeno per me» afferma deciso. «Se non ci fosse una dose di pazzia che ci fa sentire invincibili, staremmo fermi di fronte alle difficoltà della vita.»

Baciccia deve aver capito che stiamo parlando di una donna, e non ci sta a essere tagliato fuori. Prende a raccontare di sé e della sua Titta. Lo fa con aneddoti e storielle da teatrante, e quel registro colloquiale da vecchi amici ci culla. Le parole udite si affievoliscono via via, mi lascio andare e riposo gli occhi.

Pablo si perde dentro al panorama che sfreccia dal finestrino. Macchie di mare, blu, azzurro e verde lo stupiscono, segna, indica, esclama. Racconta della casa azzurra, di suo padre, del suo lavoro e di Londra.

«È bello questo posto, da Rita di Camosci?» domanda a un certo punto ad alta voce.

Baciccia inizia a ridere, si piega persino in avanti e per poco non sbanda. Ma sono io che gli rispondo e gli chiarisco che il posto in cui stiamo andando si chiama Ruta di Camogli.

«Chi vuole un matrimonio con i fiocchi, quello è il posto giusto. Ci sono le liste d'attesa» aggiunge Baciccia.

«E cos'ha di così speciale?» domanda lui curioso.

«Quando arriveremo, lo capirai. Non esistono parole per descriverlo.»

Baciccia vuole sapere tutto di quel ragazzo. In fondo, è ciò che desiderava dall'inizio. Entrare nella sua vita, respirare la sua giovinezza e ripensarci poi, seduto al tavolo in cucina, di fronte al TG delle otto, quando si mangerà le trenette al pesto e il polpettone che la sua Titta gli ha preparato. Lei abbasserà il volume per sentire le storie della gente che ha incontrato. Chi erano, da dove venivano, in quali luoghi erano diretti. La moglie sospirerà. Baciccia è felice quando la vede sospirare, sa che sta viaggiando dove non l'ha mai portata.

Parlano d'amore lui e Pablo, la conversazione scivola in confidenza. Non l'avrei mai creduto, eppure quell'uomo, in apparenza così sbruffone e parecchio loquace, sa il fatto suo.

«Cerco di riportare a casa la donna che amo. Se lei me lo permetterà» dichiara Pablo a un certo punto.

«Bando agli indugi. Io, per sposare la mia Titta ho fatto fuoco e fiamme. Il padre non ne voleva sapere di me, diceva che avevo solo la quinta elementare. Così ho preso la terza media.

Alla fine quel cerbero di mio suocero ha dovuto cedere! Pace all'anima sua» conclude facendosi il segno della croce.

Quando la strada inizia a salire, i tornanti ci tramortiscono. Per un po', smettiamo di parlare e guardiamo fuori dal finestrino, ogni tanto spuntano spicchi dorati di mare.

«Ragazzo, sai cosa ti dico? Andrà bene, ne sono certo come è certo che sono nato da mia madre. Baciccia non sbaglia mai!»

Le curve aumentano contemporaneamente alla bellezza del panorama. Il mare è nascosto dietro gli alberi di fichi o dietro quelli vigorosi dell'ulivo, ammantati di verde. Mi stupisco di come possano esistere così tante sfumature di uno stesso colore, mi raggiunge un profumo meraviglioso di primavera e di sale, e per un attimo sono felice.

Adesso che si avvicina il momento di rincontrare Fiamma, Pablo inizia a sudare e ad agitarsi. Il viaggio in aereo, poi in taxi, le sicurezze di poco prima svaniscono di fronte all'agire, perché un conto sono i pensieri, un conto le azioni. Si ritrova improvvisamente in uno stato d'animo diverso, il panico e la nausea crescono a dismisura. Quasi gli viene da vomitare proprio nel momento in cui Baciccia ferma la macchina. «Eccoci, dalla sua "Rita di Camosci"!» esclama orgoglioso il taxista come stesse parlando di casa sua.

Pablo è bianco come un cencio, forse la colpa è delle curve, forse della paura. Riesce a malapena ad abbozzare un sorriso, scende, e si appoggia al taxi.

Aspetta che il sangue ricominci a scorrere e le gambe si raddrizzino per sostenerlo.

Si guarda intorno. «È davvero un posto meraviglioso, tutta questa bellezza dà le vertigini» dice emozionato. Un giorno, più avanti, con toni nostalgici Pablo mi avrebbe ricordato quel breve viaggio come uno dei più assurdi, irrazionali, irragionevoli, ma anche più risolutivi della sua esistenza. A volte gli altri entrano nella nostra vita in un attimo e ci rimangono per sempre. A volte capita il contrario. Dipende dalla fortuna? Dalla capacità di aprire il cuore al non conosciuto? O ci vuole qualcosa di più? Comunque bisogna essere in due perché ciò accada. E da allora siamo amici. Rosa direbbe che proprio questo è il viaggio. L'incontro, il tragitto verso l'altro. L'esistenza.

Baciccia prende lo zaino e aiuta Pablo a metterselo sulle spalle. Lui fa per prendere il portafoglio e pagare, ma il taxista lo ferma.

«Sentimi bene, se la donna che stai cercando viene via con te, mi trovi in aeroporto e mi offri da bere. Se no, siamo a posto così.»

Si stringono la mano con vigore.

In quella corsa contro il tempo siamo stati amici. Forse non ci rivedremo più, ma un attimo di vita è stato tutto per noi e lo ricorderò sempre.

Ho già perso di vista Pablo. Mi sistemo la gonna con le mani, guardo i miei "tacchini" con i coccodrilli dentro. Non è vero che ci sono cose che alla fine si accettano. Ma va bene così. Mi sposto di lato, vicino a un muretto, a guardare il panorama e prendere un respiro. Appoggio la borsetta, tiro fuori il telefono. «Qui è bello» scrivo «ci vediamo domani.» Tengo il dito sull'invio, per un po' aspetto che passi questa follia, ma non succede. Così mando il messaggio. Fisso il telefono, attendo, ma lui non risponde. Forse è meglio così. Sarà nella sua casa, con la sua famiglia, nel luogo dove deve stare.

All'improvviso sento una brusca frenata e scorgo in fondo alla strada Baciccia che inchioda.

«Per poco non la metto sotto. Guarda 'sti vecchi, più imprudenti dei ragazzini!» sbraita scendendo dalla macchina.

La vedo davanti al taxi. Sembra uscita da un dipinto, ha le mani incrociate sulla borsetta, il cappellino in testa, e una spilla che fa luce. Lo sguardo è vispo, gli occhi sono piccoli e scuri, color della notte.

La zia attende che Baciccia le apra la portiera. Solo allora si sposta dal centro della strada e sale in macchina senza dire una parola.

Chissà se Rosa porterà una ventata di freschezza nell'ordinaria vita di un taxista, chissà se racconterà di sé, di nuovi legami, di desideri da raggiungere. Chissà se…

«Allora, dove la porto?» le domanda lui.

«All'aeroporto, grazie» risponde lei.

La sua Titta stasera sarà proprio contenta, penso tra me. Baciccia avrà una bella storia da raccontare e, quando lei gli chiederà com'è andata a finire, perché potete star certi che lo farà, inventerà un gran finale.

La zia, la mia Rosa, è in attesa di un divenire. Deve solo partire, e riprendersi quello che le appartiene da sempre. Il presente. Perché, anche se a volte ce ne dimentichiamo, c'è sempre un presente che ci aspetta. Ed è solo nostro.

Non ti ostinare a conservare. Tutto cambia

Quando Celeste scende dalla macchina ci sono tutti i *chiunque* possibili. Le sorridono, la salutano, ma non si avvicinano. Creano una passerella immaginaria, in cui la sposa sfila in un passaggio obbligato, e gli sguardi di completa adorazione sono solo per lei.

È agitata. I gesti e le emozioni non corrono alla stessa velocità, i riflessi oppongono resistenza, il cuore è in gola. D'altronde cosa ci si può aspettare da se stessi se non una costante contraddizione?

Mia sorella cerca lo sguardo del suo sposo. Roberto è in cima alla scalinata. Ha gli occhi semplici, parlano di un uomo paziente e tranquillo. Quello che ci vuole per lei, dice nostra madre, e chissà che non abbia ragione.

Sale i gradini tenendosi il vestito per non inciampare, troppo lungo, sono certa che non le corrisponda più. Tanta fatica per scegliere abiti, accessori, oggetti che ci caratterizzino e poi basta un attimo e si desidera già qualcosa di diverso.

Tutto cambia di continuo e noi ci ostiniamo a conservare.

Mi ritorna un'immagine: io e Celeste ragazzine sul divano, in pigiama, di fronte a una delle tante commedie romantiche che mi proponeva di continuo. Un vialetto con le luci accese, un portoncino verde, e un bacio sotto il vischio in una notte di Natale.

«Voglio che sia così» proclamava mia sorella. «Che la mia vita sia come quel viale.»

Mi vengono in mente: il primo libro letto, le riviste di abiti da sposa, mia madre che cucina, mio padre che sbuffa, il cerchietto che odiavo da bambina, la vicina che sbatteva la scopa sul soffitto, una gonna blu di raso, io che piango, le mie bambine, Luca, il giorno del mio matrimonio. Virginia Woolf, Giovanna D'Arco, Anna dai capelli rossi, Penelope… Si confondono eroine una sull'altra, in cerca di una rivelazione che non arriva.

Roberto si abbassa verso Celeste e le bisbiglia qualcosa di intimo che non è dato sapere. Poi le dà un timido bacio. I pensieri di poco prima volano via, come alcuni sogni la mattina appena svegli.

Celeste è pronta. E questo è il suo matrimonio.

Roberto entra in chiesa dirigendosi verso l'altare. Fa quello che ci si aspetta da lui. E se qualcuno può pensare che per Celeste abbia poco valore, non è così. Forse per questo si è innamorata.

Giò la prende sottobraccio, la sente tremare. Sa bene che quella camminata fino all'altare non è una camminata qualunque, ma il ricordo di una vita. Allora Celeste stringe il padre con forza. Il coro attacca una canzone e lui alza gli occhi al cielo.

Ines è commossa, sorride appena. Ha desiderato da sempre quel momento, chissà se è come l'aveva immaginato. Nel suo completo nuovo di zecca, penso che mia madre sia ancora bella, nonostante le caviglie e mille altri nonostante.

In un secondo diventiamo grandi, penso, e guardiamo i genitori con occhi nuovi. Magari è un gesto, un'azione in cui leggiamo la stessa fragilità dell'infanzia. Da quel momento in poi sappiamo che per loro è un conto alla rovescia. Per noi, la vita va avanti senza di loro. E quando succederà, niente sarà più come prima.

Celeste cerca tra i presenti i volti a lei cari. Scorge Fiamma e trova il mio, come un bambino cerca lo sguardo amato della madre. Perché questo è.

Ogni legame di sorellanza porta in sé elementi di cura e di protezione. So di essere anch'io un volto in cui specchiarsi e riconoscersi, ho una grande responsabilità. E so che nessuno cambierà mai il caos cosmico a cui apparteniamo entrambe. Ma siamo in due. In due è tutto più semplice.

Le sorrido, sono commossa. Celeste è bellissima. Un'altra immagine mi coglie: le mattine in cui stavamo abbracciate sotto le lenzuola, piedi su piedi.

Su di me potrà sempre contare, e questo sì che sarà per sempre.

Camilla e Sofia mi hanno raggiunta, si sono attaccate alla mia gonna e guardano la sposa con la bocca spalancata di ammirazione. Lascio che sognino.

Luca ha una mano sulla mia spalla, mi tiene stretta, potessi mai volare via.

So di essere una persona complicata, ho la percezione costante di sprecare la mia vita e di non fare mai abbastanza. Amo profondamente le mie figlie, e non voglio fare male a nessuno.

Fiamma è poco più in là, le mani sono appoggiate sulla pancia. La maternità l'ha già cambiata, forse è l'unica a non averlo ancora capito.

Mentre percorre la navata, Celeste lo vede. O forse lo immagina. Io seguo lo sguardo di mia sorella e per un attimo mi accorgo che si è di nuovo persa. Sono certa che Filippo sia lì da qualche parte. Ci sono dei fatti che si sentono e si raccontano come fossero realmente accaduti.

Roberto va incontro alla sposa e le prende la mano. La tira a sé, sicuro.

Hanno giurato di amarsi e rispettarsi, anche se Celeste è consapevole che si promette solo ciò che si può mantenere, nient'altro.

Nella foto sul sagrato ci sono tutti: Fiamma, Duccio e Norma, che si è ripresa dalla mezza sbronza. La madre e il padre, zii, cugini, amici. Tutti, tranne lei. Rosa.

Prima di andarsene si è fatta promettere dalle bambine che si sarebbero prese cura di Attila. Pensa che con quelle due pazze scatenate di Camilla e Sofia starà bene, non sa in che mani è capitato quel povero gatto.

Fiamma si volta e vede Pablo. Si irrigidisce.

Lui si ferma, posa lo zaino, aspetta che lei scenda dalla scalinata e si avvicini.

«Che ci fai qui?» chiede imbarazzata.

«Che domanda è?» risponde lui sorridendo.

Pablo riconosce l'abito che le ha regalato. È contento che l'abbia indossato. «Ti sta davvero bene» le dice.

Non sono certa di aver fatto bene a immischiarmi, ma per una volta ho seguito il mio istinto. I piani sono saltati. L'ultima cosa che si aspettava mia cugina era che lui la raggiungesse in Italia. Il fatto che Pablo sia davanti a lei cambia completamente le cose. La vicinanza complica tutto. Fiamma non sa come comportarsi, non può rimandarlo indietro dicendogli che non vuole più stare con lui, perché non è vero. Ma nello stesso tempo è in difficoltà.

È sicura che Pablo inizierà a parlarle d'amore. Non è uno di quegli uomini che gioca con le donne. Non ci sono inganni o sotterfugi in lui. Sa precisamente cosa vuole da lei. Pablo vuole una casa, una famiglia, un progetto a lunga scadenza, una passione condivisa. Non nasconde quello che prova per Fiamma. E come spesso è successo tra di loro, è lui che la leva dagli impicci.

«Senti, Fiamma, lo so che non erano questi gli accordi, ma le regole esistono anche per essere sovvertite, soprattutto quando sono assurde e senza senso. Vuoi sapere perché sono venuto qui? Perché sono matto. Adoro la tua fissa per il caffè ristretto, i tuoi capelli rossi, i tuoi silenzi quando sei stanca e le tue gambe ossute. Ecco, perché sono arrivato fin qua. Mi piace persino quel terribile pigiama da uomo che ti ostini a tenere. E voglio starti vicino. Solo questo.»

«Ma tu non sai…»

«So che se non ci proviamo non sapremo mai come andrà a finire.»

Si arrotola le maniche della camicia, è pronto a tutto. In realtà Fiamma ha già ceduto, lo ha fatto ancora prima che aprisse bocca.

«Cosa ti sei fatto alla mano?» le chiede vedendo che è fasciata.

«Niente d'importante.»

Pablo la tira a sé e pregusta il bacio che verrà. Fiamma affonda il viso nello spazio concavo tra la spalla e il collo. Le piace pensare che alcune parti del suo corpo siano raggiungibili solo da lui. Si inebria del suo odore. E ciò le basta. Non vuole dare un nome a ciò che prova, e non vuole sentir parlare d'amore.

«Non ti prometto niente» gli dice Fiamma all'improvviso.

«Non mi aspetto niente che vada al di là di una giornata, al massimo due.»

«Non ti prometto che ti sposerò o che vivremo nella stessa casa.»

«Va bene, la prima parte della settimana da me, la seconda da te.»

«Non so se voglio questo bambino.»

«Avremo tempo per parlarne con calma, non credi?»

«Siamo d'accordo allora?» insiste lei guardandolo negli occhi.

«Sì, oggi io ti amo e mi ami anche tu. Domani si vedrà. Mi sembra già tantissimo.»

Fiamma sorride e lo abbraccia.

«Aspetta» si interrompe allontanandolo di nuovo. «Non devi dirmi niente?»

«No» risponde lui.

«Non pensi che se vogliamo fare le cose per bene dovremmo dirci tutto?»

«Vuoi la verità?»

«Certo!» esclama mettendosi le mani sui fianchi.

«Penso che dovremmo essere sinceri su quello che proviamo l'uno per l'altra, ma esistono le bugie bianche, quelle che fanno parte di noi e non possono essere raccontate, per lo meno finché non decidiamo che è necessario farlo.»

«Vuol dire che avrai dei segreti?»

«Avrò dei segreti, come tu avrai i tuoi, non potremo mai sapere tutto dell'altro e non dobbiamo pretenderlo.»

Fiamma lo guarda, sta pensando a Rosa, all'incontro con Pablo... Ma forse ha ragione lui, ci sono bugie che non cambiano lo stato delle cose, e comunque deve fidarsi dell'uomo che ha di fronte.

«Senti,» gli dice lui avvicinandola a sé e dandole piccoli baci sul viso «a questo punto che abbiamo messo in chiaro tutto, mi presenti i tuoi?»

Fiamma lo trascina via, lontano da Flavia, dal padre e dalla madre. Con il tempo forse. Per il momento nessuno deve sapere.

Si accarezza la pancia. Quell'essere nuovo è lì, in ascolto. Non sa se sarà una buona madre, ma ci proverà. E come tutte le donne farà un'infinità di sbagli. Ma di una cosa sono certa: vorrà bene al suo bambino come a nessuno.

Non si può essere una buona madre se lo sguardo sul mondo non è benevolo. Se i figli degli altri non sono anche un po' figli nostri. Se la vita non si apre ai sogni e se ci portiamo dietro i fantasmi dell'infanzia. Il volto di ogni donna contiene quello della propria madre e non può essere diverso. È così per Fiamma e per Celeste, e sarà così per le mie figlie. È così per me.

Arriva un momento in cui ci è richiesto di andare oltre, morire come figlie per rinascere come madri. E salvarci da loro.

Nel mentre vivi

Il tempo è cambiato. Il giorno ha lasciato lo spazio alla sera, alla festa, alle danze.

Camilla gira con il bouquet che con tanta fatica si è guadagnata, e lo fa vedere trionfante. Sofia ha accalappiato subito quel ragazzo moro, con gli occhi color petrolio e il sorriso aperto. Dice a tutti che è il suo *pincipe.* Sfinita dai balli, ha ceduto al sonno e si è addormentata nelle braccia grandi di Pablo.

Io ho parlato con Luca. Non è molto, ma è un inizio.

Duccio tiene d'occhio Norma in modo che non alzi il gomito, e ogni tre per due chiede se qualcuno ha visto Rosa, ma nessuno sa dove sia finita. E chi invece lo sa lo tiene per sé.

Giò si è rimpinzato per bene. Ironizza, punzecchia e stuzzica i *chiunque.* Ha improvvisato una partita a scopone con il prete e il sacrestano. Mia madre ogni tanto lo redarguisce, ma lo segue ovunque.

Gli sposi fanno quello che devono fare, dispensano sorrisi.

A un certo punto, quando quasi tutti se ne sono andati, Celeste mi chiama. Prende una bottiglia di spumante, tre bicchieri e ce la svigniamo fino alla scogliera insieme a Fiamma.

Il mare ha il colore della profondità. Spruzzi d'oro si riflettono sull'acqua, lievi increspature luccicano. La città, con le case sospese, sembra un presepe. Ma non è Natale e non ci sono principi all'orizzonte a portare doni.

Celeste si sporge in avanti, al limite della scogliera. Butta le braccia indietro come a simulare un volo. Il vestito si appiccica al corpo, la brezza le passa tra i capelli, sul volto, e diventa brivido. Sotto c'è il vuoto. Quell'ignoto che spaventa e attrae allo stesso tempo. Un po' come l'amore. Perché, alla fine, tutti desideriamo l'incanto, e cerchiamo ciò che è irrazionale e irragionevole. Anche se a parole lo rifuggiamo.

Io e Fiamma la seguiamo a ruota. Respiriamo a fondo. Giochiamo alla vita che non c'è. Celeste prende i tre bicchieri e li riempie.

«Mi sa che finito il matrimonio dovremmo iscriverci tutte e tre all'anonima alcolisti» dice spensierata Fiamma.

«Tu nella tua condizione non dovresti bere» la rimprovero.

«Per favore, non fatemi odiare questo bambino prima che venga al mondo.»

Celeste alza il calice e rivolge lo sguardo verso sud. «A Rosa» dice.

«A Rosa e al futuro.»

«No. A Rosa e al presente» ribatto allegra.

Osserviamo il mare e la luna, sicure che siano gli stessi su cui Rosa, da qualche parte, poserà lo sguardo.

Scrutiamo un aereo in lontananza. Gridiamo a squarciagola, mettendoci le mani a megafono intorno alla bocca: «*Buonviaggioziaaaa…*».

Penso che, a volte, la vita sa essere meravigliosa.

Fiamma ritorna da Pablo, ha freddo. Io e Celeste rimaniamo ancora un po' a ridosso della scogliera, senza dirci nulla. I bicchieri sono vuoti. Le ballerine rosse sono appoggiate accanto a lei. Sono contenta che le abbia indossate il giorno del suo matrimonio. Niente di prezioso.

Sono le cose in cui stiamo comode a farci stare bene.

Celeste sembra sovrappensiero. La guardo e quasi con timidezza le chiedo:

«Sei felice?».

Chi può dirlo, potrebbe rispondere.

Invece si alza e mi fa un grande sorriso.

«È ora di andare.»

Metti un piede dopo l'altro.
Salva ciò che è imperfetto.
Ogni tanto inchinati a quell'altra te stessa.
Fai quello che riesci.
Non ti occupare dei chiunque.
Per procedere bisogna tornare indietro.
Ognuno ha i genitori che si merita. Non fuggire.
Le parentesi contano. Cerca la donna che vuoi essere. Resisti.
Ogni tanto metti un punto. Siamo le nostre madri.
Sei tu l'unica costante della tua vita.
In ogni famiglia c'è una Giovanna D'Arco.
Non si può aggiustare tutto. Le cose accadono.
Un sano vaffanculo ogni tanto è necessario.
Le cose non sono mai come sembrano. Stai al gioco.
Vai fino in fondo.
Un compromesso è per sempre.
Senza legami non siamo niente.
La felicità si nasconde nei posti più improbabili.
Un padre, qualunque esso sia, è per sempre.
Desidera!
L'inizio e la fine sono lo stesso capo di un filo.
Talvolta l'amore è la risposta giusta.
Nella vita bastano un paio di ballerine rosse.
Non è mai troppo tardi.
Non ti ostinare a conservare. Tutto cambia.
Nel mentre vivi.
Obiettivo: essere felici.

Ringraziamenti

Questo libro è nato una sera d'inverno. Volevo un terzo figlio disperatamente, come si desiderano i figli, a volte, per tacitare il ronzio dei pensieri. Non è arrivato, così ho iniziato a scrivere.

Lo facevo di prima mattina, nel silenzio della mia casa, quando tutti dormivano. Non sapevo come si scrivesse un romanzo, ma ho capito subito che avevo una storia da raccontare e che, in fondo, la scrittura era dentro di me da sempre, aspettava solo di essere trovata. Quando ho concluso il romanzo mi sono separata.

Il matrimonio di mia sorella è il frutto di tanti atti di generosità, come sa essere generosa, a volte, la vita.

Il mio primo grazie lo devo a mia madre. Ho un debito di riconoscenza nei suoi confronti: quello della vita. Lei è mia madre e io sono sua figlia, e questo è un "per sempre". Nonostante i mille nonostante. Ringrazio mia sorella Chiara. Io e lei. Un caos perenne. Un'oscillazione di sistema. Assestamenti e burrasche. Un "noi" che quando riesce ha il sapore meraviglioso della sorellanza. Suo marito Emiliano, a cui voglio bene. Ringrazio la Giunti, per avermi scelta. Fin dal primo momento, è stato come sentirsi a casa. La segretaria, il caporedattore Giovanni Bartoli… C'è tanto lavoro dietro alle quinte, e non va dimenticato.

In modo particolare vorrei dire grazie alla mia editor Alida Daniele, per il suo lavoro attento e puntuale. Per la delicatezza con cui ha saputo consigliarmi. Per il nostro lavoro di squadra. *Il matrimonio di mia sorella*, grazie a lei, è un romanzo migliore.

Ringrazio Emilia Marasco per la sua audace Officina Letteraria, dentro cui sono cresciuta. Per avermi insegnato che la scrittura richiede la forza della verità, e non avermi fatto perdere la rotta. Ringrazio Laura Bosio per avermi spinto sulla strada giusta, resa più cosciente della scrittura e delle sue regole.

Ringrazio Giulia Ichino per avermi dato una possibilità, quella che mi serviva. Per le parole gentili, slancio in avanti. E quella telefonata che non dimenticherò mai. Enrica Tesio, per avermi insegnato che la vita ha i suoi perché; per aver sedato la mia ansia ogni tre per due, per i consigli preziosi, per la generosità autentica che le appartiene, per la donna che è.

"FattoreMamma", luogo importante del nostro incontro, nelle persone di Paolo Prestinari e Jolanda Restano.

Le "ragazze" di Family Welcome, soprattutto Priscilla Gilloni e Teresa Saragò, sostegno prezioso, mi hanno dato voce in tempi non sospetti. Un grazie speciale va alla loro Fwboutiqueagency.com, impresa tutta al femminile, che ha messo mano al blog e se ne è presa cura, rendendolo quello che è. Il mio gruppo di controllo del circolo di lettura "Una soffitta tutta per me", per il tempo dedicato. Li immagino a leggere e sottolineare frasi della loro vita, che è un po' anche la mia.

Ringrazio "Quelli del sabato sera", i miei amici. Una cena improvvisata, le prese in giro, le pancette che aumentano, le schiene che fanno male, un bicchiere di vino, forse due, anzi tre. Non saprei desiderare di meglio. A Stefano Battista per la lettura del romanzo quando ancora ero in mezzo alla tormenta. Le mie colleghe, che adoro. Al nostro resistere. In modo particolare il mio grazie va a Milena Galliano, Luciana Cocurullo, le mie prime fans, le prime lacrime versate, le prime correzioni; per le rincorse nei corridoi affinché leggessero, per i paragrafi che ho infilato nelle loro borse, come fossero santini, per essere state la mia fiducia, tutte le volte che la perdevo. A Cristina

Amadio per l'infinita pazienza e la vicinanza in tempi duri, che non dimentico. A Francesca Colao, è a lei che devo l'innamoramento per la scrittura. A Clelia Benedetto, per il bene, quello che mi regala ogni giorno e che regala a quei bambini difficili che sono nostri. Di più.

Alle mie amiche, ai nostri aperitivi, alle chiacchiere. All'esserci l'una per l'altra. A Laura, Miria, Caterina, Sara, Lucia, Silvia, Michela e Stefania.

A Luca Briccarelli, che in un giorno di dicembre mi ha accolto a casa sua e ha aperto per me il blog.

A Marco Avitabile, supporto tecnico indispensabile e a sua moglie Laura, suo supporto tecnico indispensabile, anche se lei crede di no. A Damiana Alberti, grillo parlante della mia vita.

A Fulvia Nari, il mio avvocato, alla sua umana professionalità.

A Michela Casareto lettrice attenta di una prima bozza.

Ai *no* che mi sono beccata, che mi hanno fatto bene. Ai nomi comuni che bazzicano sul mio blog. Mi chiamo Fanny, Francesca, Simona, Stefania, Daniela, Felice, Cinzia, Silvia, Lu, Federica, Francesco, Annalisa, Elisa, Barbara, Punny, Angela, Elisabetta, Maria Luisa, Cristina, Mirca, Giuseppe, Nina, Fanny, Claudia, Bice, Fiorina, Norma, Fabiana, Elena, Pamela, Silvana, Natalia, Filo, Chiara, Felix, Zero, Karincauz, Stefano, Babs, Nina, Meteora, Mauro, Sara, Marco, Melina, Anna Maria, Emanuela, Martina, Eligio, Giusy, Profelio, Cristiana, Valentina, Natalia, Francesca, Raffaella, Eligio, Pamela, Eleonora, Laura, Maddalena, Lollò, Luisa, Paola, Roberta, Alessia, Giovanna, Cristina, Mara, Novella, Lara, Monica, Gabriella, Simo, Tizi, Alessandra, Grazia, Elena, Michela, Maria, Paola, Sabrina, Felicia, Cristina, Nicoletta... Alle storie regalate, al "non so perché ti scrivo", alla vicinanza, al sentire comune. A quel luogo magico di scambio che siamo noi. Ai miei alunni. Quelli di ieri, di oggi. Ognuno di loro è un pezzo del mio cuore e lì resterà. Alla mia amica lontana, Sabrina, so che c'è.

Ai miei nipotini: Giorgio e Francesco, che semplicemente amo. Al mio compagno Roberto, per questa nostra vita "a metà", mi sa stare accanto e mi riporta qui, quando sbarello (e succede spesso). Al suo: "Ce la farai, e comunque la vita è questa". Alla famiglia che cerchiamo di essere. Ai suoi figli, Giulia e Tommaso, dono aggiunto. E, infine, devo ringraziare le mie di figlie: Ludovica e Matilde. Spinta, forza e coraggio. Per la nostra vita insieme piena di caos. Per quello che sono. Per l'amore che ci lega.

Caro papà, puoi stare tranquillo; in fondo, noi tre, ce la caviamo.

Grazie a tutti.

Indice

PRIMA PARTE

MISTO
Carta da fonti gestite
in maniera responsabile
FSC® C107127

Stampato presso Puntoweb Srl
Ariccia (Rm)